Kurz nach 4

Ulrich Becher

Kurz nach 4

Roman

Mit einem Nachwort von Christoph Haacker

ARCO

Wir sind nicht für die Wahrheit geschaffen.
Was uns angeht, ist die optische Täuschung.

Abbé Galiani

1

Zborowsky verbrachte die Nacht in Piacenza, in einem Hotel, das ihm von einem Paar mit langen Säbeln und weißen Zwirnhandschuhen vorm Palazzo Gotico einherspazierender Carabinieri als ruhig empfohlen worden war. Sie hatten ihm, der leidlich italienisch verstand, zugeschworen, daß er in dem ›albergo specialmente calmo‹ verschont sein werde von der ihm unerträglichen Allgegenwart jenes tumultuarischen Frachtguts, das in hunderttausendköpfigen, in fahrbare Ställe gepferchten Massen durch Europa gejagt wurde, ›Reisegesellschaften‹ genannt.

Er war als Alleinfahrer eines Fiat 1100 unterwegs von Wien nach Rom, wo er Kostja Kuropatkin wiederzusehn gedachte nach fast zwanzigjähriger Trennung. – Am frühhellen Julimorgen in Innsbruck startend, hatte er den unbedeutenden Umweg über Milano gewählt – wo er am späten heißen Nachmittag eingetroffen war –, um Il Duomo zu sehn, den Mailänder Dom; er hatte ihn noch nie geschaut. Unerwartet klein und niedrig war er ihm von außen erschienen (verglichen mit Sankt Stephan, dem Straßburger Münster, Notre Dame), doch als er eingetreten, hatte sich ihm das Wunder unendlich ruhsamer Höhe offenbart, er fand sich in einem der drei ›groß‹-artigsten Häuser Europas wundersam unversehrt vom Totalen Kriege. Er hatte sich bedankt, »vielen Dank« hatte er hingemurmelt, aufwärtsgewandt, vielleicht in Richtung längst verschollener Bombergeschwader. Er hatte vorgehabt, am selben Tag noch aus der Lombardei tief in die Emilia vorzustoßen; als er indes im brandroten Abendlicht über die Po-Brücke von Piacenza gerollt, hatte er gespürt, wie müde er war. Über 400 Kilometer weit allein am Steuer, zudem die Begegnung mit einem Wunder: für heute genug.

Er war kein unerfahrener Automobilist. Vor dem Zweiten Krieg hatte er einen kleinen schäbigen Opelzweisitzer aus vierter Hand kutschiert; obwohl die altersschwachen Türen gelegentlich abfielen wie überreife Äpfel vom Baum, für ihn, den umstrittensten jungen Graphiker der Wiener Akademie, für ihn ein viel herrlicheres Gefährt als der prunkvolle Austro-Daimler des Gummipuppenfabrikanten Kuropatkin (Kostjas Vater); ein viel herrlicheres, denn neben ihm lehnte Lolita Aguirre auf verheimlichter Fahrt zu den schilfreichen Ufern des Neusiedler Sees, jenem verwunschenen Grenzgefild zwischen Österreich und Ungarn. Als er Lolita auf ungeklärte Weise verlor, hatte er den Opel-Roadster an eine sechste Hand verkauft für wenige Schillinge … Nach dem Krieg war ihm kein rascher Ruhm, immerhin zögernd Anerkennung zuteilgeworden, doch hatte er sich den Fiat erst leisten können, nachdem ihm die vorjährige Biennale in Venedig einen Preis verliehen, für eine ›Der letzte Kurzschluß‹ betitelte Mappe Lithographien, darin voll gespenstischer, von sehr fern an Munch und Kubin gemahnender Alptraumdringlichkeit der Effekt eines global-totalen Atomkriegs an die Wand gemalt war.

In einer Caffè-Espresso-Bar am Mailänder Domplatz, soeben hatte er ein Blitzgespräch über Freundschaft geführt mit einem älteren Schankkellner, der lange Jahre in den USA zugebracht. »Es ist schwer, in Amerika einen wirklichen Freund zu finden«, hatte jener eingeflochten, und Zborowsky, der Europa-in-Feindschaft genossen, hinuntergewürgt hatte bis zur Neige aus Blut und Gekotz, hatte bei sich gedacht: In Europa noch schwerer.

Nun schnurrte er Rom-wärts; würde er in Kostja, seinem frühsten Kumpanen, einen Freund wiederfinden? War's die Ausmalung eines Wiedersehns mit Kuropatkin, die jene andre Erinnerung so heftig belebte (an Kostjas Seite hatte er Lolita Aguirre zum ersten Mal erblickt)? Beim Hinrollen über die Po-Brücke von Piacenza im lodernden Abend spürte er die Erinnerung an Lolita wesenhaft auf dem leeren Sitz neben sich. Damals, als er sie, geheimnisvoll wie durch einen Fememord, verloren, hatte er sich, sehr jung noch, schmerzzerwühlt gespiegelt in Dantes ›Klage um Beatrice‹; und heute, eben, im glutigen Einsinken der Sonne in den Dunst der lombardischen Ebene, wußte er wieder den Vers:

… und Schmerzen, Feuerstrahlen schießen sie,
Die Sonne trübt sich und die Sterne kommen,
Und weinen Stern und Sonn …

Nachdem Zborowsky seinen Wagen zwischen skandinavischen, ägyptischen, englischen in enger Einfahrt geparkt hatte unter Assistenz eines durch allzu gestenreiches Signalisieren eher hinderlichen Hausdieners, nachdem dieser ihm ein Zimmer zugewiesen, ihm, die Hand auf dem Herzen, versichert hatte, es sei, wenngleich zur Straße gelegen, kein lautes, besonders ruhig ab elf Uhr abends, ›si, si, una camera specialmente calma‹; nachdem er den Mann entlohnt hatte, sich gewaschen und umgekleidet, fand er das Hotel-Vestibül verstopft von einem Schwarm hereinjubilierender Engländer, drei Dutzend wohl, unschöngeblümte Frauen in der Überzahl, eine Herde mehr denn ein Schwarm; als Hirten einen krähfreudigen Gnom, der die dickliche Empfangsdame – in Glanzschwarz, bloße Arme und leicht dekolletierter Busen üppig, marmorfarben – jovial ankrähte:

»Hulloh, hulloh, Signaurina Baldini, thirthy-five passengers to-day, thereof six Indians! Twenty-nine normal dinners, for the Indians aunly vegetables!«

»No spaghetti?« rief die Marmorbusige durchs gequetschte Jubilieren.

»No spaghetti! No ravioli! No macaroni! No meat! A-u-nly vegetables for the Indians!« krähte der lederhäutige kleine ältliche Brite ausruferhaft. »Six Indians!« wiederholte er, fünf Finger spreizend, dann den Daumen allein emporfuchtelnd, um stets jovial-marktschreierisch, zudem nun in einem leicht neckischen Befehlston die ihn umdrängende, erschöpft umjubelnde Herde zu kommandieren: »Up to the toilets, Ladies and Gentlemen! Plenty of toilets in the second, third and fourth floor! U-p to the toilets and then d-o-w-n to dinner! Dinner is served in the ›sala da pranzo‹! Downstairs! In thirty-seven minutes our dear little car is leaving for Par-ma! Everybody up to the toilets!« ermunterte er, während der Schwarm verschwitzt-jubelnd die Treppe stürmte, einige Nachzügler; »plenty of them in every floor!«

Angesichts dieser zu korporativem Austreten, Nachtmahlverschlingen, Weiterrasen verfluchten Gesellschaft verzichtete Zborowsky darauf, in dem an einen Luxusdampfer der Jahrhundertwende gemahnenden Speisesaal zu ›nachtmahlen‹, zwängte sich ins Freie, vorbei an einem hausartigen, zur hintern Hälfte zweistöckigen Überlandbus, dessen Standort CHICHESTER IN SUSSEX markiert war, durch die frühabendlich lärmende Straße – um 11 soll's ruhig werden! –, Straße, die einen seltsamen Namen trug: Borgo Caliban.

Unweit der fahrbaren Baracke warteten die sechs Inder – die Frauen in langen schön-bunten Saris –, für die ›nur Gemüse‹ bestellt war; geübt in passiver Resistenz gegen England lehnten sie es offenbar ab, sich vom kleinen britischen

Reiseführer, der sich im launig-autoritativen Auftreten eines pensionierten Kolonialfeldwebelchens gefiel, auf die Toilette befehlen zu lassen. Ihre ganze Haltung sprach Ablehnung. Auf der nahen Piazza, vorm Gotico-Palast, flanierte das Carabinieri-Paar nach wie vor. Diesen beiden eleganten Polizeibummelanten einen halbernsten Vorwurf zu machen, weil sie ihn schlecht beraten – der Romfahrer schenkte sich's. Nicht allein, daß ihm das Spanische viel geläufiger war und er hatte konstatieren müssen, daß man damit in Italien durchaus nicht ›durchkam‹. Schließlich gehörten derlei Reisegesellschaften zur europäischen Nachkriegssituation, an der er vieles als desorientiert empfand bis zur technisierten Idiotie. Ihm war, als habe der Zweite, der Hitler-Krieg in manchem Betracht und Bezirk den letzten Rest abendländischer Würde verstümmelt, widriges Fazit für ein so abendländisch gebundenes, bewußtes Naturell wie das Franz Zborowskys.

In einer Stehbar der Piazza trank er einen Carpano Punt e Mes, besten Wermut der Welt. Als er etwas unbeholfen ein paar schmuddlig-wabblige Scheine zusammensuchte, um zu bezahlen, lächelte ihn die Kassiererin, eine tadellos aufgemachte schöne blonde Langobardin, an auf eine Weise, die schlechte Romanciers vielsagend nennen. Ehe er sich entfernte, beobachtete er aus dem Augenwinkel, das leere Glas in der Hand, die Schöne in ihrem Verhalten zu den nach ihm Bezahlenden: einer Reihe einheimischer junger Männer, alle mit kleinrasierten Schnurrbärten und in azurblauen Blusenanzügen letzter Mode. Die Lavinia-Tizian-Blonde kassierte sie sachlich ab, ohne Lächeln. Als er ging, lächelte sie wieder. Sein ›altes Glück bei Mädchen‹ hatte ihn nicht verlassen, nicht: trotz all des Grauens, durch das er geschritten war, geschlichen, gehetzt und getaumelt.

– – Kostja Kuropatkin hatte es schwerer bei den Mädchen gehabt, ja, wiewohl sie seine etwas esoterischen Scherze, soweit sie in sie einzudringen befähigt waren, entzückt belachten. Nach der Oktoberrevolution war er als zehnjähriger Sohn eines weißrussischen Gummipuppenfabrikanten, der sich etwas auf seine Beziehungen zum ›Emigrantenzaren‹ Kyrill zugute hielt, auf dem Umweg über die Türkei nach Wien geraten und hatte Aufnahme gefunden im auch von Franz Zborowsky besuchten Schottengymnasium.

Boro und Kuro, wie die beiden von den Klassenkameraden tituliert wurden (gelegentlich auch Kuror und Borax in Verballhornung von Kastor und Pollux), galten alsbald für Wahlzwillinge. Boro war der früh mit dem Stigma ›abseitigen Künstlertums‹ gezeichnete Außenseiter der Klasse, Kuro deren approbierter Clown. Boro pflegte während des Unterrichts seine Schulhefte vollzukritzeln mit Skizzen, die meist die uralten, direkt hinterm Stephansdom gelegenen Gassen zum Sujet hatten, mit mittelalterlichen Namen behaftete wie ›Blutgasse‹, erstorben oder schütter bevölkert von streunenden Katern, hinkenden Kötern, aus Weinhäusern torkelnden Kleinbürgern mit Säuferfratzen, jene Leute, die ›einfach zu schiach‹ (häßlich), jene Häuser, die ›einfach zu alt‹ waren, wie der neunjährige Franz gelegentlich eines Abendganges durch die Innere Stadt dem Vater, einem sozialistischen Nervenarzt und Forscher aus der ›Wiener Schule‹ dartat.

Der Gymnasiast Zborowsky hatte, gewissermaßen vermöge homöopathischer Methode, seine Lehrer daran gewöhnt, ihm solch ständige Unaufmerksamkeit nachzusehn (wenngleich zwei ›Mitglieder des Lehrkörpers‹ durch Jahre hin seine sofortige Entfernung forderten). Während Boro ungeniert zeichnete im Angesicht des Lateinlehrers, schnitt

Kuro, sobald dieser den Rücken gekehrt, schauerliche Fratzen, die Boros Skizzen abgeschaut schienen und allgemeines Lachprusten weckten. Fuhr der Lehrer blitzschnell, nicht blitzschnell genug!, herum, zeigte der Gymnasiast Kuropatkin ihm die unendliche Ausdruckslosigkeit Buster Keatons – –

Flüchtig grinsend, verzehrte der Romfahrer ein rundes Schafskäslein, dessen Geschmack andre Erinnerung weckte: an bosnisches Heiliges-Räuberleben, leerte die vierte Karaffe eines roten Frizzante, der ihn unberauscht ließ, vielmehr seine spasmodisch hinter den Augen rumorende Müdigkeit belebte (über 400 km lang am Steuer gekauert, stets auf die Straße geglotzt, die Straße, die Straße, zu lang).

Bei kaum spürbarem Nieselregen fand er sich in einer menschenarmen Seitengasse der Piazza de' Cavalli vor einem grell erleuchteten Schaufenster, darin es nichts zu sehn gab als Hügel in buntes Papier gewickelter Bonbons, über denen ein Dutzend Violinen aus Schokolade in der Schwebe hing. Geigen zum Essen. Während ihm die erste Vorstellung einer neuen Lithographie dämmerte, ›Die Geigenfresser‹, Darstellung einer Reisegesellschaft, die beim Picknick auf dem Mailänder Domplatz die letzten Stradivarii vertilgte, kehrte er durch den von Motoren-, Radio-, Stimmenlärm erfüllten Borgo Caliban zurück in sein Hotel. Es ging auf 11.

2

Die Engländer aus Chichester, Sussex, samt den Indern waren als Eilgut nach Parma weiterverfrachtet worden; kein Gast im Vestibül. Hinterm Empfangsbord hockte der Hausdiener nunmehr als Nachtportier auf hohem Sessel. Eine niedrige Bürotischlampe mit grünem Milchglasschirm beleuchtete sein freundliches, ja seltsam intim lächelndes Korsarengesicht von unten, was ihm etwas Leichenhaftes verlieh. Er reichte Zborowsky den Reisepaß, den er behufs Ausfüllung des Meldeformulars einbehalten, und wiederholte aus freien Stücken seine feierliche Beteuerung, daß nach 11 im Borgo Caliban Ruhe herrschen werde, selbst Frieden: »Dopo le undici la strada sarà tranquilla. Tutto sarà pace e tranquillità.«

Der Gast schickte sich an, vom Bord wegzutreten, als er entdeckte, daß jener ihm zwei Pässe ausgehändigt hatte. Er reichte den fremden Paß lässig zurück, doch der Hausdiener bedeutete ihm mit sonderbar intimem Leichenlächeln, diesen, einen italienischen Personalausweis, aufzublättern.

Die Paßphotographie stellte den Hausdiener dar; der Name des Paßinhabers: Francesco Ziborocci.

»Stranissimo – Franz Zborowsky e Francesco Ziborocci! La somiglianza dei due nomi – stranissimo! Forse siamo parenti!«

Der Romfahrer war zu müde (und zu wenig bewandert im Italienischen), um auf Anhieb zu kapieren, daß der Nachtportier vermöge der – sah man vom gleichen Vornamen ab – abstrusen, philologisch unfundierten Ähnlichkeit eines slawischen und eines romanischen Zunamens auf mögliche Verwandtschaft schloß. Dann erwiderte er das schelmische

Leichenlächeln, indessen war er zu abgespannt, um es aufrechtzuerhalten, als Signor Ziborocci ihn gelegentlich des Gutenachtgrußes Cousin titulierte:

»Buona notte, cugino!«

– – Dem Vater Zborowsky mißfiel die Busenfreundschaft, die seinen Sohn mit dem eines ›zugereisten Großschiebers‹ verband, doch gewöhnte er sich daran, Kostja als Franzens ›Hofnarren und Modell‹ anzuerkennen: in der Tat zeichnete der Dreizehnjährige immer wieder einen Harlekin von ausdrucksloser Miene, schlechter Haltung, schleifendem Gang, der Kostjas Züge trug. Der Gummipuppenfabrikant nannte die Zborowskys ›verkappte Bolschewiki‹, unwürdig des Verkehrs mit einem Großneffen des ›ruhmbedeckten Generals Kuropatkin, treuen Streiters des Zaren‹ (daß der Ruhmbedeckte mitverantwortlich gewesen für die Niederlage im Russisch-Japanischen Krieg, blieb unerwähnt). Doch stimmte Kostja den Vater milder mittels der Flunkerei, die Zborowskys stammten in gerader Linie von polnischen Königen ab. Eingangs der dreißiger Jahre, nach gemeinsam abgelegtem Matura-Examen, studierte Boro an der Wiener Kunstakademie, bei Egon Schieles Nachfolger, zu dessen Lieblingsschüler und Assistenten er rasch avancierte; ein junger Feuerkopf, schloß er sich dem kampfentschlossenen Flügel der Sozialisten an und fand als Benjamin Aufnahme im Kreis des neopositivistischen Philosophen Moritz Schland, eines der wenigen marxistischen Vertreter der psychoanalytischen Schule. Schland brachte ihm bei: Eine Funktion der Philosophie ist es, das Gewissen zu bilden; Fortschritt des Wissens ohne Fortschritt des Gewissens führt zum Ruin. Einsteins Theorien haben das physikalische Weltbild unserer Zeit genauso verändert wie Galilei und Newton das der ihren. Wiewohl Galilei, zum Märtyrer nicht veranlagt, vorm Inquisitionsgericht revozierte, war das ptolemäische Weltbild hin. Das einzige übrigens, in dem der Mensch sich einigermaßen gesichert fühlte: seit ihm bekanntgemacht worden, daß die Erde sich drehe, hält ihn die Unruhe gepackt – die heute ins Überdimensionale gesteigerte. Schland brachte ihm bei: die moderne Physik sei drauf und dran, unvorstellbare Kräfte zu erzeugen zum Wohl oder Wehe der Menschheit. Ihr, der stets ignoranten, das Ungeheuerliche dieser Zeitenwende, die vollkommene Veränderung ins Bewußtsein zu zwingen, sei Pflicht des zeitgenössischen Philosophen. Schland brachte ihm bei: wir alle müssen lernen, daß das mechanisierte Weltbild einen Riesensprung erlitten hat und damit die Materie (marxistische Theoretiker widersprachen ihm heftig, doch prophezeite er, sie würden da eines sehr baldigen Tags sehr rasch umzulernen wissen); daß die Erde keine Maschine, zwei mal zwei nicht unbedingt vier, das Absolute nicht *ist,* nicht Ewigkeit der Zeit, nicht des Raums Unendlichkeit. Wenn wir derlei begreifen lernen, können wir uns sehr langsam zurechtfinden in einem nagelneuen Weltbild, kongruent der Höhe heutiger Forschung, zum Mitinhalt eine Ethik, die, gemessen an allem Vergangenen, auf ebenso stratosphärischer Höhe schreitet. – Derweilen studierte Kuro, um irgend etwas zu studieren, in wunderbarer Interesselosigkeit Nationalökonomie.

Während Boro im senilen Opelzweisitzer, den er sich aus dem schmalen Erlös seiner Erstlingsausstellung angeschafft hatte, zwischen seinem Kleinatelier in der – dem Prater benachbarten – Böcklinstraße und der Universität hin- und herfuhr, wo er Schland zu Füßen saß (alsbald kam's dort zu Krawallen, von nazistischen Studenten provozierten), und Floridsdorfer Arbeiterversammlungen (nach Etablierung des Dollfußschen Ständestaats hatten sie illegal Fortbestand), tummelte Kuro sich auf den Tennisplätzen des Cottage, auf den Tribünen der Kriauer Trabrennbahn oder auf der Adria-Insel Brioni, wo er mit dem Grafen Kinsky und dem Fürsten Fugger Polo spielte. Ungeachtet seiner leicht gebückten Haltung, seines schleppenden Gangs trainierte er sich zu einem in der vom Neuen Wiener Journal registrierten ›Gesellschaft‹ gerngesehenen allround-Sportsfexen empor. Er sprach fehlerfrei deutsch, sich eines müden Graf-Bobby-Näselns befleißigend und eines forcierten Trottellachens, das ins Schrille ausarten konnte: beides abgelauscht gewissen Baronen, die seinem Vater auf der Tasche lagen (in krassem Unterschied zum deutschen war Österreichs Adel nach dem Ersten Krieg in Verarmung abgesunken). Väterliches Protzenauto samt Chauffeur standen ihm zur Verfügung und Schillinge in Hülle und Fülle. Dreiundzwanzigjährig hielt er sich eine Dame, deren morganatische Ehe mit einem Mitglied des serbischen Königshauses Karageorgewitsch geschieden worden war, als Mätresse. ›Meine Morganatische‹, pflegte er von ihr zu sprechen, nicht ohne Selbstironie.

Die Lebenskreise der beiden Dioskuren berührten einander kaum mehr. Indessen fand man sich zum Gedenken an eine Kindheitskumpanei allwöchentlich zusammen auf dem klassischen wienerischen Sammelplatz, im Kaffeehaus, wo Kuro als beliebter Bridge-Partner galt und Boro in Begleitung häufig wechselnder, doch meist bildhübscher junger Mädchen erschien, Elevinnen des Reinhardt-Seminars. In diesen Klatschzentralen, bei den Tratschtanten beiderlei Geschlechts geriet Franz Zborowsky bald in den Ruf eines revoluzzerischen Don Juan (›kann er eigentlich zeichnen?‹), während man sich vom Kosterl Kuropatkin erzählte, daß er unterm Pantoffel seiner ›Morganatischen‹ stehe und vor der verschlossenen Schlafzimmertür der Schmollseligen um Einlaß bettle, winsle, ja, winsle.

Auf dem Silvesterball der Sezession begegneten die beiden der Lolita Aguirre – –

Kurz nach 12.

Eben hatte es vom Palazzo Gotico her Mitternacht geschlagen. Kein Glockenklang, ein flaches Klimpern, fast nur ein Klappern. Des Hausdieners Ziborocci eidesstattliche Versicherungen, daß nach 11 auf der Straße Ruhe eintreten werde, hatten sich als noch täppischerer Euphemismus erwiesen als die Auskunft der Carabinieri. Wohl brausten weniger Autos durch den Borgo Caliban als vor einer Stunde noch; aber die Spätfahrer zischten hörbar eiliger übers von schwüler Feuchte klebrige Pflaster und hupten darum vor den Kreuzungen rabiater, die Warnungstafeln an der Stadteinfahrt Zona del Silenzio munter ignorierend. Indes, die Wagen störten ihn weniger als die menschlichen Äußerungen.

Je seltener das Hupen, desto aufdringlicher hallte Stimmengewirr herein, deklamatorisch aufgepulvertes Geschwätz über Alltägliches, vermischt mit Gepfeif: meist ein und derselbe ›Mambo‹, seltener das Lied aus dem Film ›O Cangaceiro‹ und Chaplins weltberühmte ›Lime-Light‹-Melodie, zwar nie ohne Musikalität, meist quintenrein, doch in dreister Lautstärke und in zwölf Tonarten durcheinandergefistelt.

Zborowsky knipste das Bettlicht an, das wie ein Requisit war aus dem versteigerten Mobiliar einer zahnärztlichen Praxis. Erhob sich vom pritschenartig harten Bett, tappte barfuß über Steinfliesen – das einzige halbwegs ein Gefühl von Kühle Vermittelnde im heißdumpfen Zimmer – zum

Fenster. Durch die Spalten der geschlossenen Holzläden schimmerte schneeiges Licht; die davor weit geöffneten Scheiben schloß er, zog die bis zu völliger Farblosigkeit zerwaschenen, sich wie Spinnweben anfühlenden Vorhänge darüber, sank aufs Harte zurück, löschte die Dentistenlampe. Das durch die Läden einfallende Straßenlicht bildete sich an der Zimmerdecke als bleiches Gitter ab. Hupen, explosive Konversation, diffuses Pfeifen, das alles ein wenig gedämpfter, doch war ihm, als bedrohe ihn das nun völlig atemlos heiße Dumpfige mit Ersticken.

– – Lolita, Tochter des Generalkonsuls der jungen spanischen Republik, studierte bei Gsovsky Klassisches Ballett mit dem Vorsatz, in die Truppe der Wiener Staatsoper aufgenommen zu werden. Zwanzigjährig, ebenholzschwarzer Etonkopf, elfenbeinlichter Teint bis auf die Pfirsichwangen, griechische Nase, Bernsteinaugen, grazil und zugleich stramm, wie's der angehenden Balletteuse zukommt, sanft und wild, ausgelassen lachend und schwermütig ernst in einem, Geschöpf von einer für Wien ganz unalltäglichen Anmut. Kostja Kuropatkin, der zu jenem Silvester-›Gschnasfest‹ ohne seine Morganatische – sie war bei der Gräfin Zichy eingeladen – erschienen, verliebte sich innerhalb einer Stunde glühend hinter der Larve seiner Bajazzo-Ausdruckslosigkeit. Überließ, da er selber schwerfällig und darum ungern tanzte, das Mädchen den Ball über den Tollereien Zborowskys, eines phantasievollen Tänzers, paßte es indes an den folgenden Nachmittagen vor Gsovskys Ballettschule ab, indem er vorfuhr im väterlichen Austro-Daimler samt Chauffeur und die unterwürfige Bitte äußerte, Señorita Aguirre ›mit Hilfe unsres lieben Heizers‹ heimbefördern zu dürfen. (Heizer: Chauffeur, wörtlich übertragen.)

Lolita, die selber ein entzückend ungefähres Deutsch sprach, dünkten die wunderlich-betulichen Sprachkapriolen des Studenten Kuropatkin sehr belustigend. Unter Studenten stand man rasch und vollends unverbindlich auf du. Nach Ablauf dreier Wochen, in denen er mit Boro nicht zusammentraf und seine Morganatische vernachlässigte, wurde Kuro beim Konsul Aguirre zum Tee geladen. Er ließ sich einen Cutaway schneidern und hielt in ihm, da die Tochter des Hauses ihn vor der Tür des Salons empfing, ›nach alter Bojarensitte‹ um ihre Hand an. Lola belachte es als Scherz, doch belehrte sie sein feuchter Blick eines andern.

»Aber Kosterl … bist du arme Kerl verrückt?«

»Ich habe, was meine Tennispartner bezeugen können, einen kräftigen Arm. Aber ich bin nicht.«

»Was nicht du bist?«

»Arm. Mein Vater hat grad eine Filiale in Paris gegründet und gibt mir –«

»Heiraten? D-i-c-h? Das geht doch unmöglich nicht!«

»Weswegen nicht, Lolita?« Wie verdickt klang Kostjas ölige Stimme.

»Ay, absolutamente imposible, unmöglich! Wegen Borux.«

»Borux?« entfuhr's dem Studenten Kuropatkin wie ein kleiner schriller Schrei.

»Wußtest du denn nicht? … daß ich die – wie sagt man: Verliebte? Verlobte? Verlebte? – la enamorada bin von deine Freund Franz?«

»La enamorada! Verliebte-Verlobte-Verlebte!« Er mogelte den Schrei fast entsetzter Verblüffung in schrilles Gelächter um, stellte es gleichsam plötzlich ab und sprach mit einem Kinderblick melancholischer Treuherzigkeit: »Natürlich wußte ich es. Das Um-die-werte-Hand-Anhalten war just a little practical joke, wie die Engländer sagen. Bloß ein kleiner« – er strich über seinen Cutaway – »Requisitenscherz.«

»Madre mia!« lachte das Fräulein Aguirre erlöst. »Du Clown, Kosterl, du junger alter Clown!« Nahm ihn an der Hand und führte ihn, der heute besonders schleppend trottete, zur Teegesellschaft, in der der Akademiestudent Franz Zborowsky fesch-salopp gekleidet saß.

»Servus, Kuro!« rief Franz erfreut.

Der im anachronistischen Schwalbenschwanz verbeugte sich bei durchgedrückten Knien stumm bis zum Boden. Es war ein Lacherfolg.

Konsul Aguirre, geschworener Gefolgsmann der jungen spanischen Republik, war wie sein gleichnamiger Verwandter, der baskische Regierungschef, liberaler Katholik, sittenstrenger Vater. Weil Kuro als fideler Gesellschaftsklatschkolporteur in Wien herum bekanntmachte, Señorita Aguirre sei, hahaha, die Verliebte-Verlobte-Verlebte seines Intimus Boro, zwang er den zur offiziellen Verlobung. Für Lolita wie Franz hätte es dieser Fête – sie fand Ende Januar statt, genau einen Monat, nachdem sie einander begegnet waren – nicht bedurft, einer Feier, die mit fünfzig Flaschen Hochrieglsekt zu beschicken Kuro sich nicht nehmen ließ. Als Ehrengast erschien der Philosoph Moritz Schland, aus San Sebastian war Lolas jüngerer Bruder Pablo herbeigeeilt, fünfzehnjähriger Kollegiumsschüler, schön wie ein Knabenbild Rodolfo Valentinos und äußerst liebenswürdig, indessen des Studenten Kuropatkin, der sich als Triebfeder dieser Verlobung vorstellte, wunderlich-trockene Witze Furore machten auch bei denen, die sie nicht ganz erfaßten; das unvermutet schrille Gelächter, mit dem er sich selbst akklamierte, wirkte ansteckend.

Franz schloß die Aguirres allesamt in sein Herz. An Heirat jedoch war erst zu denken nach Erteilung eines Lehrauftrags an ihn, was frühstens nach zwei Jahren zu erwarten stand, falls nicht die Nazis ans Ruder gelangten (für die er als ›Entarteter‹ galt). Alsbald folgten die Vierunddreißiger Februarkämpfe, zu deren Ende ein Dutzend Galgen mit sozialdemokratischen österreichischen Arbeitern behängt wurden, was Zborowsky das Dollfuß-Regime verabscheuungswürdig machte; Dollfuß' Ermordung vermöge eines Husarenstücks der Nazis, falscher Rächer, die ihm noch verabscheuungswürdiger waren. Er haßte die Faschisten aller Schattierungen mit Vehemenz: sie bedrohten sein Werk und seine Liebe. (Konsul Aguirre, nicht mehr persona gratissima in Wien, litt schwer unter der Befürchtung, daß der Faschismus in Spanien demnächst zur Konterrevolution ansetzen werde gegen die vom Volk gewählte Republik.) Ja, Liebe, denn jenseits seiner psychoanalytischen Schulung, ungeachtet der allgemeinen Verelendung, die in Bettlerscharen durch Wiens Straßen pilgerte, des Kriegsgeschreis, das ein verkrachter Kollege Franzens – ein Strizzi mit einem ›Astralleib‹, der sich auf chauvinistische Massenhypnose umgestellt hatte – in Deutschland zu wüster Hemmungslosigkeit entfachte, blühte sie einfältig:

Franz, der Mädchenheld von eben noch, sah keine mehr, nur Lolita, und sie sah keinen, nur ihn, er war, wie sie sich ausdrückte: »Du Franz, mein erste und letzte Mann. Ein große Zeichner wie Goya wirst du, menino, auch Goya hieß Franz.«

Ausfahrten zu zweit im Opelwrack, verheimlicht vorm Argusblick des Konsuls (der, Verlobung hin, Verlobung her, hätte er von einer vollausgekosteten Liebschaft seiner Tochter erfahren, Zborowsky auf Pistolen in den Wienerwald gefordert haben würde) – abgespart von Lolas immer schmaler bemessener Zeit, ausgefüllt mit Stunden bei Gsovsky, ersten Proben innerhalb der Staatsoperntruppe, ihrem Debüt in Tschaikowskijs ›Schwanensee‹ (zu welcher Gelegenheit Kuro ihr drei Dutzend Schwertlilien schickte), vollbeschäftigten Abenden nun, da Franz in der unterm Orchesterraum im Keller liegenden Ballettgarderobe umherlungerte, Pauken und Trompeten überm Kopf, kaum ein glitzerndes Vorübereilen seiner Enamorada erhaschend.

In dieser Zeit sahen die Dioskuren einander seltner und seltner, wenngleich Kuro, mit Ach und Krach zum Doktor rer. pol. avanciert, zu improvisierten Stelldicheins erschien: im Atelier der Akademie, im Kaffeehaus, dem Boro sich nie ganz zu entziehn vermochte, im Hinterzimmer eines Kunsthändlers, in der Operngarderobe, beim Heiligenstädter Heurigen, ölig näselnd Graf-Bobby-Witze verzapfend, die er selber ausgeheckt hatte. Über Politik sprachen sie nie; betreffs dieser Fragen – die sich von Tag zu Tag zu ungestümeren, solchen auf Leben und Tod, intensivierten – bezichtigte Boro den Kuro frank, ein ›Volltrottel mit weißrussischem Emigrantenkomplex‹ zu sein, was jener schrill lachend einsteckte. Dennoch wurmten ihn Dr. Kuropatkins clownisch-elegisch vorgebrachte Äußerungen: des Fürsten Starhemberg Hahnenschwänzler seien doch eigentlich sehr fesche Burschen, indessen seh' es so aus, als sei gegen den Schicklgruber à la longue kein Kraut gewachsen.

In der Periode spürte Zborowsky mit feinem Witterungsvermögen, daß Gerüchte sei's über, sei's gegen ihn mancherorten gestreut wurden.

Gerüchte – –

3

»SATANAS!«

Aus der Tiefe rief eine Männerstimme das Wort so schallend, daß es durch die geschlossenen Scheiben hereinplatzte, daß der Schlaflose es überdeutlich vernahm.

Diesmal tappte er, ohne Licht zu machen, zum Fenster, riß die Flügel weit auf, holte tief Luft, spähte durch die schrägen Holzladenschlitze zwei Stockwerke nieder in den Borgo Caliban.

Der Nieselregen hatte aufgehört. Auf dem von weit voneinander hängenden Neonlampenstäben, die sich weißen Schlangen gleich im feuchten Fahrdamm spiegelten, kahl beleuchteten schmalen Gehsteig wälzten sich Rotten Plapper- und Pfeifkaskaden hinpeitschender junger Männer. Barhäuptig; azurblaue Blusenanzüge, gleichsam modische Nachäffungen – und damit, mochte sein, unbeabsichtigte Verhöhnungen – von Monteuranzügen überwogen. Die Intensität dieses späten Gewimmels fast frauenloser Jeunesse dorée de Piacenza hätte den Mitteleuropäer bluffen können: eine Kino-Nachtvorstellung sei soeben zu Ende gekommen und das Publikum verlaufe sich nun. Allein Zborowskys scharfer Beobachtung, die zu seinem Metier gehörte, entging nicht, daß alsbald einunddieselben Fistler und schein-krakeelenden Lautschwätzer wiederkehrten, unter seinem Fenster hinherpendelten in nachmitternächtlichem Corso.

»Sa–tanas!«

Jenseits des Fahrdamms, etwa zwanzig Meter straßaufwärts, vor einer Bar namens Dante, fläzten unter einer kurzen Markise in übern Gehsteig verstreuten Korbsesseln etwa ein Dutzend junge und jüngere Männer, auch unter ihnen keine einzige Frau; am Rinnstein geparkt fünf Vespa--Motorroller. Der Hauptschwadroneur der Seßhaften war ein stämmiger Mann in Blau wie die andern, mit schwarzer Mähne. Der Schweiß des braungebrannten Faunsgesichts blitzte herauf bis zum Späher hinter den Läden. Er schien, geübter Tenor, einen melodramatischen Schauspieler nachzuahmen oder einen Vater, der den Verführer seiner Tochter auf frischer Tat ertappt hat, in einer improvisierten Kabarettnummer, die immer wieder gipfelte in dem einen, mit scherzhaft-bombastischem Pathos metallisch durch den Borgo geschmetterten: »Satanas!« Die in den Sesseln jauchzten, brüllten, husteten, bogen sich vor Ergötzen.

»Saaa-tanas!«

Je seltner Autos übers feuchte Pflaster zischten, je mehr der Corso sich lichtete, desto dominierender im Borgo Caliban wurde die monoton-unermüdliche, von Dauererfolg gekrönte Vorstellung, zu deren Untermalung ein Plattenspieler in der Bar Dante nicht minder unentwegt ein Chanson Maurice Chevaliers abwalzte: »C'est si bon ...«

Mit einer Verwünschung des Hausdieners Francesco Ziborocci – welche Anzüglichkeit des Zufalls, daß jener so hieß und solche Verballhornung des Namens Zborowsky ins Italienische hatte dokumentarisch nachweisen können! – tappte der Romfahrer zum Bett zurück, nein zur Pritsche, die als Hotelbett vermietet wurde. Satanas!, er hatte andere Pritschen gekannt, die indes gratis gewesen waren auf satanische Weise.

– – Gerüchte: ihr Gegenstand zu sein, war das enfant terrible Franz von Kind auf gewöhnt, seit es Lehrer gegeben, die ihm größte Verkommenheit, andere, die ihm große Vollkommenheit prophezeit hatten, zumal aber seit dem Studenten der Akademie die sogenannten Herzen junger Mädchen wie verheirateter Frauen zugeflogen waren und er in den ›guten schlechten Ruf geraten war, keine Hübsche auszulassen‹. Früh seiner Arbeit verfallen, wahrhaft verfallen!, war ihm der Nimbus solcher Skandalumwittertheit gleichgültig: er forderte ihn nicht heraus, stieß sich indes auch nicht daran. Die nun aber in der Akademie, der Galerie, die ihn ausstellte, den Redaktionen der wenigen Zeitschriften, die seine Blätter publizierten, in Kaffee- und Weinhäusern, die er frequentierte, umschleichenden Gerüchte schienen unertastbar, wie gefunkt von einem ambulanten Geheimsender.

Allein ein verstohlen prüfender Blick, kaschierte Zurückhaltung seines Gegenübers, dergleichen, kündete ihm von etwelchen Einflüsterungen, und einmal hörte er den Herrn Karl, Zahlkellner seines Stammcafés, durch die spaltbreit geöffnete Tür der Telephonzelle, in der er unerkannt lehnte, tuscheln: »Habt's des g'hört? Ja, der junge Herr von Zborowsky, der Zeichner, jetz is' er mit dem feschesten Madl von Wien verlobt, mit der Tochter vom spanischen Konsul, und betrügt's hint' und vorn mit der Hasenreither, mit der was er früher 'gangen is'.«

Franz schickte sich an, aus der Zelle zu stürzen, den Kellner zu ohrfeigen. Beherrschte sich: was scherte ihn solcher Lügentratsch? Mit der Hasenreither, einer angehenden Salondame des Josefstädter Theaters, war er vor Jahr und Tag ›in Freundschaft auseinandergegangen‹, ohne sie seither wiedergesehn zu haben.

Eines Tags nahm ihn sein Wegweiser, Professor Moritz Schland, en passant auf die Seite und sprach: »Mein lieber Franz, es sind über Sie gewisse – ebenso boshafte wie lächerliche – Verleumdungen im Umlauf. Wir werden das abstellen. Reden wir einmal darüber, wenn ich nächste Woche Zeit hab.«

Nächste Woche war Moritz Schland ein Toter.

Ein völkischer Student hatte ihn während der Vorlesung mit der Pistole erschossen. Nicht aus politischen Motiven, wie er in der Untersuchung angab, sondern wegen unglücklicher Liebe zu einer Kommilitonin, die den Professor anbetete: aus Eifersucht. (Eifersucht ...)

Boros Verstörtheit war so groß, daß er verfehlte, Abschied zu nehmen von Kuro, der dieser Tage seiner Morganatischen endgültig Valet sagte, um die Leitung der Pariser Filiale der Gummipuppenfabrik zu übernehmen. Ein ehemaliger Fremdenlegionärsgewaltiger befahl den spanischen Bürgerkrieg; Konsul Aguirre wurde nach Madrid abberufen. Mutter Aguirre sollte in Wien bleiben mit Lolita. Franz hatte Schlands Tod kaum verwunden, als ihn der zweite Schlag anfiel, überfiel. Er erhielt einen Brief.

Maman et moi, nous avons quitté Vienne ce matin pour l'Espagne. Tu aimes beaucoup de femmes, c'est pourquoi tu es évidemment incapable d'aimer une seule. Et encore tu es au cœur un ennemi de la Republique Espagnole martyre comme ton copain Kuropatkin. Je t'aime quand même, menino, je t'aimerai toujours. Mais je ne veux pas, peux pas te revoir. Adios! *Lolita*

Er hockte in einem verräucherten Weinhaus hinterm Stephansdom, umgeben von jenen schemenhaft stillen Säuferfratzen, die er als Knabe gezeichnet hatte, und trank eine Flasche Sliwowitz zu Dreivierteln leer, ohne betrunken zu werden (seine hellwachen Sinne ließen sich schwer narkotisieren). Schland, Kuro, Lolita, sie hatten ihn verlassen. Seine Verständnislosigkeit schwoll: *er*, Sohn eines austromarxistischen Arztes, Besucher illegaler Sozialistenversammlungen, nichtleisetreterischer Antifaschist, sollte hinter dem Rücken der Braut Feindseligkeit kultiviert haben gegenüber der spanischen Republik? Er sollte sich letzthin mit andern Weibern abgegeben haben, *er*, dessen strahlende Liebe (unmodern anmutendes Substantiv) nur sie gekannt hatte, nur es, das Aguirremädchen? Liebe, deren Rückstrahlen ihn erlöst hatten für Stunden, die etwas in sich trugen von erregender Zeitlosigkeit, wollt' man's nicht Ewigkeit nennen (nach Schland ein überholter Begriff). Erlöst hatte aus den dantesken Visionen seiner jungen Kunst, hellsichtigen, besser: dunkelsichtigen Spiegeln einer zusehends entmenschteren, immer höllischer entartenden Epoche. – Nun war sie fort, ohne Abschiedsumarmung nach Spanien entfahren, verrucht geheimnisvoller-, wie fememörderischerweise von ihm genommen,

> Und Schmerzen, Feuerstrahlen schießen sie,
> Die Sonne trübt sich und die Sterne kommen,
> Und weinen Stern und Sonn – –

Kurz nach 1.

Flach klimpernder Schlag vom Palazzo Gotico, Schlag, dem keiner folgte, so lang man auch lauschte, minutenlang. Auf dem brettsteifen Kopfkissen ruhte die Wange heiß wie im Fieber. Auf sprang man, ließ laues Leitungswasser über ein Handtuch laufen, wickelte sich's um die Stirn. Wie der Notverband eines Kopfschüßlers. Und während Maurice Chevaliers auf Tonkonserven gezogene Stimme – deren gaminhafter Charme einen von altersher erwärmt hatte,

Chevalier mußte schon alt sein – monoman-genießerisch versicherte: »C'est si bon«, dachte man: *war* es ›so gut‹? War es wirklich so gut?

»S-a-t-a-n-a-s!«

4

Was blieb?

Was blieb zu besichtigen vorm Karussell auf dem Jahrmarkt der wüsten Erinnerungen, die zum Traumata-verseuchten ›Innenleben‹ des havarierten Europäers der Jahrhundertmitte gehörten? Karussell aus vorbei- und wiederherwirbelnden Untierfratzen, unentwegt rotierenden zu einem maschinell knatternden, krachenden, heulenden, röchelnden Gedudel. Was blieb, falls man ein ›motorisierter Vergnügungsreisender‹ war in Italien und auf Zwischenstation nicht einschlafen konnte, indessen Schlafs bedurfte, um morgen die fünfhundert und mehr Kilometer nach Rom zu fressen?

– – Etwa, daß Zborowsky damals in seinem am Praterrand gelegenen Atelier, aus dessen hohem Fenster das Riesenrad zu sehn war, gleich dem Eiffelturm monumentales Wahrzeichen eines sich menschheitsbeglückend-sensationell gebenden Anbeginns hochtechnisierten Zeitalters, gewaltig-gemütliches Riesenspielzeug, das Lolita stets fasziniert hatte … daß er in seinem Atelier alles stehn und liegen ließ, nach Paris fuhr, den Juniorchef der Firma Kouropatkine & Fils aufsuchte – er fand ihn in einer feudalen Wohnung in Auteuil, hokuspokus verehelicht mit einer isabellhäutigen Perserin, Tochter eines reichen Teppichimporteurs –, ihm meldete: »Kuror, ich geh nach Madrid.«

»Heißes Pflaster, mon vieux Borux. Wozu die Exkursion?«

»Wozu? Um als Freiwilliger in die Internationale Brigade einzutreten und um …«

»Und um?«

»Kein und um! Punktum, Kostja.«

Daß Dr. Kouropatkine abriet (betreffs der Lola Aguirre fiel vorerst kein einziges Wort): weil der Hitler sich voraussichtlich in die Affäre, die er wahrscheinlich angezettelt habe, einmischen werde und gegen den Hitler, wie schon einmal vermerkt, kein Kraut gewachsen sei. Worauf Zborowsky erwiderte: »Bleib mir fortan gestohlen, zaristische Gummipuppe«, ohne weiteres die von Perserteppichen strotzende Wohnung verließ, hinter sich das betulich-schrille Negerammengelächter, das Kostja sich anerzogen hatte, und dessen versöhnliches Nachrufen: »Wie geht's der Lolita?«, das keine Antwort fand.

Etwa seine Mobilisierung als ›internationaler Freiwilliger‹ der spanischen Republik, seine Ausbildung in Albacete, seine vom Verbindungschaos behinderten vergeblichen Nachforschungen nach Lolita: ich werde sie finden; werde nicht; muß sie finden; werde nicht; werde; muß; werde.

Etwa daß er Freitag, den 23. April 37, frühabends um 7, es war noch hell, in einem Café hockte (Wiener bleibt Wiener auch in Madrid) an der Puerta del Sol, Ecke Montera, wo die meisten Zeitungsstände des Stadtzentrums konzentriert waren. Zwei Tage zuvor, an der Guadalajara-Front, hatte er Casas de Sangalina mitzurückerobert.

Heute hatte seine zur unmittelbaren Verteidigung der Hauptstadt zurückgenommene, aus Österreichern und Jugoslawen zusammengesetzte Centuria der Elften Brigade bis um 6 im Universitätsviertel gekämpft, wo es galt, einen Keil zu applanieren, vorgetrieben von den Truppen der ›spanischen traditionalistischen Phalanx der nationalsozialistischen Offensivjunta‹ (unter diesem pompösen Einheitsparteinamen hatte der vormalige Fremdenlegionärsgewaltige die diversen

Gruppen seiner Monsterputschbewegung soeben zusammengefaßt). Bei Charabanchel und im Jerama-Abschnitt waren die Faschisten geworfen worden. Um 6 pflegten die kämpfenden Parteien Feierabend zu machen, doch hatte Capitán Mirko, sein jugoslawischer Kompaniechef, prophezeit, man werde sich, nun den maurischen Söldnern, carlistischen Requetes, kampfunlustigen Italienern des mussolinischen Interventionskorps hitlerdeutsche Einpeitscher beigegeben worden, fortan auf Überstunden gefaßt machen müssen.

Im Café an der Ecke Montera diskutierte der Leutnant Borrón (sein nom de guerre, aus seinem Schülernamen geworden, zugleich hindeutend auf seinen Beruf – Borrón: Skizze) mit einem regierungstreuen Priester, Gefängniskaplan von San Antonio, Einsteins Weltbild im Schlandschen Sinn. – Er ließ sich auf keinen Disput ein über die Existenz Gottes, mit dessen Namen indes, so bemerkte er trocken, im Lauf zweier Jahrtausende mehr Schindluder getrieben worden sei als mit irgendeinem andern. Nicht mehr trocken, fast leidenschaftlich in holprigem Spanisch bestritt er, daß die Negierung des Absoluten den Gottglauben zwangsläufig zerstöre. Für den Gläubigen habe Gott wohl selbst in einem Atom Platz genug; und wenn Er das ptolemäische Weltbild, das die Erde als scheibenhaftes Zentrum des Alls dachte, überlebt habe, so dürfe Er auch das mechanistische überleben, das die Erde als Drehmaschine unter Drehmaschinen dachte – überleben im Herzen der Gläubigen wohlgemerkt, wie Leutnant Skizze listig hinzufügte.

Lächelnd empfahl sich der Priester. Der Leutnant sprang zu den Zeitungsverkäufern hinüber, die ungeachtet ferner Detonationen friedensmäßig-jahrmarktschreierisch die Abendblätter ausriefen, und kaufte sich eine Zeitung.

San Sebastian: Neue Greueltat der Falange

Genau auf die gleiche barbarische Weise, auf die im Vorjahr der siebenunddreißigjährige spanische Lyriker und Dramatiker Federico García Lorca in seiner Vaterstadt Granada von einer Horde Franco-Faschisten der Marke Espagnola Tradicionalista aus dem Haus der Brüder Rosales gezerrt und ermordet wurde, brachten die Falangisten zwei wertvolle unschuldige junge Menschen nun in San Sebastian zu Tode.

Ganz ähnlich wie im Fall García Lorca fuhr in der Morgenfrühe ein mit zwei Dutzend schwerbewaffneten Falangisten bemannter Lastwagen vor. Die uniformierten Mörder zerrten die Opfer aus dem Schlaf, auf die Straße. Es handelt sich um Lola und Pablo Aguirre, einzige Kinder des vormaligen Generalkonsuls der spanischen Republik in Wien, José Aguirre, der, ein Verwandter des baskischen Präsidenten, kürzlich in einer Sondermission nach Mexiko entsandt wurde. Lola Aguirre, 23 Jahre alt, war angehende Tänzerin, deren Karriere vom Bürgerkrieg unterbrochen wurde, Pablo, 17, besuchte als Externer das Colegio del Espíritu Santo in San Sebastian.

Ein zufällig des Wegs kommender Priester, der in Pablo Aguirre einen seiner Schüler erkannte und Fürsprache für den Jungen und dessen ältere Schwester einlegte, wurde nicht gehört. Vor den Augen des im Gebet Niederknienden wurden die beiden Opfer auf den Lastwagen gestoßen, der als ambulante Richtstätte diente, und an Ort und Stelle mit Maschinengewehrschüssen zerfetzt.

Just in dem Moment schlug eine Granate in die Puerta del Sol, Ecke Montera ein und riß die Front einer Mietskaserne auf. Im rauchverschwärzten Gluten des Frühlingssonnenuntergangs lagen die Zeitungsverkäufer wie gestürzte Kleiderpuppen. Den Leutnant traf ein Gegenstand am Kopf, Holzding, das er hinsinkend packte. Ein Schaukelpferd, naß – naß und warm-klebrig von frischem Blut.

Er ließ es nicht, als sie ihn aufhoben, ins Lazarett fuhren. Dort stellten sie fest, daß er keine, keinerlei blutige Verletzung davongetragen hatte, nur eine Stirnbeule nebst zu vermutender Hirnerschütterung, verursacht vom Gegenstand, der ihn getroffen hatte und den er nicht ließ. Ein Schaukelschimmel, schwärzlich von nunmehr geronnenem Blut – nicht von seinem eigenen. Nicht von seinem. Ein blutgefirnißtes Kinderspielzeug – –

Kurz nach 2 begannen die Motorroller zu starten.

»Zrrrrrr …« surrte es unten. »Zrrrrrr …« Wie apokryphes Wespensurren, durch ein Riesenmegaphon demonstriert. »Zrrrrrr … Zrrrrrr …«

Zweifellos sprang da im Borgo Caliban eine ›Vespa‹ nicht an. Heftige Jungmännerstimmen – er sah im Geist das heftige Gestikulieren ihrer Träger – erteilten dem, der vergeblich den Starter bediente, wirr durcheinanderrufend fachmännische Ratschläge, Stimmen, deren hektische Nachtmunterkeit jäh unterging in einem apokryphen, blechernen Aufheulen: »Zrrr-wwwwummmm-schiummmmmmm!«

Detonation, vom Hohlraum der Straße verstärkt. Nicht unähnlich einer in eine Schlucht einschwirrenden Granate. »Tocketocketocketocke«, machte es, nun nicht unähnlich einem wie mit nervösem Bedacht arbeitenden Maschinengewehr. Jetzt hat der Starter funktioniert, dachte Zborowsky. Maurice Chevalier war verstummt. »Zrrrrrr … Zrrwwwwummmm-schiummmmmmm!« funktionierte ein zweiter Starter, Geschrei erstickend. Jetzt werden sie abfahren, dachte der Mann auf der Pritsche, die als Bett vermietet wurde, abpreschen, die vor der Bar Dante geparkten Motorroller; endlich; dann werde ich schlafen, vergessen.

– – Vergessen: zwei Tage litt der Leutnant Borrón an traumatischer Amnesie, einem partiellen Gedächtnisverlust, der ihm unterschlug, was er in der Zeitung gelesen hatte innerhalb der dem Granateneinschlag in der Montera vorausgegangenen Sekunden. Am dritten dämmerte es ihm.

Sein rasendes Bemühn, auf dringende Bitte aus dem Lazarett entlassen, dieser Ausgabe, ›El Sindicalista‹ vom 23. 4. habhaft zu werden, scheiterte. Infolge der Papierknappheit war die Ausgabe vergriffen. Andre Blätter hatten eine Meldung wie die ihm als Gräßlichstes emporgedämmerte nicht gebracht, was seine Hoffnung entzündete: ein traumatischer Traum oder eine Zeitungsente. Traumatraum oder Ente, so beteuerte er sich unermüdlich, während er eingesetzt wurde zu seinem ersten Mitternachtsgefecht an der El-Pardo-Chaussee. – Am nächsten Tag fand die Zerstampfung von Guernica statt.

Der in Deva etablierte deutsch-italienische Generalstab veranstaltete die erste Hauptprobe zum ›Totalkrieg aus der Luft‹. Acht Stunden hindurch, in der Kriegsgeschichte bislang Niedagewesenes, entleerten sich Heinkel-Bomber der ›Legion Condor‹ über der an ein Millennium alten, vom Baskenvolk als Kultstätte verehrten Stadt, bis daß auf fünf Häuser, fünf, keins mehr stand, um, in den Abwurfpausen auf vierzig Meter übern Erdboden niedergleitend, die überlebenden Zivilisten, darunter Hunderte Kinder, aus Bordmaschinengewehren zusammenzuschießen. (Deiner ›Stratosphären-Ethik‹ gedenken muß ich, toter Moritz Schland.) Diese Radiodrohbotschaft an die Basken, bis in die Regierung hinan praktizierende Katholiken, erließ Mola, ein katholischer General: »Wir werden Bilbao in Grund und Boden stampfen. Dies Bild der Verwüstung wird den britischen Wunsch nach Unterstützung der baskischen Bolschewiken abkühlen. Unsere heilige Pflicht ist, die Stadt dieser verführten Menschen zu zerstampfen, die es wagen, sich dem Siegeszug der geheiligten Sache der Nationalisten entgegenzustemmen. Wir werden Bilbao zerstampfen, wie wir Eibar zerstampft haben, Guernica und Durango.«

Der Leutnant Borrón, an diesem Abend Wachthabender an Madrids Franzosenbrücke, las, unverbesserlicher Zeitungsleser aus Wien, solches unter einem Brückenbogen beim abgeblendeten Schein eines Taschenlichts, und seine posttraumatischen Störungen – Kopfweh, Brechreiz, Frieren an Händen und Füßen – schienen sich zu verstärken. Aber das andre hab ich nicht gelesen. Ich habe zwar an der Montera *mit* einem Priester diskutiert, aber *über* einen Priester, der hinkniete, als ... las ich nichts: Traumatraum oder Zeitungsente.

Nach Wochen gelang ihm, über das Außenministerium in Valencia von Konsul Aguirre, Außerordentlichem Bevollmächtigten des Präsidenten Azaña in Mexiko, knappe Antwort zu erhalten auf ein Dutzend Briefe.

Es sei die schmerzliche Pflicht eines leidgebeugten Vaters, dem Kameraden der spanischen Freiheit, Leutnant Borrón-Zborowsky auf seine Anfrage hin mitzuteilen, daß er, Aguirre, keine Kinder mehr habe; daß die Republik leben möge.

Und Schmerzen, Feuerstrahlen schießen sie … ?
Die Sonne trübt sich … ? und die Sterne kommen … ?
Und weinen Stern und Sonn … ?

Nein, Dantes Klage, der ›Traum von Beatrices Tod‹ verfing nicht mehr. Und dennoch blieb ihm ein Zweifel. Ein wahnsinniger, winziger, süßer Zweifel – –

5

Das Tocketocketocketocke entfernte sich. Je ferner es knatterte, desto frappanter glich's dem Betriebsgeräusch eines in der Sierra Guadarrama nachtarbeitenden Maschinengewehrs.

– – Oder dem eines aus der Golija Planina, die sich im Herzen Serbiens erhebt: im Mittelgebirgskrieg südeuropäischer Halbinseln bin ich spezialisiert worden. Als wir hoch über Novipazar, Jenipazar, wie's die Bauern nannten, lagen, verfügten wir über MGs britischen Fabrikats, die Randolph Churchill, Sohn des Premiers, per Fallschirm abwerfen ließ über unsern stark fluktuierenden Linien – darum ein sehr riskantes Hilfsunternehmen, das indes oft gelang.

Solches begab sich später. Bemerkenswert, wie streng chronologisch man als Mann, der nicht schlafen konnte in Italien, man als Mann das Gewesene, Durchstandene hindachte; ganz anders als das irische Weib, das in Joyces ›Ulysses‹ nicht einschlafen konnte und der Haushaltssorgen, Beischläfereien, Gehässigkeiten, Sehnsüchte und Blödeleien interpunktions-, haltlos durcheinanderschwammen. Viel unmoderner gleichsam, denn *der Krieg war unmodern, er war zu alt,* wie ultraneu auch seine Waffen sich gaben und geben würden. Vielleicht disziplinierte einen die totale Un- und Widerordnung des sogenannten Kriegserlebnisses zu so pedantisch-chronologischer Ordentlichkeit.

Was blieb?

Etwa der Kranz bedeutender Namen, der die Sache der spanischen Republik vergebens verteidigte wider ihre Zerstörer. Hemingway, Renn und Malraux, die ihr mit der Tat zu Hilfe eilten, Picasso, der die Ermordung Guernicas malte, Ortega y Gasset und Pablo Casals, die ins Exil entsprangen vor dem ehemaligen Fremdenlegionärsgewaltigen Franco-Bahamonde, Georges Bernanos, der ihn anklagte vor aller Welt mit den ›Friedhöfen unter dem Monde‹.

Etwa dreißig Gymnasiasten auf dem Markt von Kragujevac ... Nein, auch dies geschah später (jedenfalls geschah's).

Etwa daß der Hauptmann Skizze, dienend unter General Walter war er während der Sommerschlacht um Brunete, nach der Einnahme von Quijorna durch das Österreicherbataillon der Elften befördert worden, nach dem Sieg der Faschisten mit dreitausend ›Rotspanienkämpfern‹, darunter achthundert frommkatholische baskische Bauern, festgesetzt ward im südfranzösischen Lager Gurs. Republikaner, interniert von Republikanern.

Daß, nachdem die spanische ›Generalprobe zum totalen Krieg‹ absolviert ward zur Zufriedenheit ihres Regisseurs, eines Österreichers, der sich die deutsche Staatsangehörigkeit erschlichen hatte, nunmehr die Vorstellung beginnen durfte. Daß sie begann mit der Zerstampfung Warschaus.

Daß nach dem Beginn des Hitlerkriegs die Lagerverpflegung stets unzureichender wurde; daß Gott anscheinend aus Frankreich verzogen war; daß der internierte Capitán Borrón es desungeachtet unter seiner Würde befand, nach Art seiner Gefährten vorm Lagerzaun streunende Hunde anzulocken, einzufangen und abzubraten.

Etwa, daß nach der Kapitulation Frankreichs im nebenan installierten Frauenlager die Leonore von Grunau auftauchte, eine aus dem Dritten Reich emigrierte Adlige, die nun aus dem besetzten Paris geflüchtet war. Daß er, dank eines verheimlichten Durchlasses im Stacheldrahtverhau, nächtens etwas anfing mit ihr. Daß sie ihm mit fraulicher Findigkeit Papier beschaffte, Tusche, Rohrfeder.

Daß er – endlich! – wieder Graphik betrieb.

Und damit wiederauflebte; daß er einsah, leiden sei nicht sein Beruf (leiden und Leid zufügen machte den Beruf des Kriegers aus). Doch der Gestaltung grausamsten Leidens entzog er sich nicht, ebensowenig wie der größte Notierer spanischer Kriegsgreuel, Goya. Daß er nächtens mit der von Grunau schlief auf höchst inkommode, höchst unromantische Weise, gewissermaßen gebettet auf Stacheldraht. Und dabei erfuhr, daß ebendem eigentümliche Romantik innewohnte, abgesehn von heftiger Begierde, zu leben, solang man am Leben blieb: derzeit eine äußerst ungewisse Fristsetzung. Zu schweigen von Liebe, der man nur ein einziges Mal begegnet war.

Etwa, daß er den illusorischen Wunsch ins Dunkel flüsterte: »Ach Nore, wieder einmal einen Kupferstich kratzen! Ein paar Grabstichel hab ich mitgeschleppt aus Wien durch das ganze Gemetzel.«

Diese Leonore, genannt Nore, schmuggelte unter ihrem Rock fünf Kupferplatten ein, die ihr der Dorfschmied geliehn. »Wenn die Stiche abgezogen sind, muß ich die Platten zurückgeben«, flüsterte ihr Schatten; sie trafen einander nur nachts, ohne Licht, er kannte ihr Gesicht mehr vom Befühlen denn vom Betrachten.

»Dankschön, Nore. Aber ohne Japanpapier kann ich nichts abziehn. Ich hab mich erkundigt, heute gibt's in ganz Frankreich kein Japanpapier.«

Etwa, daß die von Grunau zwei Wochen darauf, Spaten geschultert – man stach draußen Torf – ins Frauenlager marschierte, aber der Spatenschaft war umwickelt mit Packpapier, drunter sich zwanzig Planobogen Japanpapier bargen, hergestellt in der Auvergne, in Frankreichs ältester Papiermühle. Als der Beschenkte nächsten Morgens einen der Bogen, der schwerelos flatterte im kalten Mistral, verstohlen gegen das Licht hielt, las er das uralte Wasserzeichen: RICHARD DE BAS, ANNO DOM. 1328.

Darunter ein unsymmetrisches Herz, umschnürt von drei Ringen.

War's auch kein echtes, aus Reisfasern zur Unzerreißbarkeit gewobenes ›Japan‹, sondern brauchbarer Ersatz, beschlich ihn doch leise Rührung im Bedenken, daß dies überrannte Land, unfähig gewesen, seine Soldaten mit Kampfmaterial auszurüsten, erfinderisch blieb im Versorgen seiner Künstler mit Werkmaterial. Nachts raunte er ins Ohr der Schmugglerin: »Nore, das vergeß ich Ihnen nie« (es fiel ihm schwer, einen Schatten zu duzen).

Und die dreißig Gymnasiasten auf dem Markt von Kragujevac mit ihren sechs Lehrern, in drei Zwölferreihen aufgestellt auf dem höckrigen Katzenkopfpflaster … Aber das geschah später (jedenfalls geschah's). Was blieb zuvor?

Etwa, daß die von Grunau, so stellte sich's gelegentlich eines Nachtgeflüsters heraus, in Paris mit dem Dr. Kostja Kouropatkine bekannt gewesen war. Dem es glänzend gehe: er habe seine Fabrikation umgestellt auf Herstellung eines bestimmten Gummiartikels, mit dem er die Okkupationsarmee versorge. Der Hauptmann a. D. Borrón murmelte starr: »Die zaristische Gummipuppe.«

»Willst du nicht riskieren, ihm mal zu schreiben, Franz?« tuschelte die von Grunau. »Wo ihr so alte Freunde seid – vielleicht hilft er dir hier heraus. Er hat Beziehungen zu den Nazis; Abetzleute verkehren in seinem Salon und zwei deutsche Generalobersten neben russischen Emigranten und prominenten Pétainisten.«

»Die Gummipuppe. Die rückgratlose Gummipuppe. Der Bursch, ich kenn ihn, ist nämlich nicht einmal Faschist. Ein Graf Bobby aus Sankt Petersburg, dem letzten Ends alles total wurst ist.«

»Gestern war eine gemischte deutsche Kommission bei uns im Lager. SS und Gestapo. Sie nahmen eine Holländerin mit, zwei Tschechinnen, fünf Polinnen und so weiter. Pétain erlaubt's. Und wenn sie morgen zu euch kommen …? Falls du dich scheust, laß m-i-c-h an Kuropatkin schreiben.«

»Daß du dich unterstehst, Nore!« zischelte der Exhauptmann.

Und die dreißig Gymnasiasten auf dem Markt von Kragujevac mit ihren sechs Lehrern, in drei Zwölferreihen aufgestellt auf dem höckrigen Katzenkopfpflaster wie zu einem Appell, frühabends um 7. Und sie mochten warten darauf, daß ihnen etwas verkündet werde, aber sie ahnten nicht, was … Später geschehn (jedenfalls geschehn). Zuvor blieb?

Daß die Bemühungen der staunenswerten von Grunau, ihm in Marseille ein amerikanisches ›Danger‹-Visum zu verschaffen, vorankamen, als sie im Spanierlager erschienen, ihn abzuholen, SS in Feldgrau, vier Mann und ein Chauffeur, ihn allein. Daß sie an diesem Märzmorgen hinter Montpellier in geräumigem Sedan durch die warmsonnige Provence fuhren. Daß er den Tod weniger fürchtete als das Leiden, das er, die Finessen pedantisch exerzierter Grausamkeit vor Augen, mehr haßte als den Tod; er war nicht zum Märtyrer geschaffen.

In einer bachdurchzogenen verlassenen Hügelmulde, unter in weißrosigem Blust stehenden Mandelbäumchen wurde gehalten.

Sie fragten ihren Gefangenen: »Gestatten Herr Internationaler Capitán, daß wir hier picknicken?« Es war ein großer Lacherfolg.

Unfern, wo der Bach sich in einen Sumpf verlor, stelzten ein paar Flamingos aus der Camargue umher, weißrosige.

»Hab keinen Schiß, Internationaler Brigadier.« Sie hatten ein offenes Feuer gemacht und brühten lebende Hummer unter den Mandelbäumchen und stellten Chablis im Bach kalt und grölten vor Lachen. »Du hast hohe Protektion in Paris, dir wird kein Härchen gekrümmt.«

Er nahm's für einen sadistischen Scherz.

Einer nahm seinen Karabiner und legte an und schoß einen der weidenden Flamingos, der leicht aufschwebte und sofort hinsank und liegenblieb im bräunlichen Gras der Provence wie eine große Mandelblüte, während die andern mit entsetzten langen Hüpfschritten davonstoben, eh' sie in die Luft stießen. Es war ein großer Lacherfolg.

Sie knackten Hummer und tranken Chablis, indessen kauerte er im Sedan, in Handschellen, und blickte der schon sehr hoch fliegenden Keilformation nach, die wie ein rosiger Bumerang unterm wolkenlos blühenden Azur südwärts schwebte, zurück zur Camargue.

»Zeigt mal seine Zeichnungen rum.« Sie entkorkten eine weitere Flasche und reichten die von Zborowsky in Gurs geschaffenen Blätter im Kreis, Dutzende. »Melde gehorsamst, Internationaler Brigadier, der Bockmist macht uns einen volksfremden Eindruck. Gestatten, daß wir ihn verfeuern.«

Sie stopften die Blätter, eins ums andere, unter den brodelnden Hummerntopf. Es war ein großer Lacherfolg – –

Da hörte der Mann, der in Italien nicht einschlafen konnte, die Vespas zurückkehren. Kein Knattern mehr, ein im Borgo Caliban mächtig widerhallendes Röhren und Dröhnen fast wie von Flugmotoren; sie mochten ihrer ein Halbdutzend oder mehr bei geöffneten Auspuffs fahren.

Ebenso jäh verstummte das, und was blieb?

– – Kein Haar gekrümmt kriegen, obzwar sie ihn im Kazet Mauthausen, wohin er zu ›kleinem Umschulungskurs‹ übergeführt worden, kahlschoren. Und wiederum jene Bemerkung zu hören bekommen von ›hoher Protektion in Paris‹. Durchschauen: die von Grunau hatte hinter seinem Rücken an Kuropatkin geschrieben, und Kuro hatte mit Vergnügen seine Beziehungen spielen lassen. Hatte er ihm seine relative Rettung zu danken? (Das Supremat der Relativitäten, wo bewies sich's krasser als im Krieg!) ›Gerettet‹, ›in der Heimat‹, in einem Kazet 180 Kilometer von Wien, aber dorthin, seinen Eltern nicht schreiben dürfen, daß er noch lebe, nicht wissen dürfen, ob sie noch lebten. Besuch bekommen von einem mit Aktentasche, persönlichem Beauftragten des Stellvertretenden Präsidenten der Reichskulturkammer Akademieprofessor Staatsrat Max Zaeper, Berlin. Zaeper … Sich erinnern, 1935 über ihn gelesen zu haben: Intimus des Führers, malt seine Bilder in Erwartung und Herbeiwünschung der Großen Feuerprobe (d. h. Totalen Kriegs) auf Asbest, feuersicher. Sich erinnern an Zaepers klassisches Aperçu gelegentlich eines programmatischen Vortrags übers Thema ›Neudeutsches Kunstempfinden‹ in der Berliner Kunstakademie: »Van Gogh – indiskutables Zeug. Kerl hat Kohlköpfe gemalt, bis er meschugge geworden ist.« (Der Vortragende hatte sich mit Fleiß des hebräischen ›meschugge‹ bedient.)

»Herr Zborowsky«, ja, so angeredet werden, »da nach unsren Ermittlungen Ihre arische Abstammung gewährleistet ist, befürwortet Staatsrat Professor Zaeper, unter Aufrechterhaltung des Verbots der Verbreitung Ihres als entartet klassifizierten bisherigen Werks, Ihre sofortige Schutzhaftentlassung und Versetzung in die graphische Abteilung des Reichspropagandaministeriums. Zu diesem Behuf werden Sie aufgefordert, eine Probe-Illustration zu liefern zu dem« – Kramen in der Aktentasche – »hier vorliegenden Gedicht von Lehmann.«

»Lehmann?«

»Führender Lyriker des Sudetengaus. Ich lese vor:

Wode, Wode! Führ uns zum Leben, zum Tode!
Wode, wilder Wode!«

»Weiter?« fragte der Schutzhaftlagerhäftling No. 3097.

»Nichts weiter; das wär's, Herr Zborowsky. Staatsrat Professor Zaeper –«

Hier warf No. 3097 eine Bemerkung ein, die den mit der Aktentasche einen sprachlosen Schnauber tun ließ. Keine fünf Minuten hierauf vom Hauptsturmführer der Totenkopf-SS Alois Mehlgruber unterm Wutgeheul: »Ich werd dich, Räuberhauptmann, spanischer, lehren, wie man sich benimmt zu die Herren Pee-Gees aus Berlin!!« das Nasenbein angeschlagen kriegen. Lächeln, unvermerkt unterm Blutschwall lächeln. – Als Neunhundertneunundneunziger (Strafsoldat) nach Genua verfrachtet werden zur Verschiffung in den nordafrikanischen Wüstenkrieg. Herausgepflückt werden aus dem Truppentransport Minuten vor Schiffsabgang und Ostmärkischen (österreichischen) Gebirgsjägern zugeteilt; deren Operationsbasis das mittelserbische Kragujevac. – Weshalb die Umdisposition? Wünschten sie, nachdem sie Jugoslawien überfallen, überrannt hatten und doch nicht erobert, meine spanischen Erfahrungen im Mittelgebirgskrieg auszubeuten? – ›Strafvollzug besteht in der Ausführung beschwerlichster Arbeiten unter Feindeinwirkung; Unterbringung soll schlechter sein als die der übrigen Truppe;

Liebesgaben sowie Feldpost sind nicht auszuhändigen; außerdienstlicher Verkehr mit anderen Soldaten oder Zivilpersonen ist verboten; Beleuchtung wird nicht zur Verfügung gestellt.‹ – Weshalb es indes zur ertüftelten Not eines großdeutschen Strafsoldaten gehören sollte, dreißig Kragujevacer Gymnasiasten und sechs Lehrer auf den Marktplatz zu eskortieren und dort vorm Denkmal Milosch Obrenowitschs antreten zu lassen, konnte ich mir des Zweiundvierziger Frühlingsabends, da es 7 schlug, nicht erklären.

Keine Viertelstunde drauf war ich belehrt.

Den Marktplatz umstanden alte Kastanienbäume, die dufteten süß im Blust, und irgendwo rief ein Mujesin mit kehliger Stimme zum vierten Gebet (Zborowsky würde die starke Impression zeitloser Friedlichkeit, die dem Augenblick, ja: entströmte, nicht vergessen): »Allahu ekber – eschhedu enla – illahe – il lellah.«

Unter den Hereskortierten schien kein Moslim zu sein; die Gymnasiasten plauderten gedämpft-verstohlen miteinander wie ältere Lausbuben, zum Nachsitzen kommandiert. Allein drei der Lehrer sahen krank aus, so blaß und still und starr alle drei, als litten sie an einer gemeinsamen Krankheit.

Dann kam unser Spieß mit hochrotem Gesicht gelaufen, mit blöd glotzenden Augen wie einer, der soeben eine höchst überraschende Mitteilung empfangen, und nahm die Bewachungsmannschaft mit spitz-knappem Anschrei zurück.

Dann kamen die Motorräder – –

6

Als sich das von den Motorrollern im Borgo Caliban dargebotene Hörspiel wiederholte, anhebend mit zähem Startersurren, übergehend in maschinengewehrartiges Tocketocketocketocke, fast vergehend in Fernen, herwiederdonnernd, sprang der Romfahrer, ein wohl-, vielmehr übelbekanntes Gefühl der Atembeengung in der lädierten Nase, vom Bett (oder Brett) mit tigerhaft langem Satz zum Fenster und erspähte durch die Ladenritzen:

Unterm toten Bleichlicht der Neonstäbe, den Soziussattel mit einem, zuweilen auch zwei Mitreitern beladen, unternahmen die Vespas und Lambrettas auf der ansonsten unbegangenen, unbefahrenen Straße Probefahrten. Landeten immer wieder an der Bordschwelle vor der nur noch spärlich beleuchteten Bar Dante – die Korbsessel und Tischchen verschwunden, die Markise eingezogen –, um das Ergebnis ihrer Probefahrten mit den auf dem Gehsteig Stehenden unter explosivem Geschrei zu diskutieren, maniakisch wiederzustarten, bei geöffnetem Auspuff krepierende Granaten nachäffend, durcheinanderzuflitzen, zu kreisen, zu reigen unter apokryphem Mammutwespensurren, blechern knatternde Nachtfalter.

Zborowsky, atembeengt, mit einer groben Verwünschung seines Namensdoppelgängers, der ihm die Ruhe nach 11 geschworen hatte und den Frieden, war er drauf und dran, den Laden aufzuschmettern, hinunterzubrüllen: Laßt mich schlafen! Sie würden heraufbrüllen: So schlafen Sie doch!, nur Gelächter finden für seine in schlechtem Italienisch vorgebrachte Beschwerde. Da konnte er nicht umhin, sich ein

MG in den Arm zu wünschen. Eine kleine Schrecksalve, zweimeterhoch über ihre Köpfe hingefegt, würde genügen, um sie zum Rückzug zu bewegen (hinter Madrids Polofeld, im Buschwald nah dem Manzanares-Ufer, wo die Fasci-Italiener gelegen, hatte solch eine Schrecksalve einstmals genügt – zu Anfang seiner Milizionärszeit hatte er nicht vermocht, auf den Mann zu schießen). Falls sie aber nicht abzogen, würde er dem Satanasschreier einen Einzelschuß in den dicken Hintern schicken (denn man gehörte nicht zur Verlorenen Generation Ernest Hemingways, sondern zu einer spätern, Leergeschossenen Generation, die nicht viel mehr und andres gelernt hatte als Schießen). Indes war ja Frieden. Achso, ja. Frieden war. Engländer und Deutsche und Österreicher und Inder, alles begegnete einander gemütlich-arglos, ohne Jägertücke in Piacenza, sogar Italiener.

Er tappte zur Waschgelegenheit, ließ Wasser laufen in seine gekrümmte Hand, in das er mechanisch ein paar Tropfen Kölnischwasser sprengte, bevor er's aufschnupfte mit einem grunzigen Schnaufer.

Bewirkt hatte der ›Denkzettel‹ des Hauptsturmführers Alois Mehlgruber eine bei feuchtschwüler Witterung – hier dem überm Fluß Po schwebenden Nachtdunst – auftretende Nasenkonstipation, gegen die man, nicht willens, sich an Mittel der chemischen Industrie zu gewöhnen, nach selbsterfundenem Bauernrezept ankämpfte (zwei Tropfen Terpentin oder Schnaps taten's auch). Er erneuerte seine Stirnkühlkompresse, kroch aufs Bett-Brett zurück, lauschte dem unentwegten Detonieren der Motorräder.

– – Dann kamen die Motorräder auf den Markt von Kragujevac gerast. Sechs Schwermotorräder der ›Sicherheitsgruppen‹ des Kaltenbrunner. Sie knatterten über das holprige

Katzenkopfpflaster, daß die Fahrer in den Sätteln hüpften und die Schützen in den Beiwagen, auf die Leichtmaschinengewehre lafettiert waren.

Sie bremsten scharf, und dann knatterten die Maschinengewehre …

Und das verwundert-verwundete Chorschreien halbwüchsiger Serben, jähes Todesschreien von Knaben in der Pubertät, hallte schrill wie Frauenkreischen, brüchig wie Hundegejaul …

In dieser Nacht desertierte der Strafsoldat Franz Zborowsky, gehorsam der ›Wehrmachtsstrafvollzugsordnungsorder‹ (solche Wörter hatten sie eingeführt), daß Beleuchtung nicht zur Verfügung gestellt werde, im lichtlosen Bremserhäuschen eines gen Nisch rollenden Güterwaggons zur – eben in Bildung begriffenen – Volksbefreiungsarmee des ›Schlossers von Zagreb‹ Josip Broz-Tito.

Ich war ein ›besessener Künstler‹, der nicht schaffen durfte, aber sie hatten mir eins nicht nehmen können: Phantasiebesessenheit. Phantasie schaffte und machte mich freier als die andern in einer Epoche eisigsten Zwangs und schenkte mir das Feuer zur Initiative. Ich war nach Spanien gefahren heftiger getrieben von dem Motiv ›Suche und finde Lolita‹ als dem des ›Kämpfe mit der Flinte in der Faust‹ (schöpferische Künstler verfügen über andre Waffen): immerhin *war* ich gefahren. Im Lager Gurs hatten sie mir die Initiative entwendet, behutsam zunächst in der Art von Taschendieben, aber im KZ Mauthausen hatt' ich sie zum zweiten Mal ergriffen, mit der Absage an den Beauftragten des Reichskulturkammergewaltigen, Absage, die mir, erste Vergeltungsmaßnahme, eine angeknackte Nase eingetragen: sie zu brechen hatte der Faustschlag Mehlgrubers nicht vermocht (ich hab sehr starke Knochen). Die ›Pariser Protektion‹, die mir zweifellos die Fürsprache Kuropatkins hatte zuteil werden lassen, das faschistische ›Entgegenkommen‹ und ›Gnade-für-Unrecht-Ergehn-Lassen‹ hatte ich damit liquidiert, ich selber, niemand andrer. Und zum dritten Mal rüttelte Phantasie mich auf zur ›Einzelaktion‹. Unvergeßlicher Passus eines Briefes von Gorki an Fedin: ›Ich bin ein alter Widersacher physischer und moralischer Leiden. Die einen wie die andern, subjektiv und objektiv genommen, erregen in mir Widerwillen, Ekel und Zorn. Das Leiden muß man unbedingt hassen, nur so kann man es vernichten.‹ Das Sekunden währende Sterbensleid der Kragujevacer Gymnasiasten hatte mich, Zwangszuschauer dieser modernen Herodestat, infiziert mit unerträglichem Leiden, dessen Wüten sich allein zu heilen vermochte durch Amoklauf, das hieß: qualvollen Selbstmord, oder Flucht. Als Leidensbekämpfer wählte ich Flucht, doch war mein erstes Refugium, nachdem ich in der Jastrebac-Bergöde übergelaufen war zu den Partisanen, ein Ziegenstall, in dem ich in strenger Einzelhaft hockte.

Nur die Ältern, die den Okkupator Habsburg gekannt hatten, sprachen deutsch, und sie verhörten mich mit dem Bedacht ackernder Bauern tagelang, und der rote Stern glomm auf ihren Käppis, und sie fragten mich, weshalb ich desertiert sei, und ich sagte, weil ich Antifaschist sei, und sie fragten, ob ich Kommunist sei, und ich sagte, nein, Graphiker, und erzählte ihnen, daß ich für die Bewahrung der spanischen Republik gekämpft habe als Offizier der Interbrigaden, daß eine Zeitlang ein gleichaltriger Jugoslawe mein Kompaniechef gewesen sei, Pavićević alias Capitán Mirko, und sie horchten auf, ohne mir von ihrem Schilavka zu trinken zu geben, und ließen eine Anfrage an den Obersten Mirko Pavićević (später ward er Minister) ergehn, der die Partisanen im Sektor des bosnischen Bjeli-Scheher befehligte, und sie warteten die Antwort ab und tranken mit Maß Schilavka und pflegten ihre Verwundeten, die sie aus dem Sektor von Nisch – ein altes serbisches Bauernsoldatensprichwort, wem Nisch gehöre, dem gehöre der Balkan – per Maultier ins Gebirg geschleppt hatten, und sangen abends getragen im Chor, wunderschön, und behandelten mich wie eine Milchziege, die mit bäuerlicher Regelmäßigkeit um Auskunft gemolken wurde. Dann bestätigte Oberst Pavićević meine Aussage und mein Signalement, und sie ließen mich aus dem Stall und lächelten mich zum ersten Mal an unter ihren rotglimmenden Käppisternen und gaben mir Schilavka zu trinken und schickten mich zu ihm mit einer Maultiereskorte, und es war der seltsamste Ausflug meines Lebens, dreizehn Tage während, die letzten fünf in einem Jeep britischen Fabrikats, und der Oberst Mirko Pavićević küßte mich auf die unrasierte Backe und sagte in erstklassigem Wienerisch, er hatte in Wien auf Tiefbauingenieur hin studiert: »Weißt, deine Nase schaut nicht mehr ganz so klassisch aus wie die vom John Barrymore, liebster Borrón, hast du letzthin zuviel g'soffen?«, und ich erzählte ihm vom Mauthausner Hauptsturmführer Mehlgruber, und er lächelte: »Da hast du noch Glück gehabt, alter Spezi«, und puffte mich mit der behandschuhten Linken in die Seite, wobei ich merkte: diese Hand war aus Holz.

Der Strich zwischen dem bosnischen Bjeli-Scheher und dem herzegowinischen Mostar war stark islamisch durchsetzt; weil der exilierte Großmufti von Jerusalem die Moslim in einer vom Berliner Sender ausgestrahlten Dauerkampagne beschwor, für den Weltsieg der Faschisten zu kämpfen, sympathisierte ein Gutteil der bosniakischen und herzegowzschen Mohammedaner mit den Okkupatoren.

Mirko: »Wenn ein Moslim dich den Deutschen verpfeift und die dich erwischen, bist du hin, Borić« (so hieß ich nunmehr). Indes schickte der Oberst mich erst auf mein Bad in der Buna hin nach Mittelserbien zurück.

Im Karst unfern von Mostar hielten die Partisanen den Raubhorst Stjepanovgrad.

In diesem Sommer, zu heiß selbst für umfassende Operationen der großdeutschen Wehrmacht (meist aus Österreichern rekrutierte Truppen, eingesetzt nach dem Schlachtruf des Ersten Kriegs ›Alle Serben sollen sterben!‹, hier hitlersches Raubexperiment im Gefolg habsburgischer Angriffstradition), bot sich die bemannte Burgruine als Symbol für die seit altersher immer wieder erkämpfte Freiheit der ›Heiligen Räuber, Geißeln der Reichen, Helfer der Witwen und Waisen‹ im Daueraufstand wider die Unheiligen Räuber, imperialen Einbrecher und fremden Zwingherrn aus West und Ost, Wien und Konstantinopel, gegen die sich dies Gebirgsvolk durch die Jahrhunderte aufgebäumt hatte in Guerilla-Aktionen. – Hitzeflirrender Hochsommertag. Auf Dreierpatrouille Simić, Joso und ich, der auf dem Maulesel ritt, überm Sattelknopf das nagelneue britische Leichtmaschinengewehr. (»Wir haben bislang die Tschetniks des Generals Mihailović aus der Luft mit leichten Waffen versorgt. Da diese sogenannten Königstreuen Hitlers Divisionen nur Scheingefechte liefern, in letzter Zeit gar mit ihnen paktieren bei der blutigen Niederwerfung der südslawischen Partisanen, deren Aktionen sich zu einem echten Volksaufstand gegen die Unterdrücker entwickelten, habe ich die Ehre und Pflicht, Euer Majestät mitzuteilen, daß wir fortan die sogenannte Volksbefreiungsarmee eines gewissen Josip Broz alias Marschall Tito mit Waffen versorgen werden, wobei die Tatsache, daß der Mann Kommunist ist, unsren Entschluß nicht beeinträchtigen darf.« London 42; Kriegspremier Churchill zum exilierten König Peter.)

Zwischen Feigen und Granatbüschen hin pirschten wir zum Ufer der tiefblauen Buna; ruhesameres Fließen blickte ich nie. Mich wandelte die ungestüme Lust an, zu baden. Simić und Joso waren nicht dafür zu haben, doch rieten sie mir zu, patrouillierten weiter, vorbei am verlassenen Mausoleum des islamischen Heiligen Sarisaltum-Baba, errichtet unterhalb eines drohlich überhängenden Felsens und zuseiten einer Grotte, darin die Buna entsprang.

Ich warf Stiefel, Shorts, Hemd, Käppi ab, schob sie untern Mauleselsattel. Nackt trug ich das MG ans Ufer, setzte es hinter einem Granatbusch ab, schwamm, ächzend vor Vergnügen, in die Grotte ein, unter mir in der tiefdurchsichtigen Flut flitzend Forellen von seltsamer Buntheit, über mir, aus den Grottennischen ein verschwiegen-gutturales Geraun, das mich flüchtig zur Vorsicht mahnte, bis ich erkannte: Taubengurren.

Ich sah nicht den Moslim im weißen Filzfes, der aus Sarisaltum-Babas Grabstatt schlich, nicht das Feuer, das er behend entfachte, nicht die alsbald über die Felsen weithin sichtbar emporkräuselnde Rauchfahne.

Einmal an die große Frische dieses märchenhaften Wassers gewöhnt, konnt' ich nicht aufhören, im Eingang der magischen Grotte hinundherzuschwimmen, zum erstenmal seit Jahren entrückt in wunschlos-ungestörtes Behagen; ledig allen mörderischen Zwangs; frei.

Plötzlich hallten Männerstimmen an mein Ohr. Ich diagnostizierte Kärntner Dialekt. Noch ehe die ersten Schüsse in die zaubrische Grotte spritzten – nie noch fühlte ich mich so erschreckt, schutzlos übertölpelt wie ein Neugeborenes, ausgeliefert dem sichren Tod, an den, Spinoza schrieb's auf, der freie Mann ungleich seltener denkt denn ans Leben.

Mir gelang, mehrmals tauchend, ans Ufer zu kommen.

Auf die Schießerei hin hatte mein Maulesel sich vom Pflock gerissen, ich sah ihn davongaloppieren, bergan, Stjepanovgrad zu mit meinen Kleidern. Am andern Ufer der Buna die feldgrauen Stoffschirmkappen ostmärkischer Gebirgsjägerstreife, ihre drei in Stellung gebrachten MGs. Auf der Felsplatte vor dem Mausoleum, neben dem himmelschwärenden Rauchsignal, der Moslim, der mich also verraten hatte, reglos auf dem Gesicht liegend im weißen Fes, getötet von einem der Schüsse jener, denen er mich hatte ausliefern wollen.

Tropfnaß und splitternackt lag ich im Granatbusch hinter meinem feuernden Maschinengewehr, dessen Federn ich gespannt hatte in irrer Hast, der unbedeckteste Krieger seit der Steinzeit, wollte mich's dünken, ein nackter Österreicher, der sich auf Leben und Tod duellierte mit uniform-bekleideten Österreichern in einem Weltbürgerkrieg – wie ein Gleichnis des sie mir hinflogen, die nächsten durchknatterten Minuten, da ungeachtet der Hitze kalter Schweiß sich wie ein Umschlag legte um meine Blöße – –

»Zrrrr-wwwummmm! Tocketocketocketocke! Tocketocketocketocke!«

Jemand sang, nicht die aus der Tonkonserve dargebotene Altschelmenstimme Maurice Chevaliers, sang schallend mit schmelzendem Tenor – wohl der Satanasschreier –:

»Perché … ? / Perché … ?«
(Warum … ? / Warum … ?)

– – Dann eröffneten Joso und Simić, die die Grotte umgangen hatten, das Feuer auf die Okkupatoren, die eine Übermacht im Hinterhalt fürchtend, sich unter rauh-unflätigen

Kärntnerflüchen (›O Muttersprache, Mutterlaut …‹) zurückzogen. In der folgenden Nacht ließ Oberst Pavićević den Raubhorst Stjepanovgrad bis auf weitres räumen. Mich puffte er mit der Holzfaust grimm-traulich in die Rippen, schickte mich in die Planina Gorija zurück, ins Herz Serbiens.

In diesem Winter, da die Stalingrader Schlacht des Zweiten Kriegs große Wende brachte, froren wir in den Schaf- und Rinderhirtenkabanen hoch über Jenipazar. Es gab keine Kohlen und sehr wenig Holz, das der Verpflegungsoffizier beanspruchte: die tiefergelegenen Wälder, Buchen, Pinien und Oliven, hatten die Okkupatoren systematisch niedergebrannt. Uns die Füße zu wärmen, steckten wir sie in Kuhfladen. Mir selbst blühte das Glück, mich zudem wärmen zu dürfen an der Schneideritza. Ein kroatisches Bauernmädchen, dem die Ustaći, die Schergen des kroatischen Faschistenchefs Ante Pavelić, die Nase zerprügelt hatten, Versehrtheit, die mich ihr auf den ersten Blick verband als ein Gemeinsames. Aus Fellen und Stoffresten, die uns die Bauern zuschanzten, schneiderte sie Soldatenmäntel ebenso erstaunlich behend, wie sie Telegraphenstangen absägte, und weil sie sich einen Wiener zum Gefährten erwählt, tauften die ältern Partisanen, jene, die noch deutsch konnten, sie schmunzelnd Schneideritza. Fünfundzwanzig war sie und stämmig, prall um Brust, Arm, Hüfte, mit roten Pausbacken, blitzsauber trotz aller Waschbeschränkung, und wiewohl ihr zerbrochenes Nasenbein, weit ramponierter als meines, sie verunstaltete, liebte ich sie beinah.

Beinah, die Schneideritza, beinah.

Da waren andre Mädchen und Frauen (auch Ehefrauen), die zu den Partisanen gestoßen waren, hübschere, und die Kameraden neideten mir die Schneideritza nicht allzusehr. Vom Obersten Pavićević instruiert, wie speziell gefährdet meine Person sei, setzten sie mich nie im Nahkampf ein; ich schnitzte Stempel, zeichnete Stabskarten und bildete, nachdem ich mich ohne Dolmetsch verständlich zu machen gelernt hatte (die beste Sprachschule eine Liebschaft), gewappnet mit meinen spanischen Erfahrungen Rekruten aus. Ein Gefühl der Festigung verschaffte mir der Umstand, daß hier die Fronten, wenn auch guerillakriegsmäßig fluktuierend, sehr klar zutage traten, anders als im Spanischen Krieg. Dort hatten, unbeschadet des Vordringens der von Franco befehligten Divisionen, die Republikaner einander zuzeiten bis aufs Messer befehdet; Anarchosyndikalisten, Caballero-Sozialisten, Trotzkisten und sowjettreue Kommunisten lagen in klassischem ›rotem Bruderzwist‹; so meuchelte der POUM (Partido Obrero de Unificación Marxista) den ungarischen Kommunisten Maté Zalka alias General Lukácz an der Aragon-Front, während der französische Kommunist André Marty spanische Republikaner und ausländische Freiwillige füsilieren ließ. Klare Front südslawischen Kriegs: hier die Volksbefreiungsarmee der Tito-Partisanen, Beherrscherin des ›šumu‹, der Wildnis, mit stärkstem Anhang im Volk; dort, sah man ab von den überläuferischen Moslim, der Eindringling des Dritten Reichs ›Wehrmacht‹, Mihailovićs Tschetniks bald genug tolerierend, verbündet mit den kroatischen ›Ustaša‹ und den Fasci-Italienern, die Dalmatien besetzt hielten, hahahaha. Wenn ich bedenke, welchen Streich Mirko Pavićević denen gelegentlich seiner Inspektionstour spielte, denen, hahahaha.

»Hör, Borić, hast du Lust, dir Dubrovnik im Frühling anzuschauen? – einen der malerischsten Häfen Europas, das so schön sein könnt'.«

»Ja, es könnt' schön sein.«

»Da drunten an der Küste hocken die Mussolinis. Geschehen wird dir nichts, ich übernehm die Verantwortung. Magst mitkommen?«

»Wenn's dich freut, Mirko, mag ich.«

Wir fuhren in einer alten räumigen Tatralimousine über Pusti Lisac nieder durch den montenegrinischen Karst, zu sechst – der Oberst, zwei Ordonnanzoffiziere, der Fahrer, die Schneideritza und ich – in voller Uniform, Stern am Käppi, allein Mirko hatte seine Rangabzeichen mit denen eines Partisanenhauptmanns vertauscht, und der Fahrer kannte das Küstengebirge wie seine Tasche, und wir umfuhren im Aprilmorgendämmer zwei verminte Straßensperren mit der Verve eines Tanketts und rollten im überhellen frühwarmen Morgen an Eselkarren vorbei ungehindert ein in den Traumhafen Dubrovnik, und ich sah die italienischen Truppenfrachter am Pier und sah das Mittelmeer fischbäuchig irisierend in einer fast tropischen Brise, und mein Sinnen eilte gleich Radiowellen über den Apennin hinweg ans jenseitige Meeresufer, das iberische, hinter dem ich in einem andern April als Leidenshasser so irrsinnsnah gelitten hatte um die Lolita Aguirre ... und angesichts der gefährlichen Schönheit dieses Morgens und Orts, aufgeblasen vom afrikanischen Wind zu einer hektisch-trughaften Buntheit, da aus den bewohnten Felsenhügeln, trughaft naher Kulisse alten Seeräuberhorts, Schwalbenschwärme steil niederschossen ohne Ende, als wäre der Erde Schwalbenschaft hier versammelt, überfiel mich der alte irr-süße Zweifel an der Wirklichkeit, die sich schauerlich vollzogen hatte, die unbelehrbare fata-morganische Hoffnung, daß sie noch lebe ...

»Was lächelst du so finster, Borić?« fragte mich Mirko.

»Lächle ich finster?«

»Macht dir vielleicht der Schirokko Kopfweh?«

»Vielleicht der Schirokko.«

»Oder fürchtest dich vor den Mussolinis? Ich versprech dir, wir kommen wieder heil hinaus, so heil wie die Schwalben da droben.«

»Die Furcht liegt hinter mir«, prahlte ich. Je näher der Zweite Krieg seinem Ende kam, desto heftiger belästigte mich mein zur Schaffenslosigkeit Verdammtsein, dies ›Inter arma tacent musae‹, desto zwangsvorstellungshafter auch die Befürchtung, daß ich zu sinnloser Letzt doch noch fallen würde, fallen aus diesem Leben, ohne den Spätern einen Strich zu hinterlassen. – Wir parkten vorm Gewölb eines Papierwarenhändlers nah dem Pile-Tor, stiegen aus, traten ein, waffenlos.

»Wir benötigen sämtliche Schulhefte, die Sie auf Lager haben«, sagte, ohne mit der Wimper zu zucken, einer von Mirkos Ordonnanzen, im Zivilberuf Lehrer. »Für unsre Kinder – die Partisanenkinder oben in der Macchia. Wir zahlen in bar.«

Der weißbärtige Papierhändler blickte auf und nieder an uns, als hielte er uns für eine optische Täuschung, dann kramte er mit zitternden Händen aus den Regalen Stöße von Heften, die wir mit Bedacht im Tatra verstauten, und die Drugarica Schneideritza begab sich zum Behuf eines größern Stoffekaufs ins Nebengewölb, aus dem alsbald alarmiertes Gezischel drang, und Mirko spazierte schlendernden Schritts durch ein Spalier sprachlos Glotzender oder ungläubig Lächelnder hinüber zur Apotheke, wobei der Fahrer, mit den Lokalneuigkeiten intim vertraut, dem Obersten zuraunte, daß der Apotheker und sein Provisor Italiener seien aus Triest, entschlossen, sich für allezeit niederzulassen im Ragusa des wiedergeborenen Imperium Romanum.

»Ti boga!« lachte Mirko, »bei denen kaufen wir mit besondrem Vergnügen«, und stapfte hinein und grüßte salopp-militärisch, und der Apotheker, ein Fettwanst, starrte wie hypnotisiert auf Mirkos Käppistern und hob langsam die kurzen Arme zum Zeichen, daß er sich ergebe. Sein Provisor tat desgleichen, doch Mirko achtete des, schien's, nicht im geringsten, zog aus dem Litewka-artigen Wams eine lange Liste, drauf Medikamente verzeichnet waren, und forderte diese an: »Wir zahlen in bar.«

Der Apotheker, halbgelähmt hantierend, hauchte etwas ins Ohr des Provisors. Der schlich zum Nebenraum hin, zögernd, seltsam verklemmten Gangs, wobei sich dem Geruch von Arzneien plötzlich einer von Exkrementen beimischte – zweifelsohne hatte sein Schließmuskel versagt. Mirko Pavićević und seine Ordonnanzen verzogen keine Miene.

Ich erspähte und erlauschte, wie der solcherart heimgesuchte Provisor ein Telephon bediente; im Begriff, ihm nachzuspringen, wurde ich vermöge eines Augenwinks Mirkos zurückgehalten. Eben da wir die Medikamente geschäftig im alten Tatra versorgt hatten, teilte der Auflauf sich vor herbeijaulenden Sirenen, und herangejagt kamen: ein Dutzend feldmäßig ausgerüsteter Carabinieri auf Motorrädern – –

Im Borgo Caliban mochte nunmehr ein Vespa-Rennen stattfinden. Denn das blecherne Brausen, das Romfahrer Zborowsky, der Mann, der in Italien nicht schlafen konnte, sich nimmer wälzend, ruhend jetzt wie versteinert in fühlloser Resignation, registrierte, schwoll in fast regelmäßigen Abständen hin und wieder. Die huschenden Reflexe der Rollerscheinwerfer zeichneten sich an der Zimmerdecke, auf dem schemenhaften Lichtgitter ab wie auf einem Radarschirm.

– – kamen: ein Camion bemannt mit einem Zug Alpini, in der Morgensonne blitzend die aufgepflanzten Bajonette, und zwei Lancias der OVRA (Fasci-Italiens Staatspolizei).

Mit Handschellen geschmückt, gepfercht zwischen die Bajonettträger, unter Sirenengejaul fuhren wir stracks zum Platzkommando, und wenn in einem Winkel meines Hirns arge Bedenklichkeit aufzitterte: falls die Italiener mich identifizieren, liefern sie mich als Deserteur an die Deutschen aus, hinüber über die Schwarzen Berge, und kein Rohrfederstrich von mir würde bleiben, kein Grabstichelkratzer, das namenlose Grab allein eines Exekutierten – Mirkos erzzuversichtliches Schelmenlächeln, das eines balkanischen Eulenspiegels, stärkte mich wundersam wie der kraftvollverliebte Herblick der Schneideritza, wie das verängstigte Gaffen der Alpini, die uns ummauerten in unsrer dahinrasenden Haft, meist untersetzter Burschen, vor denen ich keine Furcht empfand im Ermessen, daß sie uns sechs Waffenlose verständnislos fürchteten, auch das Mädchen mit der zerprügelten Nase, auch es. Und die verstörten Gesichter italienischer Bauernjungen, die in Uniform gesteckt worden und die ich als lateinisch-harmlose Burschengesichter erkannte, ließen mich ein spätes Mal frühchristlich fühlen und mir das abstrakte Postulat ›Du sollst deine Feinde lieben‹ fast als erfüllensmöglich erscheinen. Die Empfindung vom Schirokko hergezauberter Unwirklichkeit, Vorstellung, als Charge eines Wildwestfilms zu agieren, verließ mich selbst dann nicht, als wir vor dem Platzkommandanten, einem geschniegelten Oberstleutnant standen, und Mirko, nachdem ihm die Handschellen abgenommen worden, ein Lichtbild hervorzog und einen auf italienisch abgefaßten Brief:

Tenente-Colonello! Hiermit befehle ich Ihnen, die Überbringer dieses Schreibens, sechs Angehörige der südslawischen Volksbefreiungsarmee, in Ragusa-Dubrovnik ungehindert ihre Einkäufe tätigen zu lassen und ihnen

freies Geleit für die Rückfahrt zu ihren Stellungen zu sichern. Ich bin gestern, 7. d. M., in Gefangenschaft der Partisanen gefallen und werde, falls die Besatzung des Dienstwagens (Tatra, Modell 33) nicht bis zum 9. d. M. um 14 Uhr vollzählig und unbeschadet in ihre Gebirgsstellungen zurückkehrt, ERSCHOSSEN.
Im Fall unbehelligter Rückkunft der Einkäufer wird mir in Aussicht gestellt, wieder an die Spitze meiner Truppen treten zu können im Zug eines Gefangenenaustauschs. Beiliegendes Lichtbild, das mich im Kreis meiner Kaptivanten zeigt, möge die Tatsache erhärten, die Anlaß bietet zu meinem oben erlassenen striktesten Befehl.
Viva il Re! Viva il Duce! Viva la Italia!
Manlio Breganzoni, General der Alpini
Gegeben in der Gefangenschaft am 8. April 1943.

Wir fuhren durch eine Eukalyptusallee, und vorn flatterte lustig ein weißer Parlamentärswimpel, Friedensfähnchen, das unsre lieben Feinde uns gestiftet hatten, und Mirko sang sonor ein Soldatenlied der toten spanischen Republik:

»Los cuatro generales,
Mamita mia«,

und Mamita sang sich wie Lolita, und ich vermeinte zu spüren trotz aller sieghaften Fröhlichkeit, die im Tatra regierte, daß mein Herz alt ward und schmal und unsymmetrisch und umschmiedet von mehreren Ringen wie jenes greise Wasserzeichen im falschen Japanpapier des Richard de Bas, und dann fragte ich Mirko:

»Sag, was ist das für ein seltsamer Baum?«

»Das? Kein Baum, Borić – eine Agavenblüte. Kolossal; kaum zu glauben, nicht wahr? Agaven blühen ein einziges Mal.«

Die Schneideritza neben mir, ausgelassen kichernd und prustend wie nie noch, ich sah sie nicht an – –

7

Kurz nach halb 3 starteten die Vespas und Lambrettas endgültig.

So schien's; der Romfahrer lag auf der Pritsche, ungläubig vor der Tatsache. Besser, man beließ in Zweifel, ob das in Fernen ersterbende Tocketocketocke nicht wiederkehren würde, den nachtschlafnen Borgo neuerdings erfüllend mit blechernem Geröhr. Derart kupierte man ohnmächtigen Ärger, nicht abreagierbaren. Denn wenn sie wiederkamen, ein Zuruf, wie schon vorhin erwogen, würde nichts ausrichten. Vermittels eines Maschinengewehrs Ruhe und Frieden zu fordern, wie schon vorhin erwogen: solche Forderungsmethode gehörte zum Kapitel wüster Reminiszenzen, abgesehn davon, daß ein MG nicht zur Hand war (ein Fehlen, an das man sich in der ersten Nachkriegszeit nicht ohne weiteres hatte gewöhnen können).

Zur Hand allerdings war eine 9,085-Millimeter-Lugerpistole. Griffbereit, wenn auch gesetzeswidrig im Necessaire-Koffer verstaut. Zborowsky hatte deren zwei besessen.

– – Zwei; aber die andre haben sie konfisziert nach deinem ›Anschlag‹ auf Scherhack. Und das, nicht allzu listenreicher Odysseus-Borrón-Borić-Zborowsky, blieb zuletzt:

Nachdem die Rote Armee vorgerückt war durch den Balkan, Kontakt genommen hatte mit des Zagreber Schlossers Volksbefreiungsarmee; nachdem du eine ungeahnte Fülle von Formularen ausgefüllt und sie hattest stempeln lassen bei Dutzenden von Amtsstellen, Stempel, die das Ende ›Heiligen Räuberlebens‹ etwas allzu prosaisch besiegelten in den provisorisch gezimmerten Kanzleien einer vorerst noch nomadisierenden Militärbürokratie, durftest du heim. Als du frühsommers 45 – noch war die erste Atombombe der Geschichte nicht krepiert – die Grenze der wiedererstandenen Austria überschrittst, bei Radkersburg, unterm verdutzten Blick jugoslawischer, russischer, britischer Soldaten und österreichischer Zöllner, unternahmst du im Gedenken an Kostja Kuropatkin – ob der noch leben mochte? –, seine ›practical jokes‹ (praktizierten Scherze), seinen umständlichen Requisitenhumor dies. Deine mit Vorbedacht angelegten, unverschnürt belassenen Alpargatas, spanischen Hanfschuhe, die du als letztes von einst Verbliebenes mitgeschleppt hattest bis an die Pforte zur Heimat – im Hindurchtappen unterm gelüpften, frisch rotweißrotlackierten Grenzschlagbaum schleudertest du sie von den Füßen hoch in die Luft, einen um den andern, wobei du aus vollem Hals krähtest: »Es lebe unser Kaiser Franz Josef! Es lebe unsre Kaiserin Elisabeth!«

Nach neunjähriger Verschollenheit wieder in Wien sein. Dich mit dem buschigen Schnauzbart, der angeschlagenen Nase, dem Auge, das sein verträumtes Prüfen eingetauscht hatte gegen ein visierendes, dich erkannten die gealterten, die alten Eltern auf den ersten Blick kaum wieder. Aber dann kam die selig betäubende Gewißheit, daß du es seist, du, zu ihnen, und ihr Begrüßungslamento, alles Freudengeschrei und -geflüster und -geschluchz wurde – sie hatten seit Monaten ausschließlich Löffelerbsen verzehrt – begleitet von ihren spasmodischen Furzen, was dem Moment nichts nahm von seiner erschütternden Feierlichkeit.

»Oh du mein Franzl!« (Furz.)

»Bist du's denn wirklich und wahrhaftig?« (Furz.)

»Unser einziger Herzensbub ist wieder da!« (Furz.)

Der Vater, erfuhrst du, war nach deiner Flucht aus Kragujevac in ›Sippenhaft‹ genommen worden, später hatte er sich, als gemeiner Sanitäter hinunterverschickt auf die Dodekanes-Inseln, eine Malaria geholt. Wie du nach deinen Platten und Mappen fragtest, stockte er, dein Vater, in einer Verlegenheitspause, sie diesmal wie absichtlich ausfüllend mit einer Kadenz flacher Knaller, derentwegen er sich sonderbar umständlich entschuldigte: Erbsen, wie gesagt, das einzige Nahrungsmittel, mit dem die sowjetische Kommandantur den Wienern übers Frühjahr zu helfen vermochte –

»Und die Platten und Mappen?« beharrtest du, um endlich zu erfahren, daß des Himmler Geheime Staatspolizei sie konfisziert hatte samt und sonders, eingeschmolzen, eingestampft. Mitte deiner Dreißiger standst du, der so früh begonnen, mit leeren Händen, da existierte kein Radiernadelkritzer von dir, kein Blatt, kein Kupferblech, keine Kalkschieferscherbe, aber *du existiertest,* Franz Zborowsky. Totalen Krieg überlebt hattest du und warst da (Bewußtsein, das von der jugendlichen Intelligentia Frankreichs alsbald zu einem Credo erhoben wurde), da in der letzten Stunde eines globalen Massakers und der zugleich ersten eines neuen Zeitalters, in der die Menschenerde ihren ersten künstlichen Leibwind hinausknallen ließ in den Kosmos. Ja, wie der Historie erster Atombombenpilz im Himmel sich blähte über japanischer Hafenstadt, gedachtest du, die drei Ringe scheppern hörend um dein Wasserzeichenherz, Moritz Schlands und seiner Prophezeiung – –

Wiederholung der Prozedur: Aufschnupfen von etwas Leitungswasser mit Eau de Cologne, matt degoutiert vom grunzerhaften Beigeräusch. Das Handtuch neu anfeuchten, es sich auf die Stirn kleben. Wieder reglos auf der Pritsche liegen.

Auf der Pritsche. Warten. Wenngleich die Vespas bislang nicht zurückgekehrt waren, belehrt vom Krieg, traute er dem Frieden nicht.

– – Auf der Pritsche. Im Untersuchungsgefängnis Elisabethpromenade, ›die Liesl‹ genannt. Daß du für kurz auf sie zu liegen kamst, hattst du allein deiner letzten Initiative gegen das Leiden zu danken. Deinem eignen Feuer – im Wortsinn: Feuer allein, deinem letzten Schuß gegen das Leiden.

Denn die Behörden des neuerstandnen Kleinstaats kamen dir, wie drei der vier Besatzungsmächte, mit Achtung entgegen, zum Professor wurdest du ernannt und Leiter der Meisterklasse ›Graphik‹ der Wiener Akademie der Bildenden Künste. Dein altes Atelier nebst Kleinwohnung in der Böcklinstraße, am Eingang zum Prater, fandst du unversehrt vom Krieg und bezogst es wieder, und weil sich derzeit, da Nachkriegselend regierte und Schleichhandel, viel Gelichter dort draußen umhertrieb, beließen dir im Einvernehmen mit dem Rayonsinspektor die Dienststellen der Roten Armee, zu deren Besatzungssektor der Stadtbezirk gehörte, zum Selbstschutz eine der beiden deutschen Lugerpistolen, die du mitheimgebracht hattest aus dem südslawischen Krieg. Die andre bewahrtest du ohne Lizenz.

Noch vor deinem ›Attentat‹ auf Scherhack erstanden dir neue Freunde und Feinde.

Ein Teil deiner Schüler, besonders die jüngsten, vergötterten dich. Die Kulturoffiziere der Sowjets, wenngleich sie deinen ›kosmopolitischen Formalismus‹ bekrittelten, deinen ›zeitweilig bis ins Mystische ausartenden Pessimismus‹, begegneten deinem Wirken mit etwas wie mißbilligendem Wohlwollen. Die Kulturinstanzen der französischen und britischen Besatzungsmacht förderten dich mit Maß. Voll Schaffensbesessenheit dem Zerstampften nicht nachtrauernd,

Neues stampfend aus dem alten Boden Wiens, Scheide zwischen Okzident und Orient – dein Wahlspruch: ›Im Prater fängt der Orient an‹ –, warst du neben Wotruba und Kokoschka, die beide im Exil gelebt hatten, der erste Austriak, dem Nachkriegsausstellungen blühten in Paris, London.

Aber die ›Amerikaner‹ boykottierten Zborowsky. Denn es begab sich, bevor er den Schwarzhändler Scherhack niederschoß am Kohlmarkt, dies.

Unter den Fittichen der amerikanischen Besatzungsmacht zurück kehrte eine Handvoll jüngerer mediokerer, vorwiegend jüdisch-bürgerlicher Wiener Intellektueller, die vorm Zweiten Krieg in die Staaten emigriert waren und dort nicht reüssiert hatten, verkrachte Literaten, in New York modehalber zum Katholizismus konvertiert, Theater- und Filmleute, die den Broadway und Hollywood mitnichten erobert, Journalisten, die als Redakteure kleiner Emigrantenblätter dahinvegetiert hatten, sie alle nun, den toten Präsidenten Roosevelt verlästernd, gar des Jahrhunderts größten jüdischen Geist, Einstein, diffamierend wegen seiner ›neutralistischen Haltung im kalten Kriege‹ (eins aus der Reihe törichter Zeitschlagwörter: wann und wo in der bisherigen Geschichte wäre sogenannter Frieden andres gewesen als ›Kalter Krieg‹?) – sie alle, wenn auch bloß eine Handvoll, nun, ausgehungert nach billiger Macht und ramschbarem Erfolg, remigrierend ausgerichtet nach dem Exerzierreglement und Katechismus des ›Komitees Für Unamerikanische Machenschaften‹, darin das Hauptwort führte jener Senator Joseph McCarthy, der sich unter Ausnützung der allgemeinen Atomschizophrenie (Atomspaltungsirresein) als Großinquisitor alles ›Roten‹ zu etablieren gedachte. Auftretend teils in nagelneuen Uniformen, an denen nie ein Stäubchen des Kriegs geklebt hatte, als ›Umerzieher‹, ›Theater- und Presseoffiziere‹, üppige Armeekonserven konsumierend, indes die Wiener mit kaltem Kartoffelbrei belegte Brote verzehrten, fraternisierte die Handvoll – für dich zunächst schwerfaßliche Tatsache – mit den Nutznießern des Gestern, den Unzufriednen von Heute, den ›ehemaligen Nationalsozialisten‹. Beiderseits absolviert ward eine große Ablaßerteilung und Gesundbeterei: Ex-Emigranten und Ex-Nazis machten einander hoffähig auf der Hatz nach Wiederergatterung verlustig gegangener Pfründe. Jäger und Schassierte von Gestern hockten in schauerlicher Spießgesellenschaft an einem Stammtisch, den sie in einem Kaffeehaus der Jasomirgottgasse als billiges Blutgericht drapiert hatten, vom Schandmäulergeifer befleckten, an dem ›Leichen fabriziert‹ wurden, und wen der Bannstrahl der Korona traf, der hatte mit eins gegen seine Ächtung zu kämpfen. (Denn die biegsamen – preußisch geschnarrt: die schlappen – Wiener haben sich allzeit ohne Umstände jeweiligen neuen Herren gebeugt, augenzwinkernd, ohne je zu brechen, und es ist fast, als müsse ihnen derlei traditionelle Charakterlosigkeit als Charakterstärke verbucht werden, weil ihnen dergestalt ein im Geschichtsablauf von je zu je Schwierigeres gelang, nämlich mit einer gewissen Anmut zu *überleben.* Als barockexistentialistisches Sinnbild für dies Talent ging der aus der Pestgrube wiedererstandene Bettelsänger und liebliche Saufbold Marx Augustin in die Fama ein.)

An jenem Kaffeehaustisch der Jasomirgottgasse wurde dir der Prozeß gemacht, noch ehe der amtliche gegen dich eingeleitet ward wegen des Schusses auf Scherhack.

Und da du an dem frühdunkel-naßkalten Novembernachmittag vom Praterstern der Innern Stadt zustrebtest, als dich dein einsamer Weg führte durch die erstorbene Leopoldstadt, wo Wiens jüdisches Kleinbürgertum und Proletariat beheimatet gewesen samt zahllosen Anekdoten und Witzen und wo nun kein Name mehr, kein Firmenschild davon zeugte, denn die Faschisten hatten einen ganzen Stadtteil in die Auschwitzer Gaskammern verschleppt, rührte dich Ekel, ja Grauen an im Gedenken an die Jasomirgottbande: an die Instinktarmut und Phantasielosigkeit jener, die dem Massenmord rechtzeitig entwischt waren und nun, verkleidet als Hyperamerikaner, an einem Lästertisch hockten mit ihrer Brüder Henkern, schwelgend in Atomkreuzzugsstimmungen. Doch dann vergaß deine eisige Verachtung die Jasomirgottbande.

Befeuert von mehreren Gläsern Sliwowitz, die du stehend gestürzt hattest in ein paar armselig-verödeten Leopoldstädter Pinten, darin dich die Manen vergaster Juden anrührten, flackerte dein heißer Zorn empor wider die alten Peiniger und Vernichter, jäh und überdimensional auf zuckte das Bild Lolitas – *war sie denn wirklich vernichtet?* –, in deinen Ohren hallten die hellen Schreie der Kragujevacer Gymnasiasten – deren Vernichtung hattest du mitansehn, -hören müssen! –, und wie du, über den zerschossenen Donaukai in die Innere Stadt gelangt, vom frühabendlichen Gewimmel des Grabens zum Kohlmarkt abbogst, schrittst du hin mit dem gewalttätigen Ins-Nichts-Lächeln deines ›Streitsüchtigen Engels‹ (eine der erfolgreichsten Zborowsky-Lithographien aus den ersten Nachkriegsjahren).

Da entdecktest du ihn von ungefähr.

Er hockte, breitärschig, schmerbäuchig geworden, hinterm solenn erleuchteten Schaufenster der ehemaligen Hofkonditorei. Wiewohl er sich, zweifellos zur Unkenntlichmachung seiner früheren Person, hatte einen strohigen Vollbart wachsen lassen, einen schweineborstenfarbenen, der seinem rosigen Teint wohlanstand, erkanntest du ihn sofort.

Du betratst die Nobelkonditorei, die während jener magren Jahre markenfrei kostspieliges Naschwerk anzubieten hatte, erschwinglich nur für Verschwender, echte und unechte Amerikaner, Neureiche und Schieber. Einen Verschwender, aus dem New Yorker Exil heimgekehrten Verleger, der indes keineswegs zur Jasomirgottbande gehörte, einen Neffen des impressionistischen Dichters Peter Altenberg, sprachst du gedämpft an:

»Servus, Toni; sag, kennst du den Dicken da drüben mit der Schweinsphysiognomie?«

»Servus, Franz«, erwiderte der Angeredete, ein Zborowsky-Sammler, erfreut. »Den? Freilich kenn ich ihn. Das ist der Scherhack.«

»Scherhack?«

»Ein Schwarzhändler«, tuschelte Toni Altenberg, »der momentan Riesengeschäfte macht.«

Du griffst mechanisch in die Manteltasche, tratst zu dem Schwarzhändler ans Tischchen, dran er allein eine ›Sachertorte mit Schlag‹ löffelte.

»Na? Wie geht's, Hauptsturmführer Mehlgruber, Rapportführer vom Kazet Mauthausen? Erinnerst dich an mich? Wenn's auch schon ein paar Jahr her ist, daß du mir die Nase angeknackt hast ...«

Du, der soviel Erschrecken geschaut, selten sahst du einen, der sich so rapid entfärbte. Das Rosige seines verfetteten Gesichts, darin sich die straffe Gemeinheit von einst biedermännisch-arglos tarnte, verblich im Weißlichgelb des stachligen Vollbarts, und seine manikürten Fingernägel stupften fahrig in die Schokoladentorte.

»Ein – ein Irr-, ein Irrtum Ihrerseits, mein Herr«, stammelte er, deine Nase anstarrend. »I – ich kenn Ihnen nicht. Mein Name ist Scherhack, Leopold Scher- ...«

»›Kusch! Mit dir werd ich nicht lang tabula rasa machen‹«, äfftest du, zogst aus der Manteltasche eine deiner Lugerpistolen – –

8

Kurz nach dreiviertel 3.

Von Piacenzas Palazzo Gotico war dreimaliges Klimpern hergehallt, eine Quint höher als die Stundenschläge. Ebensowenig wie denen folgte ein Nachhall. Etwas allerdings erfolgte. Gedämpft, wahrscheinlich außerhalb des Borgo Caliban, eine einmalige unbedeutende Detonation. Vielleicht eine Fehlzündung. Kehrten sie wieder, die Vespas? Lauschen und Warten ein Prozeß, in den man sich zu schicken hatte als Mann, der nicht einschlafen konnte in Italien.

– – Der Prozeß Zborowsky, Wiens Achtundvierzigersensation.

Kaum daß der Angreifer ins Untersuchungsgefängnis auf der Elisabethpromenade, der Angeschossene ins Allgemeine Krankenhaus überführt worden, zeterten die Schmocks der Jasomirgottbande in den Gazetten, auf deren Redaktionsstühle sie sich gegenseitig manövriert hatten, triumphierend Mordio:

Akademieprofessor als Revolverheld

Lehrer der Jugend entpuppt sich als gemeingefährlicher Rowdy

Als Künstler getarnter Gangster schiesst friedlichen Kaffeetrinker nieder

Attentat im Auftrag der sowjetischen Besatzungsmacht?

Das Opfer Chef einer antikommunistischen Organisation?

Nach wenigen Tagen prangten etwas verlegenere Schlagzeilen:

Prof. Zborowsky, Genie, Verbrecher, Geheimagent oder Psychopath?
Wer ist Leopold Scherhack wirklich?

Die Antwort hierauf, von der Polizeidirektion publik gemacht, stimmte die Jasomirgottbande kleinlauter.

Leopold Scherhack: ein Toter. Ein Getöteter. Ein 1945, kurz vorm Einmarsch der Befreier im Kazet Mauthausen ›liquidierter‹ Lagerhäftling ohne Familienanhang. Der Rapportführer des Lagers, Hauptsturmführer der Totenkopf-SS Alois Mehlgruber hatte sich, flüchtend, mit den Papieren des Erschlagenen versehn. Gelungen war ihm, dergestalt verkleidet als Verfolgter des nationalsozialistischen Regimes, drei Jahre hindurch unerkannt in Wien zu leben, wo er sich aufschwang zu einem König des Schwarzen Markts. Bis zum Augenblick, da der Ex-Schutzhäftling Zborowsky, vormals Mauthausens No. 3097, ihn wiedererkannte von ungefähr und den entsetzt Davonhastenden in den Hintern schoß.

So kam spätes Entsetzen über einen großen Entsetzensverbreiter, als welcher Mehlgruber alias Scherhack umgehend identifiziert wurde von zwei Dutzend Überlebenden des Lagers. ›Kusch! Mit dir werd ich nicht lang tabula rasa machen‹ – wer von ihm mit diesem seinem ungebildeten Leibspruch bedacht worden, des Leiche war zumeist noch zur selben Nacht in des Kremationsofens engen Schlund geglitten – ein Faktum, dessen Protokollierung die Jasomirgottbande in eine Zwangslage versetzte.

Sensationelle Wendung im Fall Zborowsky

Mehlgruber alias Scherhack ebenfalls in Untersuchungshaft

Das Opfer als Täter entlarvt, der Täter als Opfer

Dank der Dynamik des Hofrats Dr. Dauerer, prominentesten Strafverteidigers von Wien, der als ›Anschluß‹-Gegner, katholischer Oppositioneller des Dritten Reichs selber jahrelang in dessen Konzentrationslagern verbracht hatte, wurde der Prozeß Zborowsky mit beispielloser Schnelligkeit aufgerollt und zu Ende geführt nach der Devise ›Beim Dauerer dauert nix lang‹ (– während der Prozeß Mehlgruber sich weit länger hinzog, um zu enden mit einer Verurteilung des längst wiederhergestellten Angeklagten zu mehrjähriger Kerkerstrafe wegen vollendeten Totschlags, Anstiftung zum Mord, Notzucht und Devisenvergehns).

Nach Abschluß des Beweisverfahrens in der Strafsache Zborowsky verzichtete die Staatsanwaltschaft auf Anklageerhebung wegen versuchten Totschlags, beschränkte sich auf eine wegen gefährlicher Körperverletzung; der Angeklagte wurde aus der Untersuchungshaft entlassen.

Das gerichtspsychiatrische Gutachten erklärte den Angeklagten für ›hypersensibel, im übrigen völlig normal‹ (haha!), jedoch in seiner Zurechnungsfähigkeit beeinträchtigt im Augenblick der Tat infolge eines Traumas, das er erlitten habe im Gefolg der ihm seinerzeit von Mehlgruber zugefügten Körperverletzung. Trauma, das im Augenblick des unverhofften Wiedersehns mit diesem einen Affekt ausgelöst, der zur vorbedachtlosen Attacke geführt habe. Das Unverhoffte der Begegnung wurde bestätigt vom Zeugen Toni Altenberg, jenem remigrierten Verleger, den der Angeklagte unmittelbar vor der Tat angesprochen gehabt in der ehemaligen Hofkonditorei. Kurze Weile ritt der Erste Staatsanwalt auf dem Eventualdolus herum, insonderheit auf der Lugerpistole. Diese betreffend, stützte der Hofrat Dauerer sich aufs Beweisverfahren, nach dem der Angeklagte, wohnhaft in einer derzeit unsicheren Vorstadtgegend, stets eine Waffe auf sich getragen habe mit Genehmigung der Kommandantur wie der Polizei.

In den Tagen schrieb ein linksliberales Wiener Blatt nicht ohne Pathos:

> *Im März 1848 ist Robert Blum, Vorkämpfer der Wiener Freiheit, auf Befehl der Reaktion Knall und Fall erschossen worden! Auf den Tag hundert Jahre später findet dieser ominöse Knall seinen Widerhall in einem Schusse, den ein Vorkämpfer der Wiener Freiheit abgibt auf einen getarnten Schindknecht der Reaktion!*

In den Tagen erhielt der Angeklagte zu Händen des Gerichts an einhundert Briefe von Fremden, darunter etwa die Hälfte Heiratsanträge – auch solche aus Übersee – und zwölf Morddrohungen, die alle anonym.

Er trug sich erstmals mit der ungewissen Hoffnung, auf die in der internationalen Presse über die Affäre erschienenen Notizen hin ein Schreiben von Kostja Kuropatkin zu erhalten. Daß es ausblieb, schien ihm ein Indiz dafür, daß Kuro nicht mehr lebe. Nun ja, viele lebten nicht mehr …

Er trug sich gar mit der Hoffnung – meist nachts unmittelbar vorm Einschlafen regte sie sich –, ein Schreiben zu erhalten von einer anderen Person … einer so abgrundtief ungewissen Hoffnung, daß sie den Namen Hoffnung kaum verdiente.

Da der alte Doktor Zborowsky als Zeuge der Verteidigung auftrat, da er über die Jugenderlebnisse seines Sohnes Auskunft zu erteilen hatte, kam es zu einem Zwischenfall. Da er bemerkte: »Als Dreiundzwanzigjähriger lernte mein Sohn Señorita Aguirre kennen, die Tochter des –«, unterbrach ihn der Angeklagte in seinem ersten und einzigen Ausbruch:

»Schweig, Vater, ich fleh dich an!«

Aus der Urteilsbegründung des Oberlandesgerichtsrats Frantik:

> *... stützt sich dieselbe weitgehend auf das gerichtsmedizinische Gutachten. Der Angeklagte ist im Augenblick seines Angriffs auf den vormaligen Rapportführer des Konzentrationslagers Mauthausen unzurechnungsfähig gewesen im Gefolge eines* ein*maligen traumatischen Affektes, dessen causa efficiens in der Mißhandlung zu suchen ist, die ihm während seiner Schutzhaft seitens Alois Mehlgrubers (alias Leopold Scherhacks) widerfuhr. Permanente Affektlabilität bzw. paranoide Veranlagung liegen nicht vor; pathogene Elemente, wie sie aus den mannigfachen Fronterlebnissen des Angeklagten resultieren mochten (seine einzige effektive Kriegsverletzung eine mittelschwere Hirnerschütterung, die er vor über zehn Jahren erlitt), sind als überwunden zu erachten, weshalb eine weitere psychiatrische Beobachtung, wie der Erste Staatsanwalt sie empfiehlt, exkludiert werden darf.*

Professor Franz Zborowsky wurde freigesprochen. Die Staatsanwaltschaft verzichtete auf Revision. Studenten der Akademie trugen den sich Sträubenden hinab über die Freitreppe des Landesgerichts.

Das Unterrichtsministerium waltete mit Takt; es beurlaubte ihn von seinem Lehramt ›zum Zwecke einer mehrmonatigen Studienreise‹. Die führte ihn lediglich nach Pötzleinsdorf, in Toni Altenbergs Vorstadthäuschen, wo er ›Die Mondzertrümmerer‹ vollendete und ›Das Sonnentor‹. Zumal sein Name nun verbunden war mit dem des schwungvollen Advokaten Dauerer, hütete die Jasomirgottbande sich in der Folgezeit, ihn öffentlich zu diffamieren, beschränkte ihre professionelle Scharfmacherei darauf, in der Kaffeehausecke seine ›Weibergeschichten‹ zu beklatschen und zwischen einem Glas Wasser und einem Mokka seine Arbeit als Stümperwerk in den Orkus zu schnippen. Frau Dr. Zborowsky, die alternde Mutter, rief aus voll nie alternden Temperaments:

»Weißt, was ich tu, Franzl? Ich leih mir eine Nilpferdpeitsche aus, geh in die Jasomirgottgasse und zeig's ihnen, den verhetzten Buben!«

»Aber Mama, liebste.« Er lachte leise. »Mein Leben scheint halt ein Skandal-am-laufenden-Band zu sein, darein mußt du dich finden. Im Grund bin ich froh, daß ich dieses Geschmeiß in die Näh hab.«

»Was? Froh …?«

»Schau. Wir leben ja auch mit Bazillen zusammen, und wenn wir immun gegen sie geworden sind, kann ihre Existenz uns wurst sein. Ja, ich bin froh, daß ich w-e-i-ß. Ganz genau weiß, w-e-r sich das Maul über mich zerreißt. Aus welcher Ecke sie mich mit Dreck bewerfen. Früher … früher, als ich noch jung war –«

»Du b-i-s-t noch jung, Franz!«

Als ich ein sehr junger Mann war, damals wurden Gerüchte über mich in Umlauf gesetzt, deren Ursprung ich nicht kannte und die mir Lolita raubten …

Er hatte es nicht ausgesprochen, brach ab, gab der Mutter einen Kuß auf den Kopf und fuhr nach Paris zur Eröffnung seiner Ausstellung in der Galerie Cachou am Boulevard Saint-Germain. Es schrieb der prominente Pariser Kunstkritiker Paul Feydieu in der Zeitschrift Arts:

Zborowsky zu Besuch in Paris

Zborowsky, der, davon bin ich überzeugt, zu den wesentlichen Graphikern seiner Zeit gehören wird, läßt man ihn endlich gewähren. Er hätte mit 26 berühmt sein können, wenn nicht sein Landsmann Hitler dazwischengebrüllt hätte und der spanische Bürgerkrieg, an dem der junge Wiener Künstler teilnahm, um sich in den nächsten neun Jahren in einer Art Ein-Mann-Résistance zu verschanzen gegen den hitlerischen Totalangriff. Nun ist er an 40 – die von Faschismus und Zweitem Krieg mehr als dezimierte, teils aufgeriebene junge Generation kommt erst mit 40 ans Licht –, und zögernd nähert sich ihm Anerkennung. He comes up the hardway: er kommt den beschwerlichen Weg empor, wie die Amerikaner es nennen, deren Talenten Ruhm ungleich leichter zuteil wird. Mitschuld daran trägt wohl sein Standort Wien, seit jeher weniger eine Stadt der Bildner als eine der Musik, wohin er zu Kriegsende zurückkehrte:

»Abgesehen davon, daß ich dort geboren bin, worauf es weniger ankommt, benötige ich die noch-

westliche, nahöstliche Atmosphäre. Vom Riesenrad im Prater aus sehe ich bis ins türkische Gesäuse hinein, bis nach Hellas und Tiflis, aber auch der Eiffelturm bleibt mir von dort aus in Sicht, und an schönen klaren Tagen gelingt mir sogar, New York – allerdings sehr klein in der Perspektive –, sein wackliges Empire State Building zu erspähn; ja, ich hab gehört, daß es infolge seiner Höhe unausgesetzt wackeln soll, wenn auch nur ein klein bißchen …«

Dies im Gegensatz zu seiner bedräuenden Kunst so charmant-urban tändlerische Geplauder bewältigt Zborowsky zu meinem diebischen Vergnügen in einem fast fehlerfreien Provenzalisch. (Die Dritte Republik hatte für nötig befunden, ihn nach seinem Rückzug aus Spanien im Süden zu internieren.)

»Ich bin ein Farbenseher, aber kein Maler. Vielleicht wäre das anders, wär ich in Frankreich zur Welt gekommen.« Und doch ist einer der größten Maler der Geschichte ein Ahn Zborowskyscher Graphik: Hieronymus Bosch. Von den Spätern: Goya. Von denen, die in unsre Epoche reichen: Edvard Munch, Odilon Redon, unser halbvergessener Lithograph, und Kubin, Zborowskys viel älterer Landsmann. Kein Abstrakter ist er und kein patentierter Surrealist vom Schlag Max Ernsts, vielmehr ein durchaus unbequemer Verbindungsmann zu einer neuen kosmischen Bewußtheit, die zu erwecken infolge der durchaus unbequemen wissenschaftlichen Revolution Gebot ist. Jenseits jeglicher Propaganda zeichnet er ein unübersehbares Menetekel an unsre bombenbeschädigte Wand.

Vor mir liegen zwei Alben, betitelt DAS SONNENTOR, *und* DIE MONDZERTRÜMMERER.

›Das Sonnentor‹ zweifellos die Puerta del Sol Madrids und die Sammlung Radierungen ebenso zweifellos erschreckende Metamorphose eines Erlebnisses der Vergangenheit, das des spanischen Bürgerkriegs. Fast wäre man geneigt zur Vermutung, dem Radierer sei an dieser verkehrsreichsten Ecke der spanischen Metropole etwas Namenlos-Grauses begegnet, etwas, das sich nicht in vordergründigen Kriegsgreueln manifestiert wie etwa in Goyas Skizzen über die spanische Erhebung gegen Napoleon, sondern esoterischerweise in drei Figuren, die als ›Geheimmotiv‹ immer wiederkehren in diesen Radierungen: ein Priester, ein Zeitungsverkäufer und ein wie ein flügelloser Pegasus durch die Luft sausendes, beflecktes Schaukelpferd.

Die klobigen Geschäftshäuser und Mietskasernen der Puerta und der von ihr abbiegenden Montera-Straße (immer wieder erscheint das Straßenschild CALLE MONTERA*) bleiben mit ihren Cafés, Zeitungsständen, Läden etc. fast auf allen Blättern fixiert bis ins Minuziöse, während – man sieht keine kriegsgerecht ausgerüsteten Soldaten und außer ein paar über Caféstuhllehnen gehängten Flinten keine Kriegswerkzeuge, es könnte friedlicher Alltag sein, Mittag, Frühabend oder auch Nacht – die Sonne das Kriegsmotiv einfallen, -gleißen, -blenden, -wuchten läßt. So als hätte sich das Perihelium verschoben, eine Sonne, die fast den ganzen Himmel einnimmt und die nie untergeht, auch nicht mitternachts. Unsägliche Last dieser Sonne, die blendet, siedet, brodelt ohne Ende und die wimmelnden Männlein in Mechanikeranzügen und Baskenmützen umwirft, auch den Priester, den Zeitungshändler, indes das Schaukelpferd* *aufgeht in schwarzem Rauch – unsägliche Last eines Krieges.*

In ein anderes, kosmo-satirisches Pandämonium führt die Folge von Lithographien ›Die Mondzertrümmerer‹.

Die jahrelange Bedrohung der Erdenvölker mit totalem Krieg ist auferstanden, kaum daß sie gebannt wurde, in einer depersonalisierten Resurrektion, die die Bedrohung ins Planetare steigert. La gueule d'Hitler spukt im ersten Atombombenpilz der Geschichte. Bald genug ist man raum-atomartilleristisch so potent, daß man den der Erde nächsten und sie umkreisenden Himmelskörper, unsren kleinen Mond mit seinem lausigen Durchmesser von 3500 Kilometern, zertrümmern kann. Kann. Und weil er keine Atmosphäre hat und darum nicht bewohn- und kolonisierbar ist, zertrümmert man ihn kurzerhand in Ausführung einer OPERATION LUNA: *weg damit!*

Der Mensch schoß durch die Zeiten immer auf das, was im Bereich seiner Waffe lag, sei's seiner Steinschleuder, Armbrust, Arkebuse, Maschinenpistole oder Raum-Atomkanone. Bei Zborowsky schießen Männer den Mond über Korn und Kimme, nicht anders wie Sonntagsjäger einen Hasen schießen; bezeichnenderweise tragen sie Jägerdreß, Hüte mit Gamsbärten.

Die Bilderbuchfabel zeigt nun das Erdenleben mit und ohne Mond am Beispiel eines ländlichen Liebespaars. Es lebt in einer fast attischen Landschaft. Ein kolossaler Vollmond scheint durch die Säulenhallen steinalter Tempel und animiert das Paar zur Vereinigung, und es gründet einen Hausstand mit vielem Getier, eine Familie mit vielen Kindergenerationen, und

Säuglinge in den Armen der Mütter recken die Pfötchen nach der am Nachmittagshimmel träumenden Sichel des Jungen Monds im Versuch, ihn zu haschen. In diesen Blättern webt etwas von antiker Harmonie.

Dann die Technisierung, die Atomrevolution. Dann die Mondzertrümmerung, Blätter, die die unbarmherzigsten Jünger gegenstandsloser Kunst mit Zborowsky versöhnen mögen. Dann das Zeitalter der Mondlosigkeit nach Überwindung der Zweiten Sintflut.

Es wird nie mehr wirklich Tag. Denn die Mondzertrümmerung hat eine radioaktive Wolke aufgewirbelt, die fortan die Stratosphäre überlagert. Der Tag ist ewige diesige Dämmerung und die Nacht totale Finsternis; nicht nur, daß nie mehr der Mond aufgeht; die Staubwolke deckt die Sterne ab. Verstohlen sickert das radioaktive Miasma durch die Atmosphäre hernieder. Unbekannte Seuchen treten auf. Jenes attische Ahnenpaar – vor der Mondzertrümmerung war, vermöge des rasanten Fortschritts von Medizin und Hygiene, die Lebenserwartung auf 130 Jahre angestiegen – lebt noch, sieht seine Kindergenerationen hinweggerafft. Die attische Landschaft verliert ihre Vegetation, sie verkarstet. Steinharter unbebaubarer Karst allerwegen. Arbeitslosigkeit, Hungersnot. Die Operation Luna hat sich als Fehlschlag erwiesen. Eine von apokalyptischen Revolverschnauzen aufgepeitschte Massenbewegung setzt ein: HAUT DIE JUDEN! WIR WOLLEN EINEN NEUEN MOND! *Die Versuchszentren der ›Raumstrategie‹ arbeiten fieberhaft. Einen Mond mit Durchmesser des zertrümmerten herzustellen erweist sich als undurchführbar; schließlich gelingt es der Firma Evercombie & Pitch, ›zehn Kleinmonde des bescheidenen Durchmessers von 350 km pro Stück auf den Markt zu bringen‹ (bisweilen, selten, sind die Blätter moritatenmäßig unterschriftet).*

Die zehn künstlichen Erdsatelliten werden im Rahmen eines internationalen Festakts (Trachtentänze etc.) in den Raum katapultiert. Wiederum auf den ersten Blick hin ein Bombenerfolg sondergleichen: HEIL UND SIEG, WIR HABEN ZEHN MONDE WIE DER SATURN! *Fortan blaken zur selben Nachtstunde stets ein paar schäbige Möndlein gespenstisch am diesigen Himmel, indessen … macht sich rings auf dem Erdenrund ein seltsamer Ton bemerkbar.*

Es pfeift.

Anders als Sturm. Hauchsacht, aber allüberall, tags, nachts, ein endloser Klageton wie aus einem himmelfernen Dudelsack.

(Ein Pfeifen, lithographisch fixiert im stets verstörteren Emporhorchen des greisen attischen Paars).

Und langsam wird Ultrakatastrophales offenbar: die künstlichen Satelliten magnetisieren der Erde die Schwerkraft weg, saugen ihr die Atmosphäre ab, die mählich entweicht wie durch zehn Nadelstiche in einem Kinderluftballon. Ursache des kosmischen Pfeifens.

Neue Massenbewegung: LYNCHT DIE NEGER! HERUNTER MIT DEN MONDEN! *Doch die synthetischen Trabanten herabzuholen mißlingt. Der Chef der Firma Evercombie & Pitch stürzt sich aus dem Wolkenkratzerfenster. Indes zerschellt er nicht, wie gewünscht, in der Tiefe – er ist der erste der Milliarden Menschen, die vom ›Mondensog‹ hinaufgepreßt werden in den Weltenraum auf Nimmerwiedersehn.*

Wie die Blätter in einem Wirbelsturm trägt es

Myriaden empor, Mensch, Tier, jegliches, was nicht niet- und nagelfest, in schauerlich wimmelnder zappelnder Völkerhimmelfahrt.

Die sich festzuhalten vermochten, graben sich in tiefe Erdhöhlen ein. Wo die Menschheit begann, dort endet sie: in der Höhle. Auch darein reicht der Sog. Das attische Paar, besessen von zähestem Lebenswillen, vergräbt sich zutiefst, klammert sich fest bis zuletzt in diese Erde – dann wird auch es emporgetragen, im All entschwinden die beiden Letzten.

Im Wortsinn verflogen alles organische Leben auf Erden. Es bleibt kein lockerer Stein, es bleiben die karstigen Schründe allein.

Die Erde ist Mond geworden.

Eine Genesis vom Ende.

Über Zborowskys moderne Techniken resp. seine Ausstellung bei Cachou referiere ich im nächsten Heft ARTS.

»Glauben Sie übrigens«, frage ich zu Ende meines Gesprächs mit dem Gast aus Wien über zwei Gläser Pernod hinweg, »an die Möglichkeit eines zweiten spanischen Bürgerkriegs?«

Antwort: »Ja; wiewohl er diesmal nur sehr kurze Zeit dauern würde.«

Frage: »Würden Sie dann nochmals nach Spanien gehn?«

Antwort: »Ja.«

Frage:»Mitten aus Ihrer jetzigen Wirksamkeit heraus? und nachdem Sie, wie mir Ihr ›Sonnentor‹ zu beweisen scheint, dort so Arges erlebt haben müssen? Was hätten Sie, Monsieur Zborowsky, in Spanien zu suchen?«

Antwort (des Sichabwendenden): »Ich hätte in Spanien etwas zu suchen.«

Den Namen Konstantin Kuropatkin fand er im Pariser Telephonbuch nicht vor – nur den einer Madame Mirza Kouropatkine, die indes nicht in Auteuil wohnte. Mirza, so hatte wohl die Perserin geheißen, die Kuro geehelicht; er war ihr nie begegnet. Ob sie Witwe war? Hatte den Kuro der Moloch des Zweiten Kriegs gefressen?

Als er abends die Kathedrale Notre Dame verließ, drinnen – war es ein Drinnen? – er für Minuten verweilt hatte, um aus beträchtlicher Entfernung eine Anbetung der ›Maienkönigin‹ zu beobachten, entsann er sich des alten Plans. – Plan, den er gemeinsam mit Lolita ausgeheckt gehabt vor fünfzehn Jahren. In Wiens Stephansdom, nein, besser noch in Notre Dame de Paris ihre Prunkhochzeit zu inszenieren und das ohne nennenswerte Kosten. Man würde in Begleitung Kuros (des damals noch in Wien wohnhaften) nach Paris fahren; sich dort standesamtlich trauen lassen; in einem Kostümverleih zwei Biedermeierfracks mieten und ein Brautkleid mit fünfmeterlanger Schleppe; man würde zwei Gassenbuben als Schleppenträger engagieren; zur Stunde, da laut Zeitungsnotiz in Notre Dame eine Prunktrauung der Hautevolée vorgesehn sein würde, dieser auflauern, sich, die Schleppe zunächst aufgerollt, möglichst unverdächtig unter die Nachzügler mischen; beim Großeinsatz von Glokkenläuten und Orgelspiel aber würde man kehrt machen, die Schleppe entrollen und, das feudale Brautpaar am fernen Traualtar seinem Schicksal überlassend, mit Kuro als Brautführer aus dem Portal wallen und sich den Pressephotographen stellen in einem holden Hochstaplerstückchen, das ärgstenfalls den Tatbestand Groben Unfugs erfüllte …

Der vom süßen französischen Benzin geschwängerte Lenzabend narkotisierte ihn, ebenso ein Pernod, den er in einem Bistro trank. Er erinnerte sich, wie er dem Kuro zum letztenmal in Paris begegnet war, und plötzlich bedrückte ihn die Vorstellung sehr, daß der nicht mehr lebe. Aus dem Bistro telephonierte er Madame Mirza Kouropatkine an.

Eine Frauenstimme meldete sich in gutturalem Diskant, französisch sprechend mit scharfem Akzent. Der Anrufer entschuldigte sich: ob Madame der Name Franz Zborowsky etwas sage.

»Mais oui«, fistelte die Stimme nach kurzem Zögern. »Vous étiez un ami de Kostja.«

»Ja, ich war – ich bin – ich war ein Freund von Kostja, Madame«, sagte er beunruhigt. »Ich habe momentan in Paris zu tun und –«

»Ah«, kam's knapp.

»– und wollte fragen, wie … falls … wie es Kuro, pardon, Kostja, wie geht's ihm?«

Das kaum vernehmliche Summen der Leitung.

»'allo, 'allo? Sind Sie noch am Apparat, Madame?«

Da kam ihre kehlig-harsche Antwort: »Ja. – Es geht Kostja gut.«

»Ah, bon!« rief er erleichtert. »Wie – äh – wo kann ich ihn erreichen, Madame?«

Wieder das Schweigen der persischen Fistelstimme. Dann: »Er ist verreist.«

»Ah, so. Für länger? Ich bleibe nur kurz in Paris und –«

»Verreist für lange«, unterbrach sie ihn mit eins kurzangebunden.

»Je vous demande pardon, Madame, für wie lange?«

»Für Monate, vielleicht Jahre«, kam's nun ohne Zögern, harsch, spitz, brüsk, wie überdrüssig seiner Fragerei.

»Jahre …?« Ihm fiel ein, daß Kuro zuweilen davon geträumt hatte, später einmal nach Amazonien zu reisen, um allda eine eigene Gummiplantage zu gründen. »Ist, äh … befindet Kostja sich auf einer Expedition?«

»Auf einer Expedition. C'est ça. Bon soir, Monsieur Zborowsky.«

Klick; Mirza Kouropatkine hatte abgehängt.

Er entschloß sich etwas widerwillig, eine Auskunftei zu Rat zu ziehn. Wenige Stunden später erhielt er Bescheid. Konstantin Kouropatkine, Fabrikant, war 1946 von einem Volksgericht in Rouen wegen ›geschäftlicher Kollaboration mit dem Feind‹ verurteilt worden zu fünfeinhalb Jahren Zuchthaus, die er in der Strafanstalt Les Danvelys bei Rouen verbüßte.

Zborowsky erwog, sich eine Erlaubnis zum Besuch des Gefangenen zu verschaffen, nach Rouen hinüberzufahren, unterließ es. Wer mitgetan hatte bei der Aussaat der Drachenzähne, sei's auch nur geschäftehalber – auch z. B. Sir Henry Deterding hatte die NSDAP ›nur geschäftehalber‹ finanziert –, der hatte sich abzufinden mit der Fleißaufgabe, ein kleines oder großes Stück Acker voll aufgegangener Drachenzahnsaat abzuernten. Aber Sir Henry Deterding, z. B., saß nicht im Zuchthaus, verkehrte vielmehr nach wie vor am englischen Königshof, was Johann Nestroys Aperçu über zusammengekrachte Revolutionen erhärtete: ›Die einen werden gehenkt, die andern läßt man laufen und die dritten kriegen einen Orden.‹ – Es könnte dem Kuro peinlich sein, wenn ich ihn besuche oder ihm auch nur schreib, dachte Zborowsky, hinsinnend in kleinen lichtgrünen Rauch.

In einem Bistro neben der Galerie Cachou hatte er einen Pernod bestellt, in lichtgrünen Rauch wandelte sich die urinfarbne Flüssigkeit, während er Wasser hinzugoß aus einem kanariengelben Krug, in dem Eisstücke klirrten, und er dachte: Monströse Rückständigkeit hat dem alten Kuro das eingebrockt wie so manchem Opportunisten, die totale Unfähigkeit, die Gegenwart abzuschätzen, in die Zukunft zu spähn.

Ach, unbedeutende Tragödie des Opportunisten unsrer Epoche, nicht der Rede wert.

Und doch ist etwas Monströses am Kuro. Weshalb Monströses?

Nun, ja, ausgerechnet einer, der mein Intimus gewesen ist durch Kindheit und Jugend, daß er so gar nichts von mir gelernt hat.

Über das zaristische Gummipuppenmilieu hätte Kuro sich wegsetzen können, falls er nicht auf den Kopf gefallen – oder war er auf den Kopf gefallen? Alles andere als das, wenn er auch mit Vorliebe den Dorftrottel gemimt hatte auf eine faszinierend altrussisch-maßlose, ja, gelegentlich nicht ganz geheuere Manier; einen leergesaugten Muschik karikiert hatte, eine tote Seele von Gogol.

Und dies sein outriertes negerammenhaftes ›Lache-Bajazzo‹-Gelächter.

Absonderlicher, bizarrer Humor war dem Kuro zu eigen, bisweilen ein in seiner dreisten Melancholie umwerfender, dazu hintergründiger … und noch andres Hintergründiges?

Was?

Etwas, das sich verbarg hinter seinem altrussischen ›Naranitschewo‹-Phlegma? Endlose, ungeheuerliche Steppe und Tundra, davon der ›lackierte Mitteleuropäer‹ nichts zu ahnen vermochte?

Manchmal hatte mich das unbestimmte Gefühl beschlichen, daß dieser Mensch völlig beziehungslos stehe in der Welt wie ein vereinzelter Strauch in der Steppe … daß ihm letzten Endes jeder und jedwedes gleichgültig sei, nitschewo, alles eins auf eine vormenschliche, neandertalerhafte Weise – sein neandertalermäßig schleifender Gang bei gebückter Haltung, haha, dabei solch ein brillanter Sportsfex! –, gleichgültig gegenüber seinen Eltern, seinen Freunden, seinen Frauen ... eine ›displaced person‹ von Natur, letztlich beziehungslos gegenüber dem Leben selbst und deshalb liebesunfähig.

Armer Kuro, hatte er je geliebt?

Hatte er je jemanden geliebt?

»Garçon, encore un Pernod, s'il vous plâit!«

Lolita etwa?

Hatte Kuro sich wirklich in die Lolita verliebt gehabt auf jenem Silvesterball der Wiener Sezession? War's nicht vielmehr eine schnell quittierte Laune gewesen? Wie hätte Kuro sich sonst dazu gedrängt gehabt, in Konsul Aguirres Wohnung das Büffet zu Lolitas und meiner Verlobung zu arrangieren?

Kurze Laune; lichtgrüner Rauch, den man austrank, und was blieb, war ein ganz kleiner, rasch verfliegender Rausch ... Und jetzt schlurft er also die Gittergänge der Strafanstalt Les Danvelys entlang, vielleicht noch einen Deut gebückter als zuvor, und sein Bajazzolachen wird ihm vergangen sein. Oder? Vielleicht spielt er seine esoterischen Possen weiter hinterm Rücken seiner Wärter, wie er sie einst, als Schottengymnasiast, hinterm Rücken unsrer Lehrer spielte ...

Wenige Jahre später, wenige Monate, nachdem Zborowsky auf Venedigs Biennale ein ›Preis für Österreich‹ verliehen worden, erhielt er einen Brief aus Rom – doch gingen wiederum Monate hin, bis er sich dazu bequemte, der vor der Schlußfloskel des Schreibens vermerkten Einladung Folge zu geben.

Caro Boro!
Comment vas-tu? Moi, j'ai eu des petits ennuis.
Enteignet, kinderlos und geschieden, habe ich mir erlaubt, in Roma eine kleine Fabrik auf die Gummibeine zu stellen. Gummitiere und Ausrüstungen für Amateurtaucher sind ja in Anbetracht des in diesen friedlichen Zeitläuften rapid um sich greifenden Strand- und Badelebens sehr gefragt.
Wie bist Du über den Krieg gekommen, ich meine über den warmen? Als Amateurtaucher? Ich als Gummitier.
Vor mehr als einem Dutzend Lenzen versuchte ich einmal, Dir von ferne und unter der Hand aus einer Schlamastik zu helfen, in die Du, wie ich zu meinem großen Bedauern erfahren mußte, geraten warst. Später hörte ich zu meinem noch größeren Bedauern, Du seist unsanft entschlafen worden. In meinem Gedenken habe ich Dein unbekanntes Freiheitsheldengrab stets mit frischen Stiefmütterchen geschmückt. Um so mehr freute mich's, unlängst in Roms Giornalen von einem Preis zu lesen, den Du Dir auf der Biennale erfochten hast. Infolgedessen waren all meine Stiefmütterchen für die Katz. Gratuliere.
Geselle Dich also, liebwerter Preisfechter, mir tunlichst und baldmöglichst bei. Meine Junggesellenwohnung – 12, Viale Bruno Buozzi – steht Dir jederzeit offen.
Servus! Doswidanja! Arrivederci!
In bestem Gedenken an unsere gemeinsam verbrachte Embryozeit — *Dein verschollener Zwilling*
Kuro

Ein Postskript war durchstrichen zur Unleserlichkeit: bis auf ein Fragezeichen – –

Vom Turm des Palazzo Gotico klimperten vier Schläge, denen, eine Quint tiefer, drei verlangsamte folgten. Da beschloß der Mann, der so lang nicht hatte einschlafen können in Italien, für gewiß zu nehmen, daß sie nicht wiederkehren würden, die Vespas und Lambrettas.

Kurz nach 3.

Mit vierstündiger Verspätung bewahrheitete sich des Hausdieners Francesco Ziborocci hochheiliges Versprechen, daß Ruh und Frieden einkehren werde, pace e tranquillità.

9

Er erwachte. Zunächst wußte er's nicht; nicht, daß er erwacht war, und nicht, was ihn geweckt hatte. Sein Körper war stocktaub geworden gegen die Härte des Lagers, angenehm taub, die Kopfhitze gewichen, ebenso die Atembeengung, der Stirnumschlag halbwegs getrocknet. Er mußte geschlafen haben, wenn auch nur kurz.

Eh' er die Augen öffnete, lauschte er in die Stille, vollkommene Stille, phänomenale Stille im Vergleich zu ... was?; schnupperte er den Ruch von feuchtem Seegras. Richtig: ins brettsteife Kissen war die Nässe eingesickert aus dem tropfnassen Umschlag, den er sich gemacht gehabt gegen die Kopfhitze, die wie ein Fieber gewesen war. Richtig, er war der Mann, der in Italien nicht hatte einschlafen können. Der, unterwegs zu seinem frühsten Kumpanen, den er seit Jahren totalen Kriegs und untotalen Friedens nimmer gesehn, am Po übernachtete in Pi-... Piacenza.

Die Stille auf der Straße, die einen seltsamen Namen führte ...

Borgo Caliban.

Er hatte geschlafen, wenngleich nur sehr wenig, viel zu wenig, und war geweckt worden. Wovon? Es war ein Klappern gewesen, ein ... vierfaches Klapperklimpern, das sein kriegsgeschärftes Schläferbewußtsein registriert hatte. Die Turmuhr des Palazzo Gotico ... Nun blinzelten seine Augen auf, unerlöst vom Müdigkeitsschmerz, ins Dunkel, So-gut-wie-Dunkel. Der gitterhafte Reflex von der Decke verschwunden; was anstelle des Schneeblinkens der Neonstäbe einsickerte durch die waffelartigen Spalten der Fensterläden, die spinnwebigen Vorhänge, verdiente den Namen Licht mitnichten.

Er wälzte sich herum. Die phosphoreszierenden Zeiger der auf dem Nachttisch postierten Reiseuhr bestätigten das Registriervermögen seines Schläferbewußtseins.

Kurz nach 4.

Stille. Kein Grund mehr, dem Hausdiener Zi-... Ziborocci zu fluchen: Stille und Dunkel. Er schloß die Augen. Wiedereinschlafen. Statt des grübelte er: Was hat mich geweckt? Nicht das Stundenschlagen vom Palazzo. Andres. Fernes, ja, fernes ... kurzes ... Lachen.

Lachen.

Fernes Lachen hatte ihn aus erstem Schlaf gerissen, ja, gerissen. Ein Lachen, das ihn erschreckt hatte bis in den Schlummer hinein. Erschreckt ihn, den gegen Schrecken Abgehärteten, weshalb? Weil es Erinnerung in seinem Schläferbewußtsein erweckt hatte ... an Verschollen-Vertrautes.

Kuro.

Kostja Kuropatkin hatte gelacht.

Nun ja, so hatte ihn ein Traum geweckt. Ein Traum, leicht diagnostizierbar aus der Erwartung eines späten Wiedersehens. Ein Lachen aus seiner Kindheit und Jugend, keines Erschreckens würdig, vielmehr eines Belächelns. Doch lächelte man nicht, man war zu müde, man war der Mann, der schließlich und endlich, coûte que coûte, ein paar Stunden Schlaf finden würde in Italien.

Dann vernahm Zborowsky das Schlurfen aus der Straßentiefe.

Einsames schweres tapsiges Schlurfen, das sich langsam näherte samt einem kraftlosen, sacht-hohlen Rollen.

Was ging's einen an. Vielleicht jemand mit einem Handwagen. Jemand, der Zeitungen austrug, Brot oder Milch.

Wär nach dem unerwarteten Nachtlärm nicht diese unerwartete Stille geworden und hätte einen kein Traum geweckt, man hätte solches Geräusch nicht zur Kenntnis genommen.

Dicht unterm Fenster, schien's, verstummte das Schlurfen und Rollen plötzlich. Ein sonderbar unregelmäßiges, sonderbar schleifendes, fegendes Geräusch setzte ein, das verstohlen widerhallte im Borgo Caliban. Zborowsky, im Einschlafen, dachte: Nicht wie ein Mensch; wie ein wildes Tier, das umherraschelt, sich in Dickicht wälzt, an Wellblech reibt; auch vermeinte er Schnaufen zu vernehmen. Wer ist Caliban? dachte er noch; ein … tiermenschlicher Zwitter aus Shakespearescher Phantasie. Dann brach es los.

Stracks unterm Fenster: ein Winseln erst, das langsam aufschwoll zu einem unartikulierten, schrill brüllenden Lachen.

Ein geheulhaftes; kein apokryphes aber wie das Jaulen bei offenem Auspuff anspringender Motorroller; ein animalisches, gequältes, einsam-schonungsloses Kretinsgelächter.

Auf fuhr Zborowsky, mit eins überwach, tappte ans Fenster, riß den fast körperlosen Vorhang zur Seite, spähte durch einen Ladenspalt nieder, alarmiert, spähgierig wie ein Frontsoldat auf Vorposten.

Die Neonstäbe baumelten erloschen überm Straßenschacht. In der gelbgrauen Dämmerung, die einen Dunsthauch trug wie von erkalteter toter Schwüle, gewahrte er das Lebewesen.

Ein Mensch, zweifellos, und eine zweirädrige Karre. Mit einem Stock, wohl einem Besen, fegte er weit vorgebeugt im Rinnstein. Das Rascheln. Mit einem andern Stock, wohl einer Schaufel, schaufelte er in einen auf die Karre gehalfterten Blechzuber. Das Plumpsen. Unablässig gebückt, atmete er schwer bei dieser Verrichtung. Das Schnaufen. Und abermals, ohne sich aus seiner Gebücktheit zu recken, brüllte er schrill auf mit weitem Widerhall im Borgo. Das Lachen.

Der Mensch trug Anzug und Kappe aus dunstigem Khaki. Auch sein im ständigen Bücken fast verdecktes Gesicht war dunstiges Khaki und dunstiges Khaki der nimmer spiegelnde Fahrdamm, das Straßenbord, die im Schaufenster der Bar Dante aufgestockten Stühle, die Bar Dante, die Häuserwände. In der südlichen Sommerfrühe, im Morgendunsten vom Flusse Po – nie hatte Zborowsky einen so schemenhaften Straßenkehrer geschaut.

Womit für ihn der ›Zwischenfall‹ erledigt sein durfte. Kein Fenster tat sich auf; niemand in diesem explosiven Lärm gewohnten Land ließ sich stören von dem trostlosen Lachparoxysmus des einsamen Dämmerkerls. Ein betrunkener Straßenkehrer im Morgengrauen oder ein halbkretinöser – ein Indiz mehr für letzteres: seine Haltung –, vielleicht ›Der Dorfidiot von Piacenza‹.

Auf einmal war jener still. So still wie die Dämmerung. Legte die beiden Stöcke fast lautlos auf den Schubkarren. Daß er ihn weiterstieß auf dem Fahrdamm, sich vorbeischleppte an der Bar, war hörbar mehr denn sichtbar. Das verstohlene Rollen und Schlurfen.

Womit für den Mann, der in Italien nicht schlafen konnte, mit Gottes Hilfe die letzte Störung dieser Nacht absolviert sein durfte, nicht wahr? Es blieb ihm selber unklar, warum er das Licht der Dentistenlampe anriß, sie dabei fast vom Nachttisch stieß, warum er sich ankleidete, leicht taumelnd, in jener mechanischen, halb willenlosen, müd besessenen Hast, die jäh geweckte, zur Nachtpatrouille kommandierte Frontsoldaten befällt.

Dies calibanische Lachen, dachte er, ich habe ... ich kann mir nicht helfen ... ich hab es gekannt. Ja! Aber ich *muß* mir helfen können, schließlich ... schließlich leide ich nicht an Delirium tremens. Ich muß mir helfen, indem ich den phantasmagorischen Irrtum berichtige. Ich muß sein Gesicht sehn! Das idiotische oder versoffne Gesicht dieses Dreckwegputzers, dann werd ich *endlich* Ruhe finden, tranquillità e pace ...

Zborowsky eilte durch einen schwachbeleuchteten engen Gang, vorbei an zwanzig Türen, vorbei an den bullaugenhaften, auf einen dämmerfahlen Lichthof blickenden Fenstern des Speisesaals, hinab über eine breite Wendeltreppe.

Der Hausdiener Francesco Ziborocci schlief, fett schnarchend, auf einem Kanapee; über die Bürolampe hatte er seine laubfroschgrüne Schürze gehängt. Zborowsky probte die Entreetür, fand sie verschlossen.

»Signor Ziborocci«, sagte er halblaut, eindringlich.

Das rhythmische wohlige Schnarchgrunzen brach ab. Der Hausdiener taumelte empor, die Haare über seiner Stirnglatze zerzaust. Im tiefgrünen Lichtkegel wirkte er nicht mehr kadavrig, sondern wie einer in einer Taucherglocke, der auf dem Seegrund erstaunt einen fremden großen Fisch anglotzt. Dann grinste er in verschlafenem Wiedererkennen: »Che cosa desidera, Signor Ziborocci?«

Kruzitürken, er nennt mich schlankweg bei seinem Namen, dachte Zborowsky, indem's ihm unwillkürlich auf spanisch herausfuhr: »Haga el favor de abrir la puerta!«

»Cosa?«

Mit ungeduldiger Geste bedeutete er ihm: die Entreetür aufschließen. »Aprire la porta? Ma perché ...?« Wieder war der Nachtportier ein erstaunter Taucher auf grünem Seegrund. Er prüfte seine Armbanduhr: »Le quattro appena passate. É tutto chiuso in città.«

Kruzitürken, ich weiß, daß es kurz nach 4 ist und alles zu in der Stadt, dachte Zborowsky, indem er aus der Rocktasche einen Geldlappen zupfte, aufs Empfangsbord klatschte. Tausend Lire, vierzig Schilling, etwas üppiges Schlüsselgeld, was tut man nicht alles für einen entfernten Namensvetter …

Mit wehender Jacke lief er durch die Ausfahrt, vorbei an seinem zwischen Dutzende von Autos gezwängten Fiat. Bog um die Hotelecke ein in den völlig erstorbenen Borgo Caliban. Rannte auf dem Fahrdamm durch tote Schwüle, tote Dämmerung, vorbei an der Bar Dante. Bis zur nächsten Seitengasse, einem engen Schlauch, in dem sich fader Müllgestank komprimierte, in dem an vielen Schnüren Unterwäschegespenster zum Trocknen hingen, Umrisse menschlicher Torsi, reglose Dämmerfetzen. Trabte gaßein, ein Stück weit; hielt und lauschte; gaßaus, den Borgo weiter bis zur nächsten Kreuzung, über die sich die Drähte einer Trolleybuslinie spannten, von keinem Hauch bewegt, wie Rohrfederstriche auf schwefliger Grundierung. Hielt unter einer Nische; darin hinter Glas postiert eine Gipsmadonna, deren Ewiges Licht diskret wie eine Partisanenzigarre im Schwefeldämmer glomm; verhielt sein Keuchen und spähte und horchte.

Kein Schlurfen. Kein Rollen. Kein Lachen. Nicht einmal das Huschen einer Katze.

Caliban Straßenkehrer, er fand ihn nicht wieder.

10

Ein sechsbeiniger schwarzer Hund mit langhängender Flammenzunge.

Auf neapelgelbem Grund; Agip das beste Benzin der Welt.

Der Romfahrer durchschnurrte auf Route 1 die Emilia. Piacenza – Parma – Bologna – Firenze – Roma, in einer Parforce-Tagreise geplant, er würde es nicht schaffen. Agip. Er war viel später aufgestanden als gestern abend kalkuliert, gegen 10, und fühlte sich dennoch unausgeschlafen. Aus dem nahen Parma an Kuropatkin zu telegraphieren war seine Absicht. Agip, ein sechsbeiniger schwarzer Hund auf neapelgelbem Grund. Telegraphieren, daß er mit einem Tag Verzögerung in Rom einzutreffen gedenke. Eine Andeutung der Ursache dieser Verzögerung würde er selbstverständlich beiseitelassen; daß er der Mann sei, der nicht hatte schlafen können in Italien, gehörte in kein Telegramm. Agip. Aber dem Kuro, der ihn heute im Lauf des Abends mit Bestimmtheit in seiner Wohnung, Viale Bruno Buozzi, erwartete, telegraphieren würde er, ja, das würde er ganz gewiß. Agip. Dann würde er tief in die Toskana vorpreschen, über Florenz hinaus – wo er gelegentlich der Rückfahrt zu verweilen gedachte –, vielleicht bis Siena. Agip, ein sechsbeiniger schwarzer Hund mit langhängender Flammenzunge. Jedenfalls würde er von Parma aus telegraphieren.

In der flirrenden Spätvormittagshitze stand der Mais weit über Mannshöhe; er vermißte Pinien, Zypressen und Olivenbäume, die er nördlicher, am Gardasee, dem unvergleichlichen, geschaut hatte (soweit ein motorisierter Fahrsklave und Steuerdreher zum Schauen bestellt war). Statt ihrer hatte er in einem fort das haargleiche Riesenschild zu passieren, das, eine Benzinmarke anpreisend in zudringlicher Monotonie, jenes Fabeltier zeigte im neapelgelben Feld. Standardisierte Massenreklame als Landschaftsersatz. Blankgrüne Felder standen unter Wasser, doch wußte er, daß diese abgezirkelten Überschwemmungen auf keine Wasserkatastrophe hindeuteten: hier wurde Reis gewässert. AGIP. Zur Rechten, fern, hob sich der ligurische Apennin aus der unmalerischen Ebene, von hier aus, der alten emilianischen Legionenroute, betrachtet, ein biederer Höhenzug, der ihn sonderbar unitalienisch anmutete, wie Mittelgebirge um Linz.

Weil er sich unausgeschlafen fühlte und nicht wirklich sicher in der Geschwindigkeit und Rom ihm ohnedies für heute verwehrt war, zügelte er den raschen Fiat auf sechzig Stundenkilometer. Gestattete sich darum – wenn er nicht eben überholt wurde, und das geschah fortgesetzt – knappes Ausblicken. AGIP, AGIP, AGIP. Vermißte insonderheit die Olivenbäume, jene silberstaubblättrigen, silberstaubrindigen Baumsträucher von – dank einem schönen Mangel an Symmetrie – phantastisch geprägter Individualität (im Unterschied etwa zu Tannen glich keiner dem andren aufs Haar und keiner lebte dem andren zu nah; einer wuchs mit kobrahaft lang schlängelndem schiefem Stamm, des andern Stamm wieder war kurz wie das Bein eines Krüppels, darüber sich die Äste erhoben wie in bizarrer Gestikulation – sehr wesenhaft und voll gleichsam eigenwilligen Temperaments, fast hold-verwegne Kerle zu nennen). Er vermißte sie.

Kurz vor Parma, allen Schnellfahr-Elans verlustig die schnurgerade Chaussee dahinschleichend, als sei sein Fiat Nuova nicht fabrikneu, sondern ein müdes Wrack, kurz vor Parma passierte er einen schmächtigen Olivenhain, der ihn für Parma einnahm. Nun er bei knalliger Mittagshitze in die Stadt einfuhr, nahm ihn Parma selber für Parma ein.

In der Absicht, sich nach dem Telegraphenamt zu erkundigen, hielt er von ungefähr vorm Albergo Principe Farnese in praller Sonne. Sofort begann das Limousinendach zu schmoren. Ah was, ich werde etwas essen und dann an Kuro telegraphieren und mich in einer immerkühlen Kirche umschauen, und nach 3, wenn die Haupthitze ein kleinwenig abgeebbt ist, zottel ich weiter, sei's nur bis Bologna, ah was.

Indessen lag Zborowsky nach 3 in einem Zimmer des Albergo Principe Farnese in tiefem Schlaf – im einzigen, das zu haben gewesen, einem des ersten Stocks, der Straße zugelegen (er hatte sich die Anfrage, ob es ein ruhiges sei, geschenkt). Wenn auch der Straßenlärm mit dem Nachmittag wuchs, wenngleich drei Reisegesellschaften durch die Gänge des Albergo trampelten und eine vierte um 6 im Heckenrestaurant drei Meter unterhalb seines Fensterbretts gefüttert wurde und nahbei ein paar Wäscherinnen nach biblischer Entfeuchtungsmethode klatschnasse Wäschestücke auf Holz hieben, geübte Knallkünstlerinnen, schlief er traumlosbleiern bis nach 7.

Indem er ihm die Wege zum Dom und Telegraphenamt wies – Il Duomo schloß seine Pforten frühabends, während Il Telegrafo bis Mitternacht offenhielt –, reichte der Hotelportier dem Gast dessen Reisepaß zurück. Den hatte er angefordert nach Art seines Kollegen in Piacenza, doch wußte Zborowsky sich einigermaßen sicher davor, daß dieser hier Unvermutetes äußern würde, etwa auf Namensvetternschaft pochen oder auf gleiches Geburtsdatum oder auf die Tatsache, daß Gastes Paßbild ihn an seinen Neffen Giuseppe erinnert habe. Heute, darauf baute Zborowsky, war ›alles anders‹, anders als all die ebenso fatal-beziehungslose wie fatal-anzügliche Koinzidenz und Turbulenz der vergangenen Nacht, die er durchaus zu vergessen wünschte wie ein Beschämendes. Besonders den ›kleinen Tropenkoller‹, der ihn kurz nach 4 forciert hatte zu jenem unsinnigen Dauerlauf durch den Borgo Caliban; zu vergessen, ganz besonders auch jenen Straßennamen.

Die Hitze hatte nachgelassen. Unterwegs zum Dom, in einem engen Gäßchen, traf er auf eine grottenhafte TRATTORIA ANGELO PANTALONE, kehrte ein.

Von der niedern Decke, um einen Papiergirlanden schwingenden Ventilator gruppiert, hingen weißgepuderte Salami, rosige Parmaschinken, gargantuesk dicke Mortadellawürste, in Körbe gebettete Weinflaschen; auf der Bartheke standen, wie auf einer jeden in Italien, Riesengläser Fabrik-eingemachter Pilze, Pickles, Zwergzwiebeln, Oliven; auf dem Regal dahinter die gleichen Aperitif-Flaschen, die seine minuziöse Beobachtung seit zwei Tagen registriert hatte: ELIXIR DI CHINA, RAMAZOTTI, CARPANO, CYNAR PEZZIOL (eine Artischocke als Etikett), MARSALA BINI (einen purpurroten Segler) und dazwischen die kleinen Campari-mit-Soda-Flaschen. Er war allein mit ziemlich vielen Fliegen, die teils mit den wehenden Papiergirlanden Haschen spielten, teils auf einer Fischmayonnaise zum Abendtisch versammelt waren.

Dann trat ein Mann mit hängendem Schnauzbart, gegen den Zborowskys Bart nicht aufkam, in einigermaßen weißer Leinenjacke durch einen scheppernden Blechperlenvorhang, offenbar der Padrone, und ging sofort zum Angriff über, indem er eine meterlange Salami von der Decke hakte:

»Buona sera, Signore. Il migliore Salame del mondo.« Er schwang die Riesenwurst martialisch. »Die beste Salami der Welt.«

»Die beste Salami der Welt«, echote Zborowsky in der Landessprache.

»Lo porta via entero. Nehmen Sie die ganze mit.«

»Nein, danke. Ich nehme nicht die ganze mit.«

»Dann nehmen Sie die halbe mit.«

»No, grazie; ich nehme nicht die halbe mit.«

»Dann nehmen Sie sette etti. Siebenhundert Gramm.«

»Nein, danke, auch nicht siebenhundert Gramm.« (Es war ein Leichtes, italienisch zu konversieren, wenn man jedes papageienhaft, allein abgewandelt in die Negation, wiederholte.)

»Wollen Sie allen Ernstes gar keine Salami, Signore, von der besten der Welt?«

»Allen Ernstes gar keine von der besten der Welt. Tausend Dank.«

»Dann gebe ich Ihnen einen menschenfreundlichen Rat. Un consiglio molto altruistico. Nehmen Sie den Schinken von Parma. Il famosissimo prosciutto di Parma. Den weltberühmten Schinken von Parma.«

»Nein, grazie mille, ich danke auch für den weltberühmten Schinken von Parma.«

»Come? Sie wollen selbst davon nichts? La specialità della città! Keine Kostprobe?« Der Mund unterm pechschwarzdicken Schnauzbart klaffte in Fassungslosigkeit.

»Niente?«

»Geben Sie mir, per favore, ein paar Oliven.«

»Olive?« Der Padrone, gewiß Herr Angelo Pantalone in Person, hatte sich bitter getäuscht in dem Fremden. »Wieviel?« fragte er mit schmerzlicher Miene.

»Mezzo etto.«

»Fünfzig Gramm Oliven«, sagte der Padrone tonlos; »va bene.« Er hatte schließlich resigniert, sich gefaßt im beherrschten Schmerz eines Leidtragenden.

»Und einen Carpano Punt e Mes, besten Wermut der Welt«, sagte Zborowsky. Nach einer Minute sagte er, Oliven knabbernd: »Un altro, prego. Noch einen Wermut vom besten der Welt.« Nach weitern zwei Minuten: »Ein Glas Wermut, aber vom besten der Welt, per favore.«

Der Padrone schenkte ihm wortlos, blicklos ein, verpuppt in seine Kümmernis aus Enttäuschung.

Da der Romfahrer zwischen alten Prellsteinen auf dem wenig begangenen, in zartrosigem Abendlicht schwimmenden Domplatz stand, fühlte er sich von den Drinks zartrosig beflügelt. Die folgenden Stunden bescherten seinem Alleinsein ein Intermezzo; erst nach ihrem Ablauf fand er zu sich (und zu einem bewußten Ende dessen, was heute, kurz nach 4, in seinen Verdacht, seinen Sinn, sein Leben gekommen war und was er seither verdrängt gehabt); Stunden, gekennzeichnet durch eine Wiederbegegnung, die, obzwar sie sich als Täuschungsmanöver erwies, ihm auf Anhieb, ja gleichsam auf den ersten Hieb einen Knie-zittern-machenden Schock versetzte.

Il Duomo sah ungleich früher aus als der Mailands, in seiner lombardoromanischen Einfachheit tausend Jahre alt. 1076 sei er fertiggestellt worden, nickte der Sakristan, ein kleiner buckliger Greis, der vortrefflich französisch sprach – Zborowsky, nachdem er das Hauptportal verschlossen gefunden, hatte ihn in einem winzigen Anbau aufgestöbert.

Die Besichtigungszeit sei für heute vorbei, berichtete der Bucklige, während er, eine abgewetzte schwarze Spitzenstola schlenkernd und mit einem Bund riesiger Schlüssel klimpernd, vor dem verspäteten Besucher her zu einer Nebenpforte trippelte. Darum habe er abgeschlossen, das heißt, jemanden eingeschlossen.

Une demoiselle toute seule.

Eine einzelne Reisende, die sich gleichfalls nur diesen Abend in Parma aufhalte, gleichfalls gebeten habe, nach Ablauf der Besichtigungsstunden einen Blick in die Kathedrale tun zu dürfen, wo heute keine Abendandacht stattfinde, nein, heute nicht. Nun habe diese Reisende keinerlei Kopfbedeckung mitgebracht, ohne solche sie nicht ins Schiff dürfe; weshalb er für sie einen Umhang seiner Tochter geholt habe, man verstehe.

Der Bucklige sperrte auf, schlüpfte durch den Türspalt, hob einen Filzvorhang mit höflichem Rückwinken: der andre möge ihm folgen.

Zborowsky fand sich in einem wie raumlosen, von einem aus Höhen einschwebenden mattrosigen, hauchhaften Schein durchgeisterten Dunkel, über das fern glimmende Kerzen keine Macht hatten. Er sah den Schatten der – ihm abgewandt, schien's – wartenden Frau. Daneben nun den Schatten des kleinen Greises, der ihr das Schattentuch hinaufreichte. Eh' sie es nahm – aus ihrer Größe im Verein mit dem Umriß ihrer Formen beschattete es ihn wie eine erste Versuchung, sie für jemanden zu halten, den er kenne.

Auf Zehenspitzen, mit knarrendem Schuhwerk, Knarren, das hinter steinernen Bögen widerhallte als überdeutliches Echo, schlich der Sakristan zurück, an ihm vorbei, um das Portal von innen zu verschließen. Und im hohl-weiten Widerhall seiner Verrichtung das leichte Vorstöckeln der Frau und dessen Widerhall und dann Stille; sie war stehngeblieben.

Auf leisen Sohlen, fast widerhallos, näherte er sich ihr auf zehn Meter und sah die rosig umdunstete Silhouette der abgewandten Frau, die jetzt das Tuch um den Kopf trug wie eine Mantilla – Mantilla, wie Lola Aguirre sie bei Bällen zu tragen pflegte –, und erspähte ihren Umriß und ihre Haltung und die Form und Stellung ihrer Beine, und es war ihm, als stehe sein Herz still, als gäben seine Knie nach.

Wie lang es währte, bis er sich zu ihr vorgeschoben hatte, blieb ihm unbewußt. Dann schnupperte er den vertrauten, verschollen-vertrauten, unaufdringlich süß-herben Wohlduft. Dann sprach er mit gewürgtem Flüstern ihre Schulter an:

»... Pardon, ich heiße Franz Zborowsky.«

Ihr kleiner erstickter Aufschrei mit seinem raschelnden Echo. Ihr Wispern:

»Boro ...«

das trotz seiner unverwüstlich-frechen Hübschheit nach wie vor etwas leicht Liliputanerhaftes an sich hatte, etwas von der billigen Verwegenheit einer Thespiskarrnerin, umrahmt von gewagten Ohrringen, einer auffallenden Türkisangelegenheit (jemand anders hatte nie Ohrringe getragen), knallig gebräunt von der Sonne südlichen Badestrands, was es zweifellos verjüngte (kein elfenbeinlichtes mit Pfirsichwangen). Nein, in ihrem Lächeln wob nichts von irgendeiner schlechthin herzrührenden Schwermutsanmut, und in ihrer Scheu spielte gewiß etwas Theater mit, aber nichts von spontan herzwärmender Stillheiter- und stolzer Zärtlichkeit. »Fast unverändert schaust du aus«, sagte er, als er sie losließ; »wirklich fabelhaft.«

»Ein verlogenes Wiener Kompliment«, spöttelte sie, aber ihre Scheu schien noch nicht überwunden. »Inzwischen bist du berühmt geworden, Boro.«

»Ich? Keine Spur. Aber du.«

»Hast du mich oft in der Josefstadt gesehn? Oder in den Kammerspielen? Ich hab immer halb und halb gehofft, daß du einmal in die Garderob' hinaufkommen würdest.«

»Ich geh fast nie ins Theater, Alma. Ich hab genug Theater hinter mir.«

»Ich weiß ...« Er war von ungefähr niedergestoßen auf den Grund ihrer Scheu. »Ich hab über dich gelesen. Daß du in Spanien warst. Und später in Polen –«

»Jugoslawien.«

»Oder Jugoslawien. Franz, man ... man hat ein bißl Angst vor dir.«

»Wer, Alma? Du?«

»Nicht ich. Man, sag ich. Ich hab gelesen, daß du jemanden angeschossen hast.«

»Ich fürcht, ich hab mehrere angeschossen. Das ist meine

halbleergeschossene Generation, siehst du. Wer nicht erschossen worden ist, hat das oft genug dem Umstand zu verdanken gehabt, daß er schneller geschossen hat.«

»Ich hab gelesen, daß du n-a-c-h dem Krieg –«, die Hasenreither stockte, »– einen Schwarzhändler angeschossen hast beim Dehmel. Von deinem Prozeß …«

»Ah so. Ah den. Ah das. Ja … das gehörte noch z-u-m Krieg, Alma; aber lassen wir's lieber. Genügt dir nicht, daß ich freigesprochen worden bin?«

»Also bist du nicht mehr gefährlich?« raunte sie und fixierte mit einem Rotkäppchen-bestarrt-wolfsohrige-Großmutter-Blick seine Nase.

»Nicht mehr und nicht für dich, Alma.«

Jetzt grinste die Hasenreither wieder und ließ ihre Wimpern ein kleines Aufniederklappen exerzieren und flüsterte: »Wer weiß, Franzl.« Und jauchzte heraus: »Mein Gott – – !«

»Dein Gott?«

»Ich muß ja Tierkohle besorgen! sofort! für den Joe!«

»Joe? Hast du dir einen Amerikaner aufgezwickt?«

Sie schüttelte sich vor Lachen – ein ganz klein wenig lebensunwahr, bauchrednerpuppenhaft. Dann: »Weißt du denn nicht, daß ich mit Josef Krottenaugner verlobt bin?«

»Dem Burgschauspieler? Ich hab gehört – gedacht, du bist verheiratet.«

»Das auch, mein süßes altes Boroherzerl, aber ich leb in Scheidung und werde demnächst den Krottenaugner heiraten.«

»Gratuliere. Ich kenn ihn flüchtig vom Weißen Rauchfangkehrer her. Ich las: die größte Hoffnung des Burgtheaters.«

»No, er ist ein ganz phan-tas-tischer Karl Moor, sag ich dir, und Hamlet und Apollo von Bellac, was du willst. Leider

Gottes hat er sich vor zwei Tagen in Venedig – wo ich mich am Lido hab etwas vergolden lassen von der Sonn' – den Magen an einer Frittura di mare verdorben. Er sitzt im Café an der Piazza Garibaldi und wartet auf mich. Komm, er wird sich bestimmt wahnsinnig freuen, dich wiederzutreffen, ich glaub, er verehrt dich. Aber jetzt sag mir noch eins … ganz offen …«

Sie setzte sich, wie überwältigt von Verwunderung, auf einen der Prellsteine, die in Form und Patina denen aus Wiens Hofburg merkwürdig glichen, und starrte durch Rosendämmer aus weitaufgerissenen Augen zu ihm empor:

»Ist es wirklich wahr, daß du mich soeben drinnen im halbfinstern Duomo – man hat ja kaum mehr was gesehn – von hinten erkannt hast an meiner Figur? meiner Silhouette? nach all den Jahren? M-i-c-h?«

Rosendämmer zwischen ihnen.

»Oder hast du mich für ein ixbeliebiges Weibsbild gehalten, das du ausgerechnet in einer Kirche, was dir, wie ich dich kenn, ähnlich sehn möcht, auf gut Glück kapern wolltest? Hm? Weshalb dich dann auf deutsch vorstellen?, könnt man in dem Fall fragen. No, vielleicht hat der Bucklerte an meinem Akzent gemerkt, daß ich Wienerin bin, und dir draußen von mir erzählt …«

Zborowsky schwieg. Er konnte der Hasenreither nicht sagen, daß sie das Objekt einer Verwechslung gewesen war; er konnt's ihr nicht sagen.

Er sagte: »Nein, Alma … ich hab dich nach all den Jahren im Halbdunkel des Duomo wiedererkannt … an deiner Silhouette.«

Eine Absperrung; dahinter eine Grube mit Laufbohlen, Baracken, ein Baggerkran.

»Hier sind sie, wie mir der Alte erzählt hat, vollkommen per Zufall auf uralte, original römische Mosaike gestoßen, die sie jetzt ausgraben«, sagte die Hasenreither.

»Auch ich.«

»Was meinst du?«

»Auch ich bin, so scheint mir, vollkommen per Zufall auf uralte Mosaike gestoßen, die ich jetzt ausgrabe.«

»Meinst du mich, du Schuft?«

Die Apotheke gegenüber dem Dom sah sich von außen an wie eine mittelalterliche Alchimistenhöhle. Drinnen hingegen nahm sie sich merkwürdig biedermeier-österreichisch aus, offenbar entstammte ihr Interieur der Zeit, da Habsburgs dümmliche Marie Louise, nachdem Metternich sie zwangssepariert von ihrem Gatten Napoleon I., Hof gehalten hatte in Parma.

»Findest du nicht«, sagte er, während sie Kohletabletten kaufte, »daß es hier ausschaut wie in der Apotheke des Herrn Doktor F. Moll in der Dorotheergasse? Erinnerst dich noch, Alma, wie wir beide und Kostja Kuropatkin dort Hustenbonbons kauften und der Kostja zum Apotheker sagte: ›Kennen Sie eigentlich Ihre Beethovensonate, Herr Doktor?‹, und der Apotheker fragte: ›Sonate? welche Sonate?‹, und Kostja, mit trauriger Miene, sagte: ›Na, die f-Moll-Sonate von Beethoven, die Haydn gewidmet ist.‹«

Die Hasenreither lachte spitz jauchzend auf. »Freilich erinner ich mich!«

»Du erinnerst dich also an Kuropatkin.«

»No, hörst du! Wo er doch damals zu mir geschlurft gekommen ist in der Nacht um Drei oder Vier, um mir einen Heiratsantrag zu machen.«

Zborowsky, im Verlassen der Apotheke, blieb stehn.

»Geschlurft …? Um Vier …?«

Seine Augen blickten in das zartrosa Schwimmen des emilianischen Schönwetterabends und spiegelten ihn blicklos – wie die Marmoraugen einer Jupiter-Statue, bei deren Betrachten man nie weiß, was dies steinerne Nach-innen-Blicken bedeutet, verschwiegenes Schöpfersinnen oder weltferne Teilnahmslosigkeit oder göttermäßiges, luzid-arrogantes Überlegen eines menschenverderbenden Komplotts oder gar nichts, und die Hasenreither gewahrte es, ebenfalls stehen bleibend, die Tierkohle für den Burgschauspieler Josef Krottenaugner in die Schlangenhauttasche stopfend, und erinnerte sich vielleicht an solch eine Jupiter-Statue und dachte vielleicht: es ist ein bißl unangenehm, daß der Franzl Zborowsky, mit dem ich vor über zwanzig Jahren, als wir beide noch halbe Kinder waren, ein Techtelmechtel gehabt hab, jetzt, wo ich ihn – klein ist die Welt – per Zufall wiedertreff, daß er plötzlich dreinschaut wie einer von diesen alten Jupitern aus Marmor, bei denen die Nase manchmal auch ein bißl lädiert ist, aber abgesehn davon, dachte die Hasenreither vielleicht, ist er noch immer ein Feschak, der Franz, ein strammer und fescher Kerl und dazu Akademieprofessor und, wie ich wo gelesen hab, ein schenialer Zeichner (im Vaudevilletheater der Rothenturmstraße, wo durchweg Salonkomödien gespielt wurden, wiewohl die Salons in Mitteleuropa auf dem Aussterbeetat standen, sagten sie immer ›schenial‹); auch Joe ist schenial: auf der Bühne, aber im Leben bißl fad, besonders seit er angeben tut mit seiner Venediger Fischvergiftung, wahrscheinlich eine Einbildung, dachte die Hasenreither vielleicht.

»Kostja Kuropatkin hat dir also einen Heiratsantrag gemacht?« erkundigte sich Zborowsky ebenso plötzlich wieder anwesend, ja verbindlich. »Davon hab ich allerdings gar nichts gewußt.«

»Erzähl dir's später, komm, ich muß wirklich zu Joe«, sprudelte sie. »Wir haben einander so furchtbarfurchtbar viel zu erzählen, Professor.«

»Pardon, Alma, nenn mich bitte nicht Professor. In Italien zumal ist das ein Titel für Schwimmlehrer. Und zu erzählen hab ich eigentlich nichts. Ich nicht.«

Auf der Piazza Garibaldi, die Zborowsky auf den ersten Blick entzückte, flammten biedermeierische Kandelaber auf. Über dem Platz, der Himmel – altrosa, verstohlen wechselnd in jenes trügerische Blau, das vor südlichem Schönwetter-Einnachten noch einmal Tag spielt – spannte sich wie ein Baldachin über einem gemütvoll-belebten Saal. Sogar etwas heimatlich berührte ihn, der Heimatliches keineswegs überschätzte, dieser offene Raum, wie, ja, ein Traum entschwundener imperial-österreichischer Herrlichkeit (irgendwo spielte ein Streichorchester einen Lannerwalzer). Seiner Witterung entging keinen Augenblick, daß hier über der vollends italienischen Wirklichkeit etwas webte wie der Schemenhauch eines k. u. k. Glanzes, possierliches Gespenst des Doppeladlers, unter dessen Schwingen, als er noch nicht abgeschossen war, soviel bigott-despotische Trottelei exerziert worden war durch die Zeiten. Ausgerechnet auf dem Platz des Garibaldi, dem selbstverständlich meine Bewunderung gehört, dachte Zborowsky (wiewohl man's mit der Bewunderung von Nationalhelden nie zu weit treiben soll).

Ist es möglich, daß diese Marie Louise, täppische Duodezfürstin von Metternichs Gnaden, verspielte Rabenmutter, die ihren Ältesten, den Aiglon, im Schönbrunner Halbgefängnis an der Auszehrung verrecken ließ, dieweil sie sich in der Oper von Parma vergnügte, daß ihre Leichtsinnsherrschaft hier eine atmosphärische Hinterlassenschaft zeitigte bis heute? Fast elektrisiert beobachtete er: die Kellner, die in mehreren nebeneinander etablierten Freiluftcafés bedienten, jonglierten auf Nickeltabletts neben Caffè-Espresso-Tassen – Wassergläser? Hier erhielt man ohne weitres ein Glas Wasser zum Kaffee – wie in Wien? Dazu der k. u. k. Schemenglanz und irgendwo Lanner, man war ein bißchen in Wien. Nicht in dem von vier Mächten besetzten, das in Zeitläuften ›Kalten Kriegs‹ der Welt die ›Friedliche Koexistenz‹ vorexerziert hatte und eben den Austria-Staatsvertrag unter Dach schaffte, sondern in Traum-Wien … Fata morgana jenes ›Austria erit in orbe ultima‹, das der Schottengymnasiast Kuropatkin zum Ärger unsres Geschichtslehrers also übersetzt hatte: ›Österreich wird das Letzte sein‹ …

Sie fanden Krottenaugner in einem Korbsessel an kahlem Marmortischchen. Er trug einen azurblauen Blusenanzug neuster Italienermode und wirkte, braungebrannt unter seinem mit Brillantine angelegten messingblonden Haar, nicht krank. Zborowsky hatte ihn ein einziges Mal auf der Bühne gesehn, kurz nach dem Krieg, in Ibsens ›Nora‹, in der Rolle des einem weit ältern Schauspieler zugedachten, in schleichendem Koma befindlichen, rückenmarksschwindsüchtigen Doktors Rank. Die Verwandlungsfähigkeit eines so jungen Darstellers, das bedeutende Talent, mit dem er sich nicht allein als halbe Leiche auf die Bretter brachte, seiner latent-letalen Gebrechlichkeit vielmehr etwas von nordischem Zwielicht, einer Edvard-Munch-Figur verlieh, hatten Zborowsky stark beeindruckt. Nun hatte er – wie schon zweimal zuvor in einem Wiener Abendlokal, wo ihm die Diskrepanz zwischen Spiel und Sein nicht so brüsk in die Augen gesprungen – einen jüngern hübschen Mann vor sich, der durchaus ohne Gesicht war. Der gutaussehende Bursche hatte kein Gesicht; und als er sprach, ohne die

Sicherheit der Bretter unter sich zu spüren, unbelebt vom Bannkreis jener uralten Schein-Seinswelt des Theaters, stellte sich heraus, daß er ›im Leben‹ weder Stimmkraft hatte noch Wesen; er war so gut wie gar nicht vorhanden, es sei denn, man hätte sich damit abgegeben, ihn aus seiner mäßig komisch wirkenden Wehleidigkeit (oder -freudigkeit) zu rekonstruieren.

Ohne irgendein Staunen zu verraten darüber, daß die Hasenreither ihn ans Tischchen brachte, sagte er matt: »Wie geht's, Professor Zborowsky? Mir miserabel, ich bin in Venedig vergiftet worden.«

»Nenn ihn bitte nicht Professor, Joe-Darling. In Italien zumal ist das ein Titel für Schwimmlehrer«, verkündete die Hasenreither.

»Wie soll ich ihn denn sonst nennen, Alma-Darling?« Seine Frage war ein zerstreutes Gejammer.

»Nenn ihn – Fra Diavolo, Sweetheart, als er Akademiestudent war und ich im Chor von der Volksoper, haben sie ›Fra Diavolo‹ vom Auber gespielt, und ich hab mir damals immer gedacht, später wird der Franz so ausschauen wie der richtige Fra Diavolo und hab ihn deshalb manchmal so genannt, und siehst du, ausschauen tut er heut wie der verkappte Räuberhauptmann Fra Diavolo, findest du nicht auch, Joe, my love? Schau, sein Schnurrbart, und die Augen, schau seine Augen an.«

»Schaut euch lieber meine Zunge an«, winkte der Burgschauspieler matt ab und streckte seine Zunge heraus.

»Wie finden Sie sie, Meister?«

»Sie schaut etwas weiß aus«, sagte Zborowsky höflich.

»Weiß?«

»Ein bißchen, ja. Und bitte gehorsamst, Krottenaugner, nennen Sie mich auch nicht Meister.«

»Nenn ihn Fra Diavolo!« ereiferte sich die Hasenreither.

»Warum?«

»No, ich hab dir doch grad erzählt, daß der Franz, mein Jugend…«

»Hast du mir Kohletabletten besorgt, Honey?« unterbrach er sie unaufmerksam; und als sie ihm das Schächtelchen reichte: »Wie nimmt man die?«

»Fünf Stück aufs Mal, Joe. Einfach kauen.«

»Einfach kauen.« Krottenaugner gehorchte. »Schmeckt scheußlich. Scheußliche Geschichte, Meister, finden Sie nicht? Man sitzt hinterm Markusplatz, in der Via delle Rasse in einem berühmten Fischlokal und bestellt sich nichtsahnend eine Frittura di mare, und plötzlich …« Krottenaugner hörte zu kauen auf und senkte die Augenlider – wobei Zborowsky auffiel: auf dem linken klebte eine Warze – und hob sie mit wesenlosem Ernst: »Wirklich, sagt mir, wie findet ihr meine Zunge?« Abermals, erstaunlich flink, ließ er seine Zunge vorschießen. Die Hasenreither lachte hell auf, allzu hell. Völlig unberührt davon fragte er: »Wie finden Sie sie, Professor?«

»Sie schaut etwas schwarz aus«, sagte Zborowsky.

»Schwarz? Wieso schwarz?«

Wieder jauchzte die Hasenreither auf, indes der Schauspieler völlig ernst blieb und durchaus abwesend. Doch am Nebentisch kicherten drei Italiener, gleichermaßen azurblau gekleidet, und taxierten die Frau mit vorerst prüfenden, dann kokettierenden Blicken, dem einen entfuhr's halblaut: »Bella creatura!«

»Weil du soeben Kohle genommen hast, my love.«

»Kohle, natürlich«, sagte Krottenaugner mit, Zborowsky schien's, unmenschlicher Interesselosigkeit.

Ein Kellner erschien am Tischchen: »I signori desiderano?«

»Punt e Mes, prego«, sagte Zborowsky.

»Was ist das?« die Hasenreither.

»Carpano, bester Wermut der Welt.«

»Okay, the same for me«, die Hasenreither.

»Due Punt e Mes, va bene«, sagte der Kellner. »E il Signore?« Er mußte den Schauspieler zweimal anfragen – kein Wunder, dachte Zborowsky, da Krottenaugner kaum da ist –, bevor der sich zu einer Bestellung ermannte:

»Latte caldo.«

»Latte caldo?« fragte der Kellner, als habe er nicht recht gehört. »Niente espresso o aperitivo?«

»Latte caldo.«

»Va bene, due Punt e Mes e un latte caldo«, sagte der Kellner unüberzeugt, eh' er mit Grazie entschwand.

Der Romfahrer blickte um sich: »Ich finde Parma sehr lieblich und das alles hier herum ein bißchen – österreichisch.«

Krottenaugner mit gesenkten Lidern – die Warze auf dem linken wiederum sichtbar –: »In Österreich, Meister, vergiftet man sich nicht an Frittura di mare.«

»Dafür mit einer schlechten Burenwurst«, replizierte die Hasenreither.

»Wenn ich bedenk – ich hab's bei Prokesch gelesen, einem Zeitgenossen und Augenzeugen dieser Dinge –, was diese Marie Louise in einem ihrer vieltausend nichtssagenden Parmenser Briefe schrieb genau zur Zeit, als ihr und Napoleons Sohn, der zwanzigjährige Herzog von Reichstadt, in Schönbrunn Blut spuckte …: ›Heute abend in Riccis Der neue Figaro und die Modistin gewesen. Die Ferlotti sang bezaubernd.‹«

»Wo hat er Blut gespuckt?« erkundigte sich Josef Krottenaugner von fern. »In Schönbrunn?«

»Ja; er vertrug das Klima nicht.«

»Ich wohne auch in Schönbrunn. Und ich muß sagen ...« Er trank sehr langsam seine warme Milch aus. »... das Klima tötet mich.«

»Das bildest du dir ein, Joe-Sweetheart.«

»Du hörst doch – der Herzog von Reichstadt ... scheußliche Geschichte. Sagen Sie, Meister, halten Sie für möglich, daß ich sterben werde?«

»Hm«, machte Zborowsky; »das wird sich nicht umgehn lassen – ich meine: à la longue. Due altri Punt e Mes«, bestellte er. »Carpano, der beste Wermut der Welt. Agip, das beste Benzin der Welt. Italien, das Land, wo man am besten schlafen kann.« Plötzlich spürte er eine kleine Rauschesahnung in ihm gaukeln auf den Schwingen des soundsovielten Carpano, den er gestürzt hatte. Er sah der Hasenreither auf den Grund. Trotz stolzen Wuchses hieß sie so nicht von ungefähr, auch das unmerkliche Liliputanische in ihrem Gesicht konnte als Atavismus gedeutet werden: Ihre Urvorfahren waren Kobolde gewesen, die auf Hasen geritten. Und Josef Krottenaugner, der in Chargen Höchstes versprechend begonnen hatte und nun als Jugendlicher Held längst bewiesen war und fast ein Idol, der im Rampenlicht so hinreißend lebendige, außerhalb dessen so lebensarme Mann – seine Hübschheit konnte Zborowsky nicht täuschen. Hinter diesem Phlegma barg sich ein Rudiment: Krottenaugners Vorfahren waren Kröten gewesen. Die Lidwarze sprach dafür, als letztes einziges Indiz.

»Ich lege mich nieder«, sagte der Krötenenkel.

»Ohne zu nachtmahlen?« fragte die stolz gewachsene Nachkommin von Zwergen, die auf Waldtieren ritten.

»Geh ruhig mit dem Professor essen, Alma-Darling«, sagte der Burgschauspieler und bedankte sich sehr nebenhin und zerstreut, da Zborowsky die kleine Zeche zu zahlen wünschte; »ihr entschuldigt mich; meinen Respekt«, und knarrte in neuen Sandalen davon.

»Okay! Bye-bye, Joe!« rief die Hasenreither ihm nach, und die drei Italiener am Nebentisch kicherten, und einer rief halblaut: »Bellezza! La bella bionda!« und die Hasenreither reagierte mit einem flüchtigen Nebenhinlächeln, bevor sie Zborowsky tief in die Augen grinste.

»Warum redet ihr eigentlich einander amerikanisch an, Gnädige?«

»Joe bereitet sich auf Kalifornien vor. Es schaut so aus, als ob er nächstes Jahr einen Vertrag für zwei Hollywoodfilme bekommt; ich geh mit.«

Zborowsky zupfte an seinem Schnurrbart: »Wie alt ist er eigentlich?«

»Neununddreißig.«

»Ich könnte sein Vater sein«, sagte er.

»Wie alt bist du denn jetzt, Fra Diavolo?«

»Dreiundvierzig.«

Die Hasenreither jauchzte auf, und die Italiener nebenan riskierten es nun, vertraulich mitzulachen, und sie lächelte sehr flüchtig nebenhin und gurrte: »Noch immer sechs Jahre Altersunterschied zwischen uns.«

»Hm. Entschuldige vielvielmals, Alma, aber damals, als wir einander kennen lernten, waren's, schwören möcht ich's und nochmals pardon, bloß drei.«

»Sechs!«

»Dann müßtest du damals Sechzehn gewesen sein.«

»Ich w-a-r Sechzehn!« jauchzte sie.

12

»Evviva il Duce.«

Sie saßen zu zweit allein, in einem winzigen Hof, der vermöge einer eingegangenen Kübelpalme als Giardino, als Garten der Trattoria Angelo Pantalone (wörtlich übersetzt: Wirtschaft Engelhose) fungierte, an einem wackligen Tisch, gedeckt mit einem Tischtuch, in dessen Mitte ein großer violetter Rotweinfleck prangte. Als das Paar die Grottentaverne betreten, hatte der Padrone im Wiedererkennen des Fremden, der so schnöde die beste Salami, den besten Schinken der Welt verschmäht gehabt, zunächst seine Duldermiene aufgesetzt, die Gäste mit elegischer Gebärde in den ›Garten‹ verwiesen. Dann jedoch, wie der Fremde, ohne mit der Wimper zu zucken, als Antipasto Salami und Parmaschinken bestellt hatte, dazu Spaghetti mit Pfahlmuschelsauce und einen Liter weißen Soave, hatte Herr Engelhose seine Dulderlarve abgewofen, das Tischtuch aufgelegt und mit so kunstvollem Geschick drapiert, daß der fast symmetrische Rotweinfleck genau in der Mitte zu prangen kam, als sei er ein hineingebatiktes Ornament; er hatte ein romantisches Windlicht aufgestellt, auf dicke Teller zwei zu Tüten gedrehte Servietten gestülpt unter fortgesetzten betulich-wohlwollenden, froschmäßig gleichlautenden Quakrufen: »Ecco! Ecco! Ecco!«

»Evviva il Duce.«

Gellendes Rangengeschrei, dumpfes Geschepper, Radiogeplärr und -geplapper aus der Höhe des engen Höfchens. Um dessen schimmelfleckige Wände führten in drei Stockwerken Veranden aus altem Eisen, auf denen offenbar

Haschen gespielt wurde und zwischen denen an kreuzquergespannten Leinen Leibwäsche durch- und übereinanderhing, getroffen von spärlich aus Hutzelfenstern sickerndem Schein. Auf die neben dem Tisch verendete Palme tropfte es regelmäßig von oben.

»In ein reizendes Ristorante hast du mich da geführt, Boro.«

»Meine Herz-Dame pfleg ich nur in Lokale zu eskortieren, die ich schon kenne. Und weil es das einzige Gartenlokal war, das ich kannte in Parma –«

»Deine Herz-Dame! Das ist schon nimmer wahr. Und Gartenlokal!« äffte die Hasenreither.

»Käkäkäkä – evviva il Duce.«

Sein leises Lachen.

»Schau dir das an, da droben, was da hängt. Vielleicht die Unterhosen des Herrn Engelhose persönlich.«

Sein leises Lachen.

»Wenn mir die hineinfallen in die Spaghetti –«

»Evviva il Duce.«

Diesmal lachte er laut, in drei kurzen Stößen, befreiend explosiv, fast ungestüm.

»Jetzt kenn ich dich wieder. Vorher, das leise Lachen war nicht von dir.«

»Es gibt auch Pistolen mit Schalldämpfer, Alma. Weißt du, warum ich so hab lachen müssen?«

»Evviva il Duce.«

»Da hörst es wieder …«

Etwas, das einer fistlig krächzenden Greisinnenstimme täuschend glich, meldete aus verhangener Höhe in unregelmäßigen Abständen das Hoch auf den Duce, akzentuiert mit heiser-schriller Schärfe und überdeutlich, zuweilen ein retardierendes Käkäkäkä vorausschickend, als zögere es, dies

Vivat auszubringen, dann sich dazu entschließend wie in seniler Rechthaberei, zugleich dennoch etwas nebenhin und ohne besondern Aufwand, wie ein Gruß, den einem alte Bäuerinnen geben.

»Käkäkäkä – evviva il Duce.«

»Jöh, ein mussolinitreuer Papagei!« jubelte die Hasenreither.

Der Padrone trug eine massige Weißweinkaraffe aus dickem Glas auf, Gläser, verhieß zeremoniös wie ein seine Glanznummer ankündigender Zauberkünstler, daß nunmehr ›il fantastico prosciutto di Parma e il migliore Salame del mondo‹ im Anzug begriffen seien. Im Wegeilen aufgehalten, vom Fremden nach jenem in den Wäschekulissen verborgenen Papagei und dessen monomaner Huldigungsformel befragt, gab Pantalone unter wiederholtem heftigem Achselzucken und Abwinken Auskunft in übereiltem Hinplappern, als behage ihm das Thema nicht. Soweit der Romfahrer verstand – Lücken übersetzte Alma ihm angesichts seiner fragenden Miene, sie sprach, schien's, ganz gut italienisch (während er bei beschleunigter Konversation mit seinem Spanisch keineswegs zureichte) –, soweit er verstand, hatte der Papagei, an sich ein kostbares Exemplar, bessere Tage gesehn im Haus eines der wohlhabendsten Geschäftsleute von Parma, war dann aber 1945 billig abgegeben worden an eine hier oben zur Miete wohnende Arbeiterfrau, Donna Colombina, deren Kinder sich immer einen Papagei gewünscht hatten.

»Himmlische Geschichte«, prustete die Hasenreither, offensichtlich aufgelegt zu einem ihrer klassischen Lachanfälle.

»Mehr irdisch, kommt mir vor«, sagte Zborowsky ins Windlicht sinnend, »und sonderbar genug. Stell dir vor.

Zwanzig Jahre lang – Papageien werden über hundert – ist dieser Vogel das Paradestück eines feudalen Haushalts, weil ihm beigebracht wurde, den Begründer des Faschismus monomanisch hochleben zu lassen. Hm. Und als dann der Präger des Slogans ›Lebe gefährlich!‹ gefährlich stirbt, muß das arme Viech, weil's nicht umlernen kann, Knall und Fall aus dem Haus. Wird verramscht an eine Proletarierfrau, die, hm, wahrscheinlich Antifaschistin oder indifferent, sich wegen dem Evviva-Gekrächz da nicht kompromittiert fühlt. Jedenfalls hat das Viech mehr Charakter als die Viecher, die es verramscht haben.« Damit schenkte er rasch ein.

»Käkäkäkäkä, evviva il Duce.«

»Viva el papagayo«, sagte er auf spanisch und hob seinen Kelch, und die Hasenreither hob den ihren und gurrte: »Tschin-tschin«, und sie tranken, tranken fast hastig, beide, und der kalte weiße Soave durchströmte ihn jäh mit der Frische eines Bergbachs, und er erinnerte sich flüchtig seines Bads in der Buna im Angesicht des Mausoleums Sarisaltum-Babas. Die Hasenreither bog den im Windlicht wie Bronze schillernden Hals zurück und setzte den Kelch ab und piepste in die Höhe: »Nein, das ist w-i-r-k-l-i-c-h himmlisch!«

Unregelmäßiges fettes Plumpsen hallte hernieder, auch Trillergepfeif; anscheinend wurde jetzt auf einer der Eisenveranden Fußball gespielt.

»Was ist himmlisch, Alma? Der Himmel?«

»Im zweiten Stock, siehst du, was da hängt mit den Bandln? Weißt, was d-a-s ist?«

»Das? Schaut mir aus wie Säuglingshäubchen.«

»Evviva il Duce.«

Sie riß die Serviettentüte auf und preßte sie prustend vor den Mund. »Säuglingshäubchen!« japste sie in einer ihrer berühmten Lachattacken, die, aus Temperament geboren, sich mit Raffinement zu einer clownischen Ekstase steigerten (und aufs Parkett stets so ansteckend wirkten, also Attacken im Doppelsinn). Fast erwartete er, daß sie sich gleich auf den abgetretenen Katzenköpfen wälzen werde. Stattdes kramte sie ein Puder- und Schminketui aus der Schlangenhauttasche, einen Kasten mehr mit einem Spiegeldeckel, groß wie der Portable eines Landschaftsmalers, stellte ihn auf, tupfte mit einem Schwämmchen systematisch aus den tintenblau getuschten Wimpern ein paar veritable Tränen (sie gehörte zu den hervorragendsten Tränenproduzentinnen des Josefstädter Ensembles, gleichermaßen virtuos im Blitzen- und Kullernlassen von Lach- und Weintränen) und sagte dabei ausdruckslos-sachlich: »Suspensorien; ich kenn die Bandagen, weil der meinige sie trägt.«

»Evviva il Duce.«

Er lachte nun wieder verhalten. »Welcher deinige? Der in Scheidung begriffene oder der Krötenmensch?«

»Krötenmensch.« Sie spielte ein beiläufiges Schmollen. »Alter Fra Diavolo, ich muß mir schon verbitten, daß du meinen Bräutigam, den Schwarm der Burgtheaterbesucherinnen –«

Aus der Höhe hernieder platzte der große schmutziggraue Gummiball, mitten auf den Tisch. Dank seinem ungewöhnlichen Reaktionsvermögen gelang's dem Romfahrer, das Windlicht eben noch zu packen. Die Weinkaraffe zerklirrte auf den Katzenköpfen.

»Evviva il Duce.«

Der Padrone, nahend mit weltberühmtem Parmaschinken und weitbester Salami, setzte die Antipasto-Teller behende ab unter sonorem Aufschrei: »Vacca Madonna!!«, um hierauf etwas vorzuführen wie eine erstrangige Ein-Mann-Kabarettnummer.

Anhebend mit dem Raufen imaginärer Haare (er war einigermaßen glatzköpfig), diesmal explodierend in ein »Porca Madonna!!«, schmetterte er ein rabiates Bariton-Tremolo empor: »Donna Colombiii-na!!«

Aus der Höhe meldete sich ein lichter, unverkennbar romanischer, rauh-melodiöser Mezzosopran, dessen Trägerin unsichtbar blieb überm Wäschegehäng: »Signor Pantalooo-ne?»

Unwillkürlich horchte Zborowsky auf.

Da meldete sich's wieder, jenes Fatal-Anzügliche, das begonnen hatte gestern abend, als der Hausdiener in Piacenza auf Namensvetternschaft gepocht; das ihn später, kurz nach 4, durch den Borgo Caliban gehetzt hatte, auf die Suche nach einem verschwundenen Straßenkehrer; das er dann abgetan gewähnt, bis er im Dom von Parma den Mantilla-umflossenen Frauenumriß entdeckt hatte. Und hier und jetzt, Colombina und Pantalone – zwei Standfiguren der alten Commedia dell'arte –, sah das nicht wiederum aus wie *Spiel,* bei aller Schein-Improvisation abgekartetes, wohlgeprobtes?

Wie in einer jener verschollenen Stegreifkomödien schleuderte Signor Pantalone bei geballten Fäusten die Arme empor, ließ sie maniakisch fuchteln, wobei er einen derart rasanten Schwall von Verwünschungen und Anklagen in die Höhe tremolierte, daß die Gäste kaum ein Wort erfaßten. Gesicht und Arme erhoben wie eine Marionette, die der Puppenspieler für Augenblicke reglos beläßt, wartete der Padrone den Konterpart ab, der alsbald in Donna Colombinas, der Unsichtbaren, Rückgeschimpf niederprasselte, durchgellt von krächzigen Empörungsschreien des aufgescheuchten Papageis – bis zu irgendeinem Stichwort, auf das hin die Wirtsmarionette neuerdings emporzufuchteln und -schelten begann.

Was, dachte Zborowsky irritiert und fasziniert in einem, was, was ist es, das mich seit gestern so aufwühlt? Lolita, Lolita Aguirre hat niemals gekeift, Himmel nein, nie und nimmer, und doch, der lateinisch licht-rauh-melodiöse Timbre dieser körperlos durch den Vorhang armseliger Leibwäsche niederhallenden Stimme …

Die Hasenreither, angesichts der Vorführung im Begriff, sich einem neuen Lachanfall hinzugeben, hielt, den im Windlichtschein flackernden Blick ihres Begleiters gewahrend, an sich. Der Padrone beendete den altertümlichen Sketch so unvermittelt wie begonnen, versetzte den Glassplittern ein paar lasche Fußtritte, hob den Gummiball im Abgehn auf und schleuderte ihn mit der Zielsicherheit eines Korbballchampions zwischen den Wäschehindernissen hindurch, hinan zur Veranda, wo er aufgefangen wurde. Heftiges Schlagen einer Tür, gedämpfteres Radioplärren.

»Ewiewa il Duhtschä«, betätigte die Hasenreither sich als Tierstimmenimitatorin, imitierte sie einen Menschenstimmenimitator, dem seine Kunst zum Verhängnis geworden war. »Himmlisches Ristorante mit Gratis-Varietéeinlagen.«

Da kam sein sachtes Lachen wieder. – Sie hatten die Ersatzkaraffe Soave ausgetrunken und eine halbe noch und blieben nach dem Mahl in Engelhoses ›Garten‹ allein mit zwei großen schwarzen, sehr dicken Katzen, sichtlich hochschwanger beide, die sie sehr erfolgreich angebettelt hatten um Schinkenschwarte und Salamihaut. Die Hasenreither zündete sich am Windlicht, das ihr Begleiter lüpfte, eine Zigarette an (er rauchte nicht). Vom Brennbaren angelockt, züngelte die Flamme empor, und im Flackerglanz stach die Vergißmeinnichtblässe ihrer Augen verstärkt ab von der Bronze des Teints, Augen, die ihn prüften mit feucht-bleicher Intensität. Ihren Stuhl rückte sie neben den seinen, eh' er ihr dabei behilflich sein konnte, und lehnte den allzu rotblonden, den ›cognacblonden‹ Wuschelkopf an seine Schulter, ohne daß er ihr dabei behilflich gewesen wäre, und rauchte und raunte als Naive: »Ach Franz. Nach s–o langer Zeit. Und mir ist. Als wär's gestern gewesen. Ach Franzl. Ach Franz.«

Und sein noch sachtres Lachen.

»Ach Alma, ach Alma.« »Du lachst mich aus. Dabei hab ich, so an deine breite Schulter gelehnt, das alte Gefühl. Von Sicherheit. Das ich später nimmer so richtig gehabt hab. Nimmer so wie bei dir, Fra Diavolo.«

Er schwieg, ohne ihr behilflich zu sein.

»Schau.«

»Hm?«

»Jetzt seh ich da ganz droben was hängen. Was gar nicht zum Lachen ist.«

»Was, Alma? Einen Trauerschleier?«

»Einen Stern«, raunte sie, rauchte. Langsam dann, in geübter Verstohlenheit, tastete ihre Linke unterm Tisch seinen rechten Oberschenkel an dessen Innenseite hinauf, ganz hinauf und blieb dort ruhen, wie abwartend, ohne daß er etwas Besondres empfunden hätte oder ihr im besondern behilflich gewesen wäre. Nach kurzem Abwarten nahm sie ihre Hand wie von ungefähr weg und bemerkte paffend, einen Anflug hämischer Härte in ihrer Gedämpftheit: »Komm, gehn wir. Hier stinkt's nach gebratenem Olivenöl.«

»Ich liebe Oliven. Ich meine: die Bäume.«

»Du liebst Bäume. Apropos, Professor Zborowsky, sag einmal … bist du nicht vielleicht in all den Jahren, seit du dein kühnblitzendes Musenjünglingsauge von mir gewendet hast … einer jungen Dame zu aus den Kreisen des Wiener Diplomatischen Korps –«

»Laß das ruhn, Alma.«

»– bist du in all den Jahren, von denen du, wie du sagst, eigentlich gar nix zu erzählen hast, bist du in der Zeit nicht vielleicht … obwohl man dir's absolut nicht ansieht, im Gegenteil – nicht vielleicht ein bißl zu rasch alt geworden an Leib und Seel'?«

»Ja, Gnädige. Ja. Du hast recht. Wahrhaftig recht. Wirklich und wahrhaftig, ja. Ich bin uralt geworden.«

»Evviva il Duce.«

Die Piazza Garibaldi strahlte in vermehrtem Glanz biedermeierischer Kandelaber unter einem nun pauspapierblauen, mit leicht dunstigem Sternenflitter besäten Baldachin. Das Paar ging ein ins kinderreiche Getümmel; zwängte sich durch eine behäbig entgegendrängende Rotte dicklicher Mannen von betonter Uneleganz, die meisten runde Berner Jodlerkäppis auf den Rundschädeln, Jacken über eine Schulter baumeln lassend, philiströse Hosenträger enthüllend, korbgefaßte Weinflaschen schlenkernd, behängt mit Kameras, Rachenlaute ausstoßend, weinselig polternd, wohl eine Reisegesellschaft aus dem Schweizerland. Vorbei an den räumigen Fenstern eines nagelneuen, luxuriös wirkenden Telephon- und Telegraphenamts.

»Wart! Pardon, Alma; eigentlich müßt ich dort rasch hinein, telegraphieren.«

Der nackte Arm der Hasenreither eingehenkelt bei ihm; durch den leichten Freskostoff seines Ärmels spürte er die unbekleidete Elastizität dieses Arms.

»An ein Weib natürlich, uralter Casanova.«

»An kein Weib.«

»An wen sonst, wenn ich fragen darf; darf ich?«

»An Kostja Kuropatkin.«

Ihr Arm entzog sich dem seinen. »An den Kuro? Bist du denn mit dem noch immer in Kontakt?«

»Es scheint so. Er hockt in Rom und erwartet mich um diese Stunde. Ich muß ihm telegraphieren, daß ich erst morgen abend ankomm.«

»Okay, gehn wir an Kostja Kuropatkin telegraphieren.« Sie henkelte sich wieder bei ihm ein. »Wenn ich an den Kuro denk … so kommt er mir vor wie ein Gespenst aus einer andern Welt.«

»Wieso Gespenst, Alma?«

»Wenn ich mich recht entsinne, war er einstmals dein Schatten.«

»Mein Schatten, wieso? Er verkehrte in völlig andren Kreisen als ich.«

»Trotzdem. Wenn du deinen Arm bewegt hast, hat er ihn auch bewegt. Bloß etwas anders. Ver-, no, wie soll ich sagen … verzerrter? Wie dein Schatten halt.«

»Weißt, was? Trinken wir einen Espresso-Grappino, bevor ich an meinen verzerrten Schatten von einst telegraphier.«

Jenseits des Telegraphenbüros, im dritten der Freiluftcafés, deren Reihen runder Tischchen weit in die Piazza hinausgebaut waren, fand er den Tisch frei, den sie vorhin besetzt gehalten, und lenkte die Hasenreither dorthin (in der Beziehung war er konservativ). Am Nebentisch ruhten nach wie vor die selben drei Italiener; sie waren mittlerweile bei all dem dolce far niente ein wenig niedergerutscht in den Sesseln und ruhten in der Schräge und hatten selbdritt die Beine übergeschlagen, und unter den emporgerutschten Hosenbeinen ihrer blau irisierenden, ins Modische transponierten Monteur-Overalls hervor lugten zebrastreifige Socken, tadellos gestrafft, und drei Stück Wade, maskulin behaart. Gleichsam ermuntert vom Wiederanblick der Fremden ließen sie ihre Bewunderungsrufe jetzt ungedämpft herüberschallen, ohne indes ihre Ruhlage zu verändern: »Ecco la bellezza! Bella creatura! La bellissima!«, und die Hasenreither lächelte routiniert an ihnen vorbei, ein ganz klein wenig gemein.

»Das p. t. Publikum«, tuschelte sie, »himmelt mich nicht bloß in der Josefstadt an und in den Kammerspielen, wie du siehst.«

»Wie ich seh. Aber sag mir eins. Warum tragen all die feinen Herren, die ›etwas auf sich halten tun‹, die dort drüben ebenso wie der große Krottenaugner, weshalb tragen sie allesamt Monos?«

»Monos?«

»Affen.«

»Affen?«

»Ja, weshalb tragen all die Laffen Affen? ›Laffen‹, der große Krottenaugner natürlich ausgenommen. ›Affen‹, so nannte man in unsrer spanisch-republikanischen Armee, Gott hab sie selig, die dünnen blauen Mechanikeranzüge, die den Milicianos und den Internationalen als Uniformersatz dienten, bis wenigstens ein Teil der Interbrigadenoffiziere, auch ich, mit abgewetzten Chasseurs-Alpins-Uniformen ausgestattet wurde, Restbeständen aus dem Ersten Krieg.«

»Jöh – alsdann hast du vielleicht doch etwas zu erzählen!«

»Alsdann hab ich vielleicht doch etwas zu erzählen, aber nicht heut und nicht hier und nicht dir, mein altes Herz. Schwamm drüber, schweiß-, tränen- und blutgetränkten Schwamm«, sprach er sachlich hin, dabei leicht deklamatorisch. »Was schaust du mich wieder so scheu an? Pardon, Scheu steht dir nicht. Was ich hab fragen wollen, weshalb sie alle, auch die, äh, Motorroller-berittenen Burschen, die mich in der vergangenen Nacht gestört haben – hab ich dir erzählt, wie ich in Piacenza von Wespenreitern und Satanasschreiern gestört worden bin?«

»Wespenreiter …? Satanasschreier …?«

»Scheu steht dir nicht, Alma, sei mir nicht bös. Ich mein', wieso sie alle ins Salopp-Stutzerhafte abgewandelte Mechanikeranzüge tragen, an denen kein Stäubchen klebt und kein Rußfleck, hm, von Blutgeschmier ganz zu schweigen.«

»No – es ist heuer die große Herrenmod'.«

»Große Herrenmod'.« In seinem verhaltenen Lachen schwang ein diskret-verächtlicher Unterton. »Madre de Dios! Damals, wie gesagt, in der Guadarrama und bei Brunete war's auch die große Herrenmod'. Entschuldige bittschön, daß ich ganz kurz kicher.«

Voller Grazie ein leeres Tablett schlenkernd, leicht tänzelnd näherte sich derselbe Kellner, der Krottenaugners Wunsch nach warmer Milch kaum hatte fassen können. Er zwinkerte Zborowsky zu wie einem alten Bekannten und enttänzelte mit sichtlichem Verständnis für die Bestellung: zwei Caffè Espresso und zwei doppelte Grappini.

»La bella rossa-bionda«, rief es sonor vom Nebentisch.

Die Hasenreither neigte den Kopf, betastete einen ihrer auffallenden Türkisohrringe, wie um sich seines Vorhandenseins zu versichern, lächelte über die nackte, bronziert schillernde Schulter ins Leere, ein ganz klein bißchen gemein, eh' sie sich ihrem Begleiter wieder zuwandte, wie vorsichtig erkundigte: »Also hast du bei den spanischen Republikanern gedient?«

»Bei wem, dachtest d-u, Alma? In Görings ›Legion Condor‹?« Da lebte es auf, sein kurz-ungestümes befreiendes Lachen.

Noch vorsichtiger bemerkte sie: »No … bei dir hat man

sich nie so ganz ausgekannt … damals nicht und heut nicht …«

Sein natürliches Lachen, das unterm Schnurrbart blitzende Zähne zeigte (er hatte gute Zähne), brach ab. »Pardon, was heißt das?« fragte er, angerührt von fernem Mißtrauen.

»Ich bin ja berühmt blöd«, beeilte sie sich als Naive zu versichern, »und versteh nix von Politik, aber … derzeit tratschen gewisse Leut in Wien herum, daß du ein Kommunist bist.«

»Ah, sooo!« Befreit von flüchtiger Mißtrauensahnung fand er sich wieder an der Grenze seiner Lachbereitschaft. »Wer d-a-s herumposaunt, kann ich dir genau sagen, ha! Ein paar Buben aus dem Café Carlton in der Jasomirgottgasse. Verpatzte Karl-Kräuse-in-der-Westentasche. Intime Feinde von mir, ha, ha! Weißt, was ich auf deren Getratsch erwider? ›Fragt's am besten die Kommunisten, ob ich ein Kommunist bin‹, ha, ha, ha! Originellerweis denunzieren sie nämlich ausschließlich Nichtkommunisten als Kommunisten, h-a-a!«

»Also bist du keiner, Fra Diavolo?«

»Ich werd dir was sagen«, sagte er herzlich. »Weil wir uns von früher kennen und weil du dich, pardonpardon, charmanterweise als berühmt blöd deklarierst, kann ich dir's zuflüstern, ohne daß es viel Schaden anrichten wird.«

»No, flüster«, ermutigte sie gespannt.

»Ich bin kein Kirchenmann.«

»Du meinst, kein Klerikaler?« Sie schürzte in kleiner Enttäuschung die lackierten Lippen. »Das hab ich längst gewußt, daß du kein Schwarzer bist.«

»Nein, versteh mich recht, Alma.« Er sprach's in trocknem Dozieren: »Ich bin kein r-o-t-e-r Kirchenmann. Die Alleinseligmachende Kirche der allein rechtgläubigen Partei, ›die niemals irrt‹, solche Unfehlbarkeitsdogmen sind nicht verbindlich für einen sogenannten Freien Künstler des abgetakelten Abendlands. Ein Spitzenreiter wie Picasso kann sich das leisten, sozusagen als Hobby … und andrerseits bei amerikanischen Kulturspießern zwanzigtausend Dollars für ein Bild kassieren, eine durchaus würdevolle Nonchalance, vor der ich meinen Hut ziehn tät, wenn ich einen hätt … Als Kommunist müßt ich die Macht wollen aus aller Kraft, aber als alter Mitteleuropäer, als Herzlandbewohner eines Kontinents, der, siehst du, infolge seiner durch Jahrhunderte auftrumpfenden Machtpolitik die ganze Welt in schauerlichste Kriege verstrickte, ist mir gestattet, am Sinn der Macht zu zweifeln. Die klassenlose Gesellschaft ist ein großes Ding, aber bevor ich mich so sehr wunder, sie verwirklicht zu sehn, lieber glaub ich vorerst einmal nicht so ganz daran, daß sie ein Ding der Möglichkeit ist. Und noch ein Grund, weißt du, der mich hindert, ein roter Kirchenmann zu sein. Weil ich, ein bißchen an Freud und Schland geschult und zur, äh, gesunden Skepsis erzogen, nicht in die Situation kommen möcht, nie mehr zweifeln zu dürfen; falls ich aber Zweifel äußere, exkommuniziert zu werden oder gar der heiligen Inquisition zu verfallen. Und weil's für mich andererseits nichts Penibleres gibt als Apostaten, abgefallene Kommunisten, die, hm, sich hurtig verbündend mit den strammsten Feinden des Sozialismus, vom Leder ziehn gegen die Kirche, der sie abtrünnig wurden.«

»Alsdann kennt man sich d-o-c-h –«, das berühmte triumphierende Mitten-im-Satz-Aufjauchzen der Josefstädter Salondame, »– nicht recht bei dir aus, Fra Diavolo!« Der Kellner jonglierte ein Tablett her, besetzt mit dampfenden Espressotassen und einer Branntweinflasche, in deren wasserklarem Inhalt eine algenartige Pflanze schwamm. Mit graziösem Schwung hob er's übern Kopf, zog den Bauch in torerohaft sparsamem Ausweichen ein vorm Ansturm einer Meute fünf- bis siebenjähriger Kinder, die laut quiekend zwischen den Tischen Haschen und Verstecken spielten. Zu einer umfangreichen Gesellschaft von Parmensern gehörten sie, anscheinend miteinander befreundeten Familien, um eine Tischreihe gelagert mit Kind und Kegel, mehreren Kinderwagen. Den Säuglingen ließ man keinen Schlummer, man reichte sie vielmehr wie Gegenstände im Kreis, um sie verzückt zu bestarren oder schäkernd anzumiauen. »Was ist das für ein Gift, das der Ober uns aus dem Aquarium da einschenkt?«

»Grappino. Tresterschnaps. Probier, Gnädige.«

Der Grappino schmeckte sehr frisch und scharf, auch ein wenig nach Erbrochenem und dennoch nicht widerlich; er stürzte den Schnapskelch in einem Zug und schlürfte heißen, aufpeitschend gehaltvollen Mokka hinterdrein. Die Hasenreither ächzte: »Jöh, ist das Aquariumswasser scharf! Aber fabelhaft, obwohl's eigentlich grauenhaft schmeckt. Also pilgerst du nach Rom. Zum Kuro.«

»Es hat den Anschein.« Das Doppelgetränk putschte ihn jäh auf zu einer Überwachheit, in der sich Verdrängtes empordrängte. »Du wolltest mir noch zu Ende erzählen, Alma, was du angefangen hattest vorhin auf dem Domplatz.«

»Du, der Wein vom Pantalone und jetzt das stinkerte Aquariumswasser, ich bin schon ziemlich beschwipst. W-a-s soll ich angefangen haben auf dem Domplatz?«

»Etwas über Kostja Kuropatkin, der zu dir ...«, er zögerte in geheuchelter Nachlässigkeit, »ge-hm-schlurft kam, um dir einen Heiratsantrag zu machen, in der Nacht um ... um, äh –«

»In der Fruah uma Viere!« Ein Dialektjauchzer. »Stimmt! Ja, das war so. Damals hab ich im Ersten Bezirk gewohnt, neben dem Haus zum Basilisken in der Schönlaterngasse, weißt noch?«

»Ich weiß.«

»Die was früher eine Puffgasse war, aber dann hat der Erzbischof von Wien, wie hat er noch geheißen?, ist ja wurst, die Puffs zusperren lassen, und sie wurden parzelliert in kleine Wohnungen, und ich hab eine gekriegt, und du, Franz, hast, wenn du heraufgekommen bist, immer zu mir gesagt, ›Alma, wenn man bedenkt‹, hast du gesagt, ›was sich in diesen vier Wänden schon alles getan hat‹; weißt du noch?«

Sein sachtes Lachen.

»Eines Nachts Ende Juni, mir scheint, wir waren beim Heurigen in Nußdorf, der Kuro und ich, und später in der Reissbar … zirka ein halbes Jahr, nachdem du mich hattest sitzen lassen, nein, sag nichts dagegen, du hattest mich einfach sitzen lassen, Fra Diavolo, um dich mit dieser baskischen Balletteus' zu liieren, Herrgott, war die fesch, erst war ich viechswütend, aber dann konnt ich's irgendwie verstehn, weil sie so reizend ausgeschaut hat und ganz anders als die andern, die Dingda, wie hieß sie noch?, bin beschwipst, darum fällt mir der Name nicht ein, wie hieß sie? – no, ist ja wurst«, plapperte die Hasenreither fort, da er schwieg, als habe er die Frage überhört; »wir waren also in der Reissbar, der Kostja und ich, und dann –«

»Pardon. Seit wann war Kuropatkin dein Galan?«

»Galan ist zuviel gesagt; und seit wann? Wart … nachdem du abgeschwirrt warst zu deiner spanischen Beauté, hat er sich an mich angehängt. Ziemlich spontan. Und ich könnt dir auch sagen, warum.«

»Warum?«

»Ah, lassen wir das jetzt! Dann begleitet er mich also in die Schönlaterngasse in der stillen Sommernacht, und vor meinem Haus küßt er mir die Hand, und ich geb ihm ein Busserl auf die Backe, weiter nichts, und wir sagen einander gute Nacht, und ich kraxel hinauf in mein Ex-Puff, und es dauert zirka fünf Minuten, bis ich droben bin, schwer vom Heurigen und todmüd, und wie ich oben das Fenster aufmach, hör ich unten ein Schlurfen in der stillen Gasse.«

»Ein Schlurfen.«

»Ein Schlurfen, jawohl, das n-ä-h-e-rkommt. Zuerst hab ich mir nix dabei gedacht und hab angefangen, mich abzuschminken. Aber als das Schlurfen immer nähergekommen ist, hab ich mir gedacht: das k-e-n-n ich doch! Das muß der Kuro sein, der nochmal zurückkommt. Du weißt doch noch, wie merkwürdig er hat schlurfen können, wiewohl er so ein blendender Sportsmann war – so ...«

Unvermittelt war die Hasenreither aufgesprungen. Vollführte vor den Tischen hin und her bei schimpansenhaft gebückter Haltung ein paar tapsige Schlurfschritte.

Caliban Straßenkehrer im Morgengrauen von Piacenza.

Wie einen, der jählings einbricht in Eis, durchfuhr Zborowsky die Assoziation.

»Cameriere! Un altro grappino, per favore – no, due.«

Der Kellner, sich eben vorbeischlängelnd, nahm die keineswegs unfreundlich, dennoch fast heftig geäußerte Bestellung mit nachsichtigem Nicken an, tänzelte davon. Indes vollführte die Hasenreither ihre Pantomime mit schauspielerischem Schmiß, dabei raffiniert diskret. Ein Carabinieri-Paar, es stolzierte im Corso nah vorüber angetan mit pikfeinen mitternachtsblauen Gala-Uniformen mit kardinalsrotem Besatz, kleinen flachen Schirmkappen, weißen Zwirnhandschuhen, anachronistisch lange Säbel lässig gerafft haltend, schien anzunehmen, daß dies dekolletierte Fräulein nach einer entglittenen Handtasche fahnde (für Italieneraugen, an den Anblick früh erblühter Schönheiten, vierzigjähriger Matronen gewöhnt, mochte Alma durchaus mädchenhaft wirken). Der eine bückte sich, wobei sein Säbel wie ein Bachstelzenschwanz in die Höhe wippte. Als er entdeckte, daß la Signorina sich nicht nach einem verlorenen Gegenstand bücke, sondern eine Art Entspannungsgymnastik zu treiben schien, gesellte er sich mit einem Anflug blasierten Grinsens zu seinem davonstolzierenden Kameraden.

»Da capo, belezza!«

Die drei Lungerer vom Nebentisch hatten erfaßt: eine mehr oder weniger private Schaustellung, lachten unisono mit Rhythmus und gar Melodie, ein vollendeter Opernchor, klatschten ungeniert Beifall. Die Hasenreither schickte ein Bauchrednerpuppenlächeln über ihre Köpfe ins Nichts, saß schon wieder bei Zborowsky.

»Da capo, bellezza, eine maliziöse Karikatur, fast so bösartig wie …« Er unterbrach sein rauhes Flüstern. »Vergiß nicht, daß er trotz seiner schlechten Haltung und seines Schein-Phlegmas gut aussah, der Kuro –«

»Gut aus, das schon, mit seinen treuherzigen schokoladbraunen großen Guckerln. Trotzdem fehlte ihm das gewisse Etwas, das den Erfolg ausmacht bei den Weibsbildern. Das Gewisse, das ein anderer aufzuweisen hatte, den ich damals gekannt, beziehungsweise schon nimmer gekannt hab.« Sie strahlte ihn frech an, ein wenig atemlos noch von ihrer Pantomime.

»Weiter im Text, wenn's beliebt, Alma. Du hörtest also das Schlurfen …«

»Weshalb wisperst du eigentlich, Fra Diavolo?«

»Ich wisper?«

Der Kellner schlenkerte die Flasche, darin das Algengewächs schwamm, herzu.

»Jöh, noch ein Aquariumswasser? Ich hab ja schon einen entzückenden Schwips. Tschin-tschin. Also, ich hör das Schlurfen und darauf –«

»– sein Gelächter.«

»Wie meinst du, Franz?«

Sie hat einen entzückenden Schwips und ihr Tischherr einen schizophrenen Tick, dachte er. »Kuropatkins Gelächter, nicht wahr?«

»Nein; wie kommst du d-arauf? Übrigens erinner ich mich genau daran, was für ein Lachen er sich manchmal geleistet hat. Wie der Dorfidiot von Hallstatt; soll ich dir's vormachen?«

»Nicht jetzt!«

Die abrupte Eindringlichkeit seines Abmahnens schien sie leicht zu frappieren: »Schämst dich wegen mir, Fra Diavolo?«

»Keine Spur.«

»Freust dich mit mir?«

»Keine Spur.«

»W-a-s?«

»Ich bitt hundertmal um Verzeihung, Gnädige. Ich war im Moment nicht ganz bei der Sache.«

»Das hab ich gemerkt.«

»Natürlich freu ich mich sehr mit dir.«

»Du, es ist gradezu ein Horreur, wie ich mich mit dir freu. In Wien läuft man eine Ewigkeit aneinander vorbei, und ausgerechnet im Duomo von Parma – so ein stupender Zufall.«

»Ja.«

»Nein, nicht dem Kuro sein Lachen hör ich von drunten, sondern sein Pfeifen. Die Anfangstakte von ›Troika, troika, snjeg puschysti‹, erinnerst dich an seinen Spezialpfiff?«

»Ja.«

»Ich beug mich aus dem Fenster, und da steht er drunten in der Gasse, ganz allein, es ist schon halbhell, und ruft zu mir herauf, halblaut: ›Was ich noch fragen wollte, Alma, wollen wir heiraten?‹ – Stell dir vor. ›Bist narrisch geworden?‹ frag ich hinunter. Ruft er halblaut: ›Nein, mein heiliger Ernst.‹ Zischel ich hinunter: ›Laß mich jetzt schlafen, Kostja, und hol mich nach der Vorstellung beim Stechleitner ab‹; so hieß unser Bühnenportier. No, das hat er getan, und dann sind wir in den Weißen Hahn nachtmahlen gegangen, und dort hat er mir seine russische Seele offenbart. Weißt du ...?«

Die sehr hellen Augen im bronzierten Gesicht, im feuchtglitzernden Frageblick dünkte ihn die Iris jetzt fast weiß.

»Hm?«

»Weißt du, daß Kostka Kuropatkin dich schrecklich geliebt hat?«

»Schrecklich geliebt, so.«

»Nicht wie ein Warmer! Hihi! Er war ja alles andre als warm.«

»Alles andre, ja.«

»Daß er dich schrecklich geliebt hat und zugleich schrecklich gehaßt, damals?«

»So? ... Haßliebe – einer der ältesten Motoren, die das Menschenherz bewegen.«

»Mach hier keine Sprüch«, kam's zärtlich-schnippisch. »Ich seh's deiner bißl ramponierten Nase an, die mir aber immer noch schön genug ist, daß du keine Ahnung davon hattest. Wußtest du beispielsweis, daß er wahnwitzig eifersüchtig auf dich war?«

»War er?«

»Wahnwitzig. Und wie du ihm dieses phantastische Mädel vor der Nase weggeschnappt hast, diese süße Spanierin vom Konsulat, diese Ballettschülerin, wie hat sie wirklich geheißen? – – ich hab's! Lolita Alvarez, so ähnlich stimmt's?«

Zborowsky sagte beinahe stimmlos: »Ich habe ihm niemanden weggeschnappt. Falls das so aussah, dann war's eine optische Täuschung. Diese – Ballettschülerin Alvarez, wie du sie nennst, hat niemals dran gedacht, sich mit Kostja Kuropatkin zu liieren. Nie.«

»Nie. Aber dafür um so ewiger mit dir, Fra Diavolo, nicht wahr?«

Sein Schweigen und Schnurrbartzupfen.

»Hattet ihr euch nicht sogar mit allen Schikanen offiziell verlobt, Kinder?«

Sein Schweigen und Schnurrbartzupfen.

»Damals begann er mir seine Aufwartungen zu machen, wie man so sagt, und brachte mir ›Tabac blond‹ mit.«

»Zigaretten?«

»Parfum vom Caron; kennst du die Marke nicht?«

»Nein.«

»Du flunkerst.«

»Ich kenn bloß einen Charon, der die Toten über den Acheron rudert. Der fabriziert meines Wissens kein Parfum.«

»Aber geschnuppert hast du's ixmal. Weil die wunderbare Alvarez es zu benutzen pflegte, und der Kuro hat es gewußt und hat's mir mitgebracht, und ich hab mich so dran gewöhnt, daß ich es seit zwanzig Jahren kauf.«

Sein Schnurrbartzupfen, eine Angewohnheit, der er selten nachgab, zumeist in Augenblicken großer Konzentration. Dann: »Ich hab mich nicht drum gekümmert, wie die Parfummarke der – Alvarez hieß. Tabac blond? Und du benutzt es noch heute?«

»Noch heut.«

Der altvertraute süßherbe Duft, den ich witterte, vorhin, als ich mich ihrem Schatten näherte im Duomo …

»Und weißt du, w-e-s-h-a-l-b er mir Tabac blond mitgebracht hat und w-a-r-u-m –«, zwei kleinere Hasenreither-Jauchzer, »– er mich heiraten wollte in allen Ehren, der Kuro? Im Weißen Hahn hat er mir's gebeichtet. ›Weil du die gleiche Figur hast wie die Lolita Alvarez‹, sagt er zu mir, ›haargenau die gleiche bis in die Bewegungen hinein, auch wenn du keine Balletteus' bist.‹«

(Als ich ihre Silhouette gewahrte, vorhin im Duomo …)

»›Und wo er dich hat sitzen lassen, der Boro, und mir die Baskin abgejagt‹, sagt er zu mir und fangt zum Schluchzen, erzähl ich dir, zum Winseln an wie ein junger Hund, ›wär's doch das beste, wir zwei täten uns zusammen.‹«

»Und – du?« stieß Zborowsky hervor.

»Ich? ›Kommt leider nicht in Betracht, mein armer Kuro‹, sag ich zu ihm, obwohl er so schöne dunkle Augen gehabt hat wie ein Chow-Chow und sein Papa so schön viel Zaster; ›ich bin kein Señorita-Alvarez-Ersatz.‹«

»Und – dann?«

»Dann? hab ich ihn länger nicht gesehn. Aber kurz bevor er nach Paris übersiedelt ist, waren wir noch mal zusammen beim Heurigen in Nußdorf, und da sagt er zu mir so ganz beiläufig: ›Unser guter Boro tut immer so links, dabei sympathisiert er im stillen Herzen mit den Nazis wie so viele junge Wiener derzeit.‹«

Zborowsky zupfte kein Schnurrbarthaar mehr.

»›Aber geh, das glaub ich nicht‹ sag ich entschieden, und da sagt er zu mir: ›Ich schwör's dir, Alma, denn ich kenn ihn ja von kindauf und besser als ihr alle. Aus Verdruß über das Mißlingen vom Februar-Aufstand der Wiener Sozis, aus Ärger über das Dollfuß-Schuschnigg-Regime ist er Nationalsozialist geworden und betrügt außerdem sein baskisches Glück mit Krethi und Plethi, aber sag's nicht weiter.‹«

»Bellezza!« vom Nebentisch.

Steinern saß der Romfahrer; hätte die Hasenreither ihn in dieser Sekunde beobachtet, vielleicht hätte er sie abermals an eine etwas lädierte Jupiterstatue gemahnt. Indes betastete sie abgelenkt ihren Türkisohrring und lächelte frechstarr-kokett an ihrer Hand vorbei, und auf die gleichsam sachlich sanfte Bemerkung ihres Begleiters: »Natürlich hast du's weitergesagt«, erwiderte sie kichernd:

»Hihi, natürlich. Erstens hatt ich damals noch einen kleinen Zorn auf dich, und zweitens war's eine kleine Sensation.«

»La bella bionda-rossa!«

Da war er aufgestanden.

13

Er schob sich durchs kinderreiche Gewoge der Piazza Garibaldi, die wie ein gemütlicher Saal war, und irgendwo sang mit Orchesterbegleitung eine Freiluftsängerin von bedeutendem Trillervermögen »Perché, perché …« (Warum, warum), eines der Lieder, die gestern nacht die Musikkulisse abgegeben hatten zu dem Film mit dem Titel ›Leidensbekämpfer Zborowsky‹, einem fragwürdigen neoveristischen Reißer, in einem Hotelzimmer Piacenzas vorgeführt als Sondervorstellung vor exklusivstem Publikum, nämlich dem Darsteller der Hauptrolle allein. Unter einer himbeerfarbenen Neonlichtschrift BAR ARGENTINO & TABACCHI trat er in einen Raum mit Spiegelwänden, darin fünf sehr junge, in Milchkaffeesatin uniformierte Kellnerinnen walteten. Hinter der Kasse thronte eine gleichuniformierte Junge zwischen Tabakwaren. Der Romfahrer kaufte ein Päckchen Zigaretten der Marke, die die Hasenreither bevorzugte, stellte sich vor der von Nickel und Rauschgold blitzenden Prunktheke auf. Eins der Mädchen fragte ihn, ob er nicht Platz zu nehmen wünsche; da er dankend verneinte, stöckelte es hinter die Theke.

»Per favore, äh, un bicchiere di vino rosso.«

Becher Rotwein? Welche Marke? Valpolicella, Barbera, Bardolino?

»Bardolino«, sagte er aufs Geratewohl.

Spritziger lichtroter junger Wein, ein Heuriger also. »Un altro, prego«; noch einen. Nach zehn Sekunden: »Un altro.« Dann nur noch, etwa zweimal in der Minute, seine höfliche Geste, die um Nachschenken bat. Wie die hinter der Theke den achten Becher aus bauchiger Korbflasche vollschenkte, begannen ihre Kolleginnen sich unter zwitschernden Rufen der Erheiterung um ihn zu scharen; selbst die Tabakverkäuferin verließ ihren Posten. Sieh da, ein Sechsmäderlhaus, dachte er, den neunten Bardolino bestellend. Freundlich-interessierte Jungmädchenblicke trafen ihn, und ein sehr belustigtes Kichern huschte umher, ein durchaus natürliches, kein gekonnt gurrendes oder klirrendes.

»Avete sete«, verkündete die offenbar Jüngste, zugleich die Hübscheste, eine mit einem sehr römischen Antlitz, das kindlicher Stolz prägte, mit einer rötlich-schwarzen Pferdeschwanz-Frisur, dessen trophäenhaftes Volumen dem Lieblingsmodell des alten Picasso Konkurrenz machte.

»Come, Signorina?« Des Weinsäufers gute Zähne (der rote Heurige färbte nicht) blitzten flüchtig unterm Schnurrbart auf.

»Avete sete«, wiederholte Signorina Pferdeschwanz, womit sie einen Kichererfolg zu verzeichnen hatte, »e potete sopportare molto.«

»Ah, si, si; ich habe Durst und vertrage viel«, bestätigte er in der Landessprache und schwappte den zehnten Becher Bardolino durch die Kehle und heimste damit einen noch stärkeren Kichererfolg ein als das Fräulein Pferdeschwanz. Jetzt fühl ich mich etwas besser, dachte er, jetzt bin ich endlich ein wirkliches bißchen betrunken, das rettet die Situation, die tragische, ja, die tragische. Er wünschte inständig, für diesen Augenblick, diese Stunde, diesen Abend zu vergessen, was die Hasenreither ihm erzählt hatte; er wünschte, die Hasenreither zu vergessen, sich ohne Abschied vor ihr zu drücken, ›auf englisch‹. Er wünschte, das Fräulein Roßschweif zu einem Stelldichein nach Barschluß zu bitten. Und ermaß, daß solches sich höchstwahrscheinlich nicht würde arrangieren lassen; so wie diese sehr römische Pferdeschwänzin aussah, würde sie entweder von einem argusäugigen Bräutigam heimbegleitet werden oder von einer Mama. Nach der Erwägung trug er sich allen Ernstes mit dem Gedanken, die gesamte Belegschaft der Bar Argentino, alle fünf fröhlichen jungen Kellnerinnen der Bar Argentino nach Feierabend zu einem Stellt-euch-ein zu bitten, die Kassiererin eingerechnet alle sechs, ihre Spiegelbilder eingerechnet alle zwölf. Statt des verabschiedete er sich von den Holden mit einer ulkenden, altväterisch weitschweifigen Kavaliersgebärde, die seiner Generation längst entfallen war, einem k. u. k.-imperialen »Servitore!«, und schritt ohne Spur eines Schwankens ins hochabendliche Getriebe der Piazza hinaus.

Bild' ich mir nur ein, daß im Gruß der sechs oder zwölf oder vierundzwanzig Kellnerinnen, mit denen allen ich hätte ein Rendezvous vereinbaren sollen, um die Josefstädter Aktrice samt ihren Geschichten zu vergessen, daß im anmutigen Chorgezwitscher »Arrivederci!« ein bißchen Bedauern mitschwang? nur ein, daß dies Fräulein Roßschweif, enttäuscht von meinem abrupten Abgang, ein hauchflüchtiges, kaum wahrnehmbares Schwermutslächeln anflog, ein sehr romanisches, eines, das mir einen jähen Stich versetzt haben würde … würde, hätten mich nicht zehn Becher Bardolino im Verein mit dem besten Wermut der Welt und weißem Soave und starkem Grappino gegen Stiche jederart gefeit?

»Wo steckst du eigentlich, Fra Diavolo!«

Die drei Lungerer in modisch stilisierten Monteuranzügen hatten während seiner Abwesenheit ihre Sessel quergestellt, je ein Hosenbein gerafft fast bis zum überschlagenen Knie, um La bella bionda-rossa, diese angelegentlich beschäftigt mit dem Festmontieren der Türkisohrringe, zu betrachten wie eine Revue aus der ersten Sperrsitzreihe.

»Ich hab mir erlaubt, ein paar Zigaretten für dich zu besorgen«, sagte er weltmännisch leger.

»Ahso! Und ich hab geglaubt, du läufst so plötzlich davon, weil du eifersüchtig bist.«

»Auf wen, bei den Göttern, sollt ich eifersüchtig sein?«

»Auf die drei Italiener da nebenan«, tuschelte die Hasenreither.

»Ich? eifersüchtig auf die Italiener?« Sein sachtes Lachen. »I-c-h bin doch nicht eifersüchtig auf die Italiener; beim Zeus, nein. Aber du weißt nicht, Alma, wie eifersüchtig diese I-ta-li-e-ner werden können.« Er fing den Kellner ab, zahlte.

»Garstiger Boro! Jöh, bin ich beschwipst. Muß auch nach meinem Krötenmenschen schauen – wie du ihn nennst, garstiger Boro.«

»Und ich muß morgen sehr früh auf, liebliche Alma.«

»Um nach Rom zu kutschieren, garstiger Boro?«

Er nickte, lächelte weltmännisch vergnügt.

»Jöh, bin ich beschwipst von dem Aquariumswasser. Alsdann gehn wir schlafen«, entschied die Hasenreither, indes das Paar durchs mählich sich lichtende Gewimmel der Piazza Garibaldi schlenderte.

»Vereint marschieren, getrennt schlafen«, sagte Zborowsky.

»Hör mal … du scheinst mir irgendwo solo champagnisiert zu haben.«

»Wie kommst du darauf?«

»No, so vergnügt warst vorhin noch nicht. Du …« Sie blieb unvermittelt stehn. »Es hat dich hoffentlich nicht gekränkt, was ich dir grad vom Kuro erzählt hab, von den alten Studentenliebeleien und amourösen Intrigen und kindischen Tratschereien. Das ist doch alles längst passé.«

»Längst passé.«

»Außerdem weißt du ja, daß er, obwohl er aus Sankt Petersburg stammte oder Sankt Leninsburg oder wie's heißt, ein richtiges Wiener Society-Klatschmaul geworden ist, das mit dem Grafen Kinsky Polo spielte und mit der Hofrätin Zuckerkandl Bridge, im Unterschied zu dir –«

»Im Unterschied zu mir.«

»– und was so Wiener Klatschmäuler, die's immer geben wird –«

»Immer.«

»– herumreden, spielt gar keine Rolle.«

»Gar keine Rolle.«

»Andrerseits warst du ja sein brüderliches Idol, wie gesagt –«

»Brüderliches Idol.«

»– und er hat dich in Kleinigkeiten fortgesetzt imitiert.«

»In Kleinigkeiten.«

»Ja, als er zum Beispiel einmal mitangesehn hat, wie du einer mit einem Taschentuch hokuspokus die Schminke weggewischt hast, bevor du sie geküßt hast auf einem Ball, seither hatte er immer ein frisches Taschentuch zur Hand.«

»Hah!« Sie promenierten das Kurzstück zum Principe Farnese.

»Außerdem war er schrecklich stolz auf dich. Zum Beispiel hat er herumerzählt, du bist königlich.«

»Königlich?«

»Ja, daß du von polnischen Königen abstammst.«

»Hah, hah! Da müßtest du die Nazis fragen vom weiland Ahnenforschungsinstitut, die hatten den Fall in meiner Abwesenheit studiert. Das Ypsilon an meinem Namen läßt jedenfalls eher drauf schließen, daß ich vom Wundarzt Prokop Zborovsky, mit Vau, aus der Heuwaaggasse abstamm, der die Prager Achtundvierziger Aufständischen verbunden hat. Daß ich von dem abstamm, falls kein Ehebruch vorlag. Das Horrend-Blödsinnige beim Erforschenwollen besonders der männlichen Vorfahren«, bemerkte er beiläufig, »ist ja die Supposition, man wisse – bei etwas, bei dem man nie wissen kann. Der Trugschluß, unsre Herren Ahnen seien gelindere Seitenspringer und Hahnreie gewesen als die Heutigen. Bei den Müttern ist die Geschichte schon sicherer, und meine stammt aus dem Freien Herren- und Landstand von Tirol«, schloß er in sarkastischer Deklamation.

»Dann bist du also eine Promenadenmischung, Fra Diavolo!«

»Hah, wie du auch, Alma, wie wir alle; eine verflixt gemischte Gesellschaft, die Wiener, das ist ihre Stärke. Wien – babylonische Promenadenmischung, ein Mammutbastard. DeutscheTschechenPolenJudenItalienerSlowakenMagyaren JanitscharenKroatenhasenreitendeZwergeKrötenenkel –«

»I think you are a little drunk, my dear.«

»Drunk? Ihr steckt noch nicht in Hollywood, meine Herrschaften, darum begnüge dich mit: trunken. Trunken, Gnädige. Vor Freude, Gnädige. Dich wiedergefunden zu haben, Gnädige.«

Sie führte eine kleine Schmollerei vor. »Womit hab ich soviel Spott verdient?«

»Kein Spott, Gnädige, kein Spott.« Auf dem Vorplatz des Albergo, eingekeilt zwischen zwei orangelackierte ungetümige Reisebusse aus Rotterdam, sein Fiat; er lehnte sich leicht ans Verdeck.

Die Hasenreither schickte einen raschen, ungespielt hastigen Blick auf zum zweiten Stock des Principe Farnese, einer unüberzeugenden Palazzo-Imitation der Jahrhundertwende mit verwitterter Fassade, rustikal-klobigen Fensterläden. Regte ihre nackten Schultern, als fröstle sie.

»Bei all der lauen Nacht ist dir kühl, Alma. Nimm mein Jackett.« Er zog sein hellgraues Freskosakko aus, hängte es ihr um die Schultern.

»Das geht nicht, wie schau ich denn aus damit!«

»Herzig.«

Wieder lauerte sie zur Fensterflucht des zweiten Stocks empor. »Er hat kein Licht mehr.«

»Wer?« seine überflüssige Frage.

»Krottenaugner.«

Merkwürdig, daß sie nicht Joe sagt, sondern den Nachnamen. »Krötenauge ohne Licht / schlummernd in tiefem Sumpf«, deklamierte er aus dem Stegreif; »ungut gefüllt mit Venedigs / fauler Frittura di mare / giftige Blasen werfend –«

»Hör auf«, herrschte sie ihn gepreßt an. »Komm mit.«

»Wohin?«

»Morgen; nach Porto Venere.«

»Venushafen? Wo liegt der?«

»Bei La Spezia. Lord Byrons Lieblingsbadeplatz.«

»Ah. Ein Flirt von dir?«

»Hör auf! Komm mit.«

»Ich muß –«

»– nach Rom, ich weiß schon. Du kannst auch über La Spezia nach Rom pilgern.« Mit eins grinste sie. »›Alle Wege führen nach Rom.‹«

»Wirklich?« Im schneeigen Nylonhemd, die lichtgrauen Freskohosen gehalten von einem ziemlich breiten Gürtel aus rotem Sämischleder (er hatte schon als Schottengymnasiast rote Gürtel getragen und trug sie heute, letztes Überbleibsel jener ›Kleiderromantik‹, deren er sich als Jüngling befleißigt gehabt), die schwarzseidne Strickkrawatte lässig geknotet über ungeknöpftem Kragen, so stand er vor ihr und blinzelte sie an mit einem kleinen begütigenden Lächeln. »Dank dir schön für die Einladung, Almerl, aber ich habe bereits einen vollen Tag Verspätung. Wie spät ist denn jetzt?«

»Zehn.«

»Da müßt ich endlichendlichendlich telegraphieren.«

»Das Telegraphenamt hält offen bis Mitternacht; jöh, bin ich beschwipst. Ist das dein Vehikel?«

Er tätschelte das Verdeck des Fiats wie eine Pferdekruppe: »Sogenannte kleine Mittelklasse. Wie der Herr / so's Gescherr.«

»Dem Krottenaugner seines steht da drüben. Das lange buttergelbe Studebaker-Cabriolet mit der Wiener Nummer.« Da er ein Pfifflein ironischen Respekts ausstieß, befahl sie »Pfeif nicht!« mit jenem Anflug ungespielter Unrast, die aufgetreten war im Gefolge ihrer Beschwipstheit (allerdings schien die stoßseufzerhafte Selbstdiagnose etwas zu oft und zu bewußt vorgebracht, um ganz glaubhaft zu wirken). »Ein altes Modell.«

»Wer? Krottenaugner?«

»Laß die Witze. Ich versteh nicht, wie ein schenialer Mensch sich so unbekümmert so faule erlauben kann. Ein Achtundvierziger Studebaker. Joe hat ihn so gut wie geschenkt bekommen von einem amerikanischen Besatzungsmajor. Er schaut fabelhaft aus, hat aber allerlei Tücken, weißt, Alterserscheinungen. Manches Mal rennt er wie der Teufel, und dann bockt er plötzlich wieder und spuckt. Außerdem frißt er schrecklich viel Benzin.«

»Der Major. Ja, diese Amerikaner ...«

Dasmal befand's die Hasenreither unter ihrer Würde, zu antworten. Sie legte ein, was im Jargon der Theaterpraktiker eine ›stumme Jule‹ genannt wird. Sie stöckelte die Efeuhecke des prunkhaft erleuchteten Ristorante Principe Farnese entlang (im Gegensatz zum übrigen Bau trug das Speiselokal den Habitus von Erstklassigkeit zur Schau), und die über ihre Schultern geworfene Jacke Zborowskys schwang leicht hin-her, und er sah ihr nach, vier, fünf Sekunden lang, eh' er ihr folgte, und nahm währenddes ihre elastische Gangart in sich auf und ihr Größenmaß und ihre sehr grade Haltung und ihre ›jungweibliche‹ Hüftpartie, ja, ihren betörenden Hintern und die Form ihrer Balletteusen-, durchaus Balletteusenbeine, und es flog ihn ein Grauen an bei dem Gedanken, wie sehr recht Kuropatkin gehabt hatte mit seiner Entdeckung, die Hasenreither – jedenfalls, wenn man ihr keckes Liliputanergesicht nicht sah, und dies hielt sich momentan abgewandt – gleiche der Lolita Aguirre in den Formen, ja, bis in deren Bewegungen hinein. Ein Grauen, sich ausbreitend auf den Fittichen seiner forcierten Angetrunkenheit, die dem sehr Trinkfesten, schwer zu Narkotisierenden niemand ansehn konnte. Er verdrängte den Gedanken an Kuro mit Mühe und Systematik, so, wie er ihn weggespült hatte in der Bar Argentino, und trachtete die süßsüßwehwehe, die unauslöschliche Erinnerung an eine *lebende* Lolita Aguirre zu bannen, was sich ungleich mühsamer anließ und nicht wirklich gelang, all das innerhalb von vier oder fünf Sekunden, nach deren Ablauf er hinschlendernd in salopper Hemdsärmligkeit der Aktrice folgte.

Die hielt vor einem Kinderwagen.

Hingestellt war der im Winkel, den die Hecke und die Freitreppe des Hoteleingangs bildeten; auf den abgetretenen Stufen kauerte eine zumindest siebzigjährige Amme in schmuddlig-weißer Mantelschürze mit dem lederhäutigen Runzelgesicht, dem zahnarmen Mund einer greisen Bäuerin. An der Schiebstange hielt sich ein sehr kleiner, höchstens anderthalbjähriger Bub aufrecht von seltener Kinderschönheit. Sein schön nach hinten gewölbter Kopf mit schwarzem

Seidenflaum bewachsen; sein Raffael-Engelbubengesicht indes erschien Zborowsky im Licht der beiden Torkandelaber von wächserner Blässe, auch trug es einen Ausdruck von Verschlossenheit und andres noch, das sich auf den zweiten Blick offenbarte als müde ablehnende Würde. Ja, dieser holde Wicht, der vor kurzem erst das Gehn erlernt haben konnte, denn er bewegte sich mit schlaffem, leicht torkelndem Getrippel an der Schiebstange hin und her, strahlte durchaus männlich-unwillige Würde, er war zweifellos in eine Kampfposition hineinmanövriert worden, die er, wenngleich erschöpft, nicht aufzugeben gedachte.

»Floraventino, titititititi!« krächzte die Alte ihn honigsüß an. Zborowsky hätte sie für keine Amme, sondern für die Groß- oder gar Urgroßmutter des Bübchens genommen, hätte sie nicht den Schürzenmantel getragen und auf dem zerzausten Grauhaar ein unordentlich montiertes Häubchen, das sie als ›herrschaftliches Kindermädchen‹ erwies. »Floraventino! Dov'è il tuo ciuccio?« Damit beugte sie sich vor, griff sich den Kleinen – der Kinderwagen stand so dicht bei ihr, daß sie sich nicht zu erheben brauchte – und praktizierte ihm mit greisenhaft betulichem Zwang etwas zwischen die Lippen: einen stattlichen Gummischnuller. »Ecco, Floraventino!« krächzte sie verzückt.

Kurz nach 10.

Kurz nach 10, dachte der Romfahrer in aufkeimendem Unwillen; warum liegt das Kind nicht längst in seinem Bettchen. Dieser Zutzel, Schnuller, erkannte er sogleich, war die Ursache der Kampfposition Klein-Floraventinos. Während sich das wächserne Puttengesicht verzog wie in würdevoll gezügeltem Ekel, spuckte der winzige Wicht den Schnuller aufs Pflaster, ohne einen Mucks von sich zu geben.

»Ma, Floraventino!« krächzte die Alte mit verzücktem Vorwurf, grapschte den ihr vor die Füße gespuckten Schnuller, wischte ihn flüchtig am Ärmel ab, steckte ihn sich nach begütigendem Feixen in den zahnlückigen Mund und lutschte demonstrativ an ihm, vernehmlich schmatzend. Der Kleine, mit seinen von Müdigkeit geweiteten Augen, beobachtete ihr Tun, die Miene abweisende Verschlossenheit, auch Bescheidwissen darum, daß dieser Kampf nicht bestanden sei, daß er ihn fortzusetzen habe, lautlos, tränenlos.

Die Amme zupfte sich den Schnuller aus dem Mund.

»Tititititititi, Floraventiiino!« krächzte sie mit der Beharrlichkeit des mussolinitreuen Papageis aus dem Hof der Trattoria Pantalone. »Così si fa!« Damit griff sie den Wicht, zwängte ihm aufs neue den Schnuller ins Mündlein. »Ecco!«

Floraventino spuckte ihn der Amme vor die Füße und blickte sie groß an.

Die Hasenreither ließ ihr klirrendes Kichern hören. »Jöh, ist d-a-s ein süßer Pamperletsch«, sagte sie fast verzaubert (das zärtliche volkswienerische Synonym für Kleinkind anbringend).

»Nach 10«, erwiderte Zborowsky wie in leichter Atembehinderung. »Der Kleine gehört längst ins Bett.«

»Du weißt doch, daß sie die Pamperletsche in Italien die halbe Nacht umeinanderschieben; daran mußt dich gewöhnen, Franz.«

»Ich weiß gar nix«, preßte er in aufwallendem trunkbeschwingtem Jähzorn hervor mit einem lodernden Blick auf die Alte, die abermals demonstrativ am Schnuller zu schmatzen begann. »Und ich gewöhn mich an gar nix. Sauerei, das!«

»Du wirst die Sitten nicht ändern.«

»Ich w-e-r-d-e sie ändern!«

»Aber geh«, wies sie ihn nebenhin zurecht, den Blick auf dem Kleinen. »Nein, solch ein hübscher Pamperletsch. Solch einen ...«, ihr klirrendes Kichern, »hätt ich von dir gewollt, Fra Diavolo.«

»So? Das kannst du noch immer haben«, zischelte er, würgend an seiner Empörung.

Sie wandte ihm rasch das Gesicht zu, aber er sah's nicht.

»Tititititi, Floraventino, dove è il tuo ciuccio?«

Er sah es nicht, der Hasenreither Gesicht, dessen keckes Bauchrednerpuppenlächeln verhuschte, sich zweimal wandelte: zuerst in einen verträumten Ausdruck alter Verliebtheit, darauf – angesichts seines zornlodernden Niederstarrens – in einen neuer Scheu, ja ungespielten Erschreckens. Er sah allein, wie dem Kleinen der Schnuller zum dritten Mal aufgedrängt, zwischen die falben Lippen gezwungen wurde in gefühl- und vernunftlosem, unbelehrbar sturmonotonem Tun, und wußte, daß er des gleichen Aufdrängens und Zwingens wegen, eines ins ungeheuerlich Massenhafte und Massenvernichtende potenzierten, nach Spanien gefahren war, auf Kazetpritschen genächtigt hatte, desertiert war aus Kragujevac, die Füße in Kuhfladen gewärmt hatte auf der Planina Gorija und den Schleichhändler Scherhack angeschossen. Und als Floraventino ihn abermals ausspuckte, den Gummischnuller, raffte Zborowsky den glitschigen, bevor die Alte ihn grapschen konnte, in heftigem Sichbücken, ein spanisches »Mierda!« hervorkeuchend vom Pflaster und stieß ihn sich tief in die Hosentasche.

14

Das Carabinieri-Paar hatte sich getrollt.

Das selbe, das vorhin auf der Piazza Garibaldi vermeint gehabt, die Hasenreither habe etwas verloren. Diese war als Kronzeugin aufgetreten gegen die Amme, die mit ihrem Krächzlamento einen Passanten veranlaßt hatte, die Polizei herbeizurufen, den Kleinen umpackt haltend, als sei der Fremde äußerst verdächtig, ihr außer dem Schnuller auch noch Floraventino entreißen zu wollen; bei Eintreffen der Carabinieri hatte sie einen Rosenkranz aus der Mantelschürze genestelt, ihn zwischen gefalteten Händen himmelwärts geschwungen und unter tränenlosem Greinen geschworen, ›questo uomo bruto e pericoloso‹ sei ganz plötzlich unter Ausstoßung eines unflätigen Fluchs auf sie losgesprungen, usw. Leidensbekämpfer Zborowsky hatte das heilig-anklägerische Getue der Amme wortlos hingenommen, Alma dagegen den Vorfall als ›piccolo scherzo‹ dargestellt, erstaunlich beredt, zudem unterstützt von einem ältlichen Stutzer in weißer Pikeeweste und gleichfarbenen Gamaschen, anscheinend Direktor des Principe Farnese. Sophistisch hatte sie versichert, ihr Begleiter habe das inkriminierte Fluchwort nie geäußert, auf keinen Fall ›Merda‹ (entfahren gewesen war ihm das spanische ›Mierda‹). Die Unbefangenheit, mit der sie das Kraftwort, das angeblich gar nicht gefallene, hingesagt, hatte die blasierten Amtsmienen der Gala-tragenden Carabinieri aufgehellt; mit der Rückgabe des corpus delicti war der Zwischenfall abgetan worden.

Durch den stickigen Schlauch des engen Korridors der ersten Etage des Principe Farnese schlenderten sie wie durch einen Vorhang verwitterter Engelsfahnen.

Der abgeblaßte schadhafte Läufer, der in seiner Jugendzeit wohl purpurn geleuchtet hatte, ein Flurwaschbecken aus geblümtem Porzellan, dessen Wasserhahn abmontiert war, die numerierten Türen, an denen sie vorübergingen in leichter Umschlungenheit, die sich bei der Enge des Korridors fast als nötig erwies (die Alternative wäre Gänsemarsch gewesen), selbst die vor den Türen abgestellten Schuhe (ihrer Anzahl nach zu schließen waren von den sogenannten Reiseleitern in manche Zimmer drei und mehr Gesellschaftsreisende zu kaserniertem Schlaf gepfercht worden), im Schein einer schwächlichen Glühbirne, die eine malvene Glasrosette gleichsam als Babyhaube trug, lag alles verhangen von müdem Engelsfahnenrosa.

»Wo wohnst du?« fragte die Hasenreither.

»In Wien, Zweiter Bezirk.«

»Ich mein', in welchem Zimmer dieser keineswegs erstklassigen Herberge, mit der Joe bloß vorliebgenommen hat, weil im Hotel Jolli alles besetzt war.«

»Ja, das ewig besetzte Europa. Da«, deutete er auf die einzige Tür, vor der keine Schuhe ausgestellt waren. »Ihr?«

»Im zweiten Stock.«

»Zusammen?« raunte er harmlos.

»In e-i-n-e-m Zimmer? Bist du wahnsinnig? Wo unsre Pässe auf verschiedene Namen lauten? Wir wohnen nicht einmal nebeneinander, wozu auch.«

»›Wozu auch‹?«

»Wenn ich an unsern Venediger Verlobungsaufenthalt denk. Was meinst, was mir der Josef Krottenaugner ins Ohr geflüstert hat, als wir auf dem Canale Grande für zweitausend Lire Gondola gefahren sind in der Sichelmondnacht? No, was? Nix anders als von seiner Fischvergiftung, die er sich gleich an unserm ersten Venediger Abend angelacht haben will. Zum Weinen, so ein Hypochonder. Wenn ich bedenk, was für ein heldenhafter Karl Moor er ist, auf den Brettern, jawohl, und im Leben macht er sich an wegen einer halben Portion Frittura di mare. Unsern ganzen Verlobungstrip hindurch hab ich Jungfrau spielen müssen wegen seiner Magengeschichte.«

Sein sachtes Lachen. »Das gehört sich ohnehin so für eine Verlobte.«

»D-u hast es nötig!«

Sie hielten im Halbdunkel, wo der Korridor abbog zur in den zweiten Stock führenden Treppe, lösten sich voneinander. »Darf ich Gnädige hinaufbegleiten bis vor ihre Tür?«

»Begleite Gnädige morgen lieber nach Porto Venere.«

Er schwieg; schüttelte sacht, sehr behutsam den Kopf.

»Alle Wege führen nach Rom, Boro.«

Wieder sein vergrübeltes Schweigen, dann das behutsame Kopfschütteln.

Dicht vor ihm stand die Hasenreither, seine Jacke um die Schultern gehängt. »Du magst nicht? Bist du eigentlich bei Verstand?«

»Eine Doktorfrage, Alma.«

»Ich mein', ob du betrunken bist.«

»Vielleicht bin ich schrecklich betrunken. Vielleicht fühl ich mich darum so schrecklich nüchtern. Jedenfalls leg ich mich dir zum Abschied zu Füßen.«

Sie streichelte leicht über seinen muskulösen Oberarm, den nur dünnes glasiges Nylon umhüllte: »Ich, ich hab einen süßen Schlummerschwips –«

»Schlummerschwips, Schwummerschlips«, murmelte er.

»– und will dir zum Abschied was sagen. Ich hab bißl Angst.«

»Wovor?«

»Um dich. Nicht mehr v-o-r dir, sondern u-m dich, Mondzertrümmerer Zborowsky.«

»Gnädige kennen meine gesammelten Werke? I-c-h bin kein Mondzertrümmerer, Alma. Weshalb hast du Angst um mich?«

»Soeben, die alte Hex, die den kleinen Bub sekkiert hat, einen Moment lang hab ich geglaubt, du bringst sie um.«

»Hm.«

»Du hast was. Du hast was von einem regelrechten Weltmann und von einem regelrechten Abruzzenräuber, Fra Diavolo, Ansätze zu beidem hast du schon damals gehabt, wenn ich mich nicht täusch, aber heut ist noch was andres mit dir ... was du damals nicht gehabt hast ... etwas von einem, sei mir wirklich nicht bös, einem bißl übergeschnappten Wild-West-Cowboy, dem Schurken die Liebste erschossen haben und der ein Desperado, trigger-happy geworden ist.«

Wie den Boxer ein Tiefschlag, so traf ihn das Getuschel der Hasenreither; vielleicht hätte er sich gekrümmt, hätte ihn sein Rausch nicht immunisiert. Sekundenlang blinzelte er das Thespiskarrnerinnengesicht, das Engelsfahnen-umwehte, dort dicht vor sich an, blinzelte, um nicht zu glotzen: Wußte sie etwas von ... – – nein. Nein, erkannte er, sie hatte es einfach hingetuschelt, eine ihr von ungefähr in den Sinn gekommene Metapher. »Trigger-happy?« vermochte er lässig zu fragen.

»Ich schmöker jetzt viel in amerikanischen Pocket-books, wegen Hollywood, und in den Wildwest- oder Kriminalschmonzetten kommt immer einer vor, der trigger-happy ist; übersetzen wir's mit – no – pistolenknallselig. Wollt's dir zum Abschied wispern«, tuschelte sie, »damit du hübsch auf dich aufpaßt und keine Dummheiten machst.«

»UntertänigstenDankgehorsamsterDienerküßdieHand.«

Er zupfte ein frischgebügeltes Taschentuch aus der Hosentasche.

»Die altbewährte Methode, Boro?« Ihr Kichergurren. »Nicht notwendig; mein Lippenstift ist kußfest.«

Er nahm ihre Wangen behutsam in seine Hände und drückte den buschigen Schnurrbart sanft auf ihre Oberlippe und schloß die Augen fest und küßte kurz und heftig ihren heißen, nach Lack schmeckenden Mund, aus dem ihre nach einem Hauch von Grappino schmeckende Zunge jäh hervorschoß, und schnupperte ihr Parfum, Duft, der ihn streifte mit dem Anflug eines streng verheimlichten Entsetzens. Er nahm gemessen sein Gesicht von ihrem und flüsterte: »Servus, Almerl«, und schritt den langen Korridor zurück bis zur Tür seines Zimmers und zog den Schlüssel, der ihm soeben am Empfangsbord gereicht worden war, aus der Hosentasche und stieß ihn ins Schloß und wandte sich.

Am Ende des Korridors, vom Engelrosa verhangen, stand die Hasenreither, so wie er sie verlassen hatte. Sie winkte ihm zu, kaum daß sie eine Hand hob, anscheinend behindert durch irgendein ihm in dem Augenblick ungewiß Bleibendes. Aber Zborowsky hob beide Arme über seinen Kopf. Packte mit der Rechten die Linke, schüttelte so seine vereinten Hände im alten Gruß der spanischen Anarchosyndikalisten.

»Floraventino, dove è il tuo ciuccio?«

Er tappte, ohne Licht zu machen, über Steinfliesen, die ihn etwas abschüssig dünkten – keine Fehlwahrnehmung eines Bezechten –, zum Fenster, beugte sich hinaus, wobei er vermied, hinabzuschauen, hakte den einen klobigen Holzladen frei und zerrte ihn zu. Hätte er die Scheiben geschlossen, hätte er, der Luftgierige, gelegentlich in der Nasenatmung Behinderte, sich Erstickungsgefühlen ausgesetzt in dieser Kammer, in der sich Schwüle fing, in der nicht viel mehr Platz hatte als ein Bett, ein Kofferbord und – ausgerechnet! – ein Stiefelknecht, Kammer, die nicht mehr war als ein Bett mit Tür und Fensterscharte. (Ei was, auch der Einsam-Allergrößte unsrer Gilde, Michelangelo, war gelegentlich in der Nasenatmung behindert gewesen, vermutlich sogar konstant, denn ihm hatte ein Rohling die Nase förmlich platt geprügelt.) – Der geschlossene Holzladen würde, so hoffte er blind, das Ammengekrächz aus der Tiefe abdämpfen und ihm dennoch genug Luft belassen und ein bißchen Licht. Blinde Hoffnung, der Laden wies, anders als jene in Piacenza, keine Spalten auf, die das Straßenlicht einsickern ließen. Es war nur einer, der die Fensterscharte wie eine Stalltür verschloß, und dessen einzige Öffnung, ein längliches Herz, das ihn flüchtig ans Wasserzeichen des Richard de Bas gemahnte, so unbedeutend, daß kaum ein schemenhaftes Blinzeln einfiel in die beengende Finsternis. Dennoch konnte er sich nicht entschließen, den Laden wieder aufzustoßen oder Licht zu machen. Aufs Krächzen aus der Tiefe lauschend stand er unbeweglich.

»Tititititi, Floraventino!«

Der Jähzorn, der ihn angefallen hatte angesichts der schrecklich betulichen Amme, des Theaters, aufgeführt mit dem übernächtigen Kleinen, der sich so standhaft ihrem Titi und Tschutschu widersetzt, wallte abermals höher auf Rausches Schwingen. Vom Fenster tappend stieß er an den Stiefelknecht. Soll ich ihn packen, durchs Fenster niederschleudern, fünf Meter neben die Amme hin in wohlgezieltem Schreckschuß? Der aber würde auch Floraventino erschrecken, zudem würden die Carabinieri sich auf derlei

›piccolo scherzo‹ hin nicht mit blasierten Mienen genügen, selbst nicht auf den Zuspruch der Hasenreither hin, die ihm entschwunden war. Die Alte hatte ihn besiegt, und es konnte nur eine Frage der Zeit sein, wann sie –

»Floraventino, dove è il tuo ciuccio?«

– wann sie Floraventino besiegt haben würde. Er tappte mit zwei Schritten zum Bett und zog die Schuhe aus und kauerte sich in Finsternis und preßte seine Rechte, das Gesicht in der Armbeuge, über die linke Schläfe, dorthin, wo ihn nach dem Granateneinschlag an der Ecke Puerta del Sol und Calle Montera das blutbesudelte Schaukelpferd am Kopf getroffen hatte. Heimgesucht ... Ich hab zuviel durcheinandergetrunken. Was nicht darüber hinwegtäuschen kann, daß ich krank bin. Verfehlt die Diagnose der Wiener Gerichtspsychiater, kinderleicht, die Selbstdiagnose zu stellen: eine spät-posttraumatische Störung, ein Anfall akuten Spaltungsirreseins. Heimgesucht nämlich von plötzlichem ›Wirklichkeitsverlust‹ (nicht dem ersten innerhalb der letzten 24 Stunden), der Zwangsvision –

»Tititititititi, Floraventino, non ti piace il tuo ciuccio?«

Titi, Tschutschu, ach Hölle! Von der Zwangsvision, Klein-Floraventino sei's gewesen, der damals, unmittelbar bevor die Granate eingeschlagen in die Montera, ritt auf dem Schaukelpferd ... das dann niederfährt als heimtückisch-ausschlagewütiger Pegasus, um den Leutnant Borrón von der Elften in Besinnungslosigkeit zu schlagen ...

Klein-Floraventito (nicht -tino) mit seinem wachsbleichen blutleeren Gesichtchen ... eines der vielen Kinderopfer Madrids, der Märtyrerstadt des ›No pasaran‹, des ›Hier brechen sie nicht durch‹ ... längst hingemacht, Staub geworden sein Blut ... und da wird es geplagt von dieser verfluchten alten Eichelhäherin mit der Haube, eines Gummizutzels wegen, an dem es nicht lutschen will, Tschutschu und Titi, ach Hölle! Ich hab zuviel durcheinandergetrunken, davon abgesehn bin ich krank.

Ein lichtloses Flüstern:

»Franz … F-r-a-n-z! Was hockst denn da so verdreht auf dem Bett in der ägyptischen Finsternis? Ist dir am End nicht gut?«

Sehr verstohlenes Türpochen, eher mäusemäßiges Kratzen, und seine Antwort ein gedehntes »Mmmm«, das wie ein unbewußtes Stöhnen gewesen war, und dann durch die aufklaffende Tür das Hereinschwingen der Engelsfahnen, so daß er geblendet die Augen zugepreßt hatte (ein schwerer Schock der Seelenwundheit mußte ihn überrumpelt haben, daß er die Einwirkung des spärlichen Flurlichts nicht ertrug). Die eintretende Person – er sah sie nicht – mochte von dem in solcher Lichtempfindlichkeit verzerrten Gesicht beeindruckt worden sein, denn sie hatte die Tür rasch hinter sich zugezogen und im Dunkel leicht hingetastet über seinen Kopf und Arm, und er hatte an ihrem ›Parfum von Charon‹, am altbekannten süßherben Duft des schweigsamen Ruderers, der die Fähre übern Totenfluß Acheron bediente, erkannt, daß es die Hasenreither sei, die wieder zu ihm gekommen war – noch eh' sie sich ausgewiesen hatte durch die Parole ihres Geflüsters.

»Am End ist mir nicht gut«, gab er's dumpf zurück. »Am Ende ist niemandem gut … Was führt dich zu mir, Kind Gottes? Was führt dich in die lichtlose Höhle eines verwundeten – pistolen- – pistolenknallseligen – pistolenknallunseligen Abruzzenräubers?«

»Ich bring dir dein Sakko zurück. Hast du's nicht vermißt?«

»Mein Sakko … ? Fix Laudon, nein.«

»Du hast zuviel durcheinandergetrunken, sonst müßtest du's vermißt haben. Dein Paß steckt drinnen und dein Führerschein und ein Brief und der Autoschlüssel und ein ganzer Papierkorb voll Kleingeld. Zuerst wollt ich's beim Nachtportier abgeben, weil du ja vorhast, morgen sehr früh nach Rom zu pilgern, aber dann hab ich mir gedacht, entschieden gescheiter, ich bring's dir selber.«

»Entschieden gescheiter. KüßdieHand.« Wieder spürte er das leichte Tasten ihrer Hand, die ungeküßt blieb.

Ihr lichtloses Flüstern, ein wenig gepreßt: »Was hältst du eigentlich so verrenkt deinen Schädel fest, lieber Boro?«

»Alte Hirnerschütterung. Seinerzeit ist etwas dagegengesegelt, weißt, gegen den lieben Boroschädel. Ein Ding aus Holz …«, aus blutigem Holz, doch dies blieb ungesagt. »Und ab und zu, wenn auch nicht oft –«

»– hast du noch Schädelweh davon, und da säufst du – nein, solch ein Horreur! – soviel durcheinander.«

»Ich hab kein Schädelweh, mein Engel. Mein Engel der ägyptischen Finsternis.«

»Keines? Weswegen hältst dir dann den Kopf so merkwürdig fest, wie?«

»Kein Schädelweh. Andres. Manchmal – schwer zu beschreiben – hab ich das Gefühl, als müßt ich an der Stelle, wo ich die Prellung gekriegt hab – als müßt ich dort, hm, aus mir selber hinaus … Und da muß ich –«, all das sein abgehacktes Wispern, »die sozusagen undichte Stelle – zuhalten, verstehst – damit ich in mir selber drinnen bleib.«

»Nein, so ein Horreur! Was haben die Ärzte dazu gesagt?«

»Nix. Denn ich hab ihnen nichts davon erzählt. Du. Du bist das erste Wesen, dem ich davon erzähl … falls du ein Wesen bist, mein lichtloser Engel.«

»Oh du mein alter armer süßer kleiner Boro … Alsooo. Nochmals Servus.«

»Nochmals ServusServusServus.«

»Sieht man sich vielleicht einmal in Wien, Fra Diavolo?«

»Vielleicht. Vielleicht sieht man sich einmal in Wien.« Er spürte die Wärme ihres nahenden Körpers wie eine Strahlung, noch bevor sie seine Schultern umtastet hatte, sich über ihn beugte. Seine Hände tasteten ihr entgegen, ertasteten einen hauchdünn-seidenen Morgenrock, der unter seinen Händen schlidderte auf dem Prall-Elastischen darunter wie auf Glatteis. Er ertastete eine schwerelose, locker gebundene Gürtelschleife und löste sie, und das Schliddernde klaffte hauchleis knisternd auseinander, und er spürte ihre totale Nacktheit unter der hinweggleitenden Seide, und seine Sinne erwachten mit eins zu großem Leben, zu einer wütenden Sehnsucht, wie er sie lang, lang nicht verspürt hatte und der sich eine gewaltige Sensation paarte: die Vorahnung des endlichen Erlöschens eines alten wahnsinnigen süßen Zweifels.

Während er das Wesen niederzog auf den Grund seiner ›Räuberhöhle‹, die nichts war als eine Karawansereibettstelle, und es unter sich brachte, nestelte er seine wenigen Kleidungsstücke vom Leib mit der Eile und Verve eines Entfesselungskünstlers und sprengte die Schenkel der Wesenheit und stieß sich in sie hinein nicht ohne Behutsamkeit und spürte in der Sekunde lustvollen ›Erkennens‹ – des Moments biblische Umschreibung ward hier zur Sonderbedeutung erweckt – ihr so bereitwilliges wie geübtes Kontern und hörte und spürte zugleich an seinem Ohr ihren ersticktheißen Aufschrei, einen vielleicht noch etwas outrierten, animalisch tuenden kleinen flackernden Jauchzer, und spürte nun ihre rhythmische Gegenbewegung, eine routiniertere als jene, die seine zugeschüttete Erinnerung plötzlich freilegte. Aber die Erinnerung lebte auf als ein Altvertrautes, Neugenommenes. Jegliches der Wesenheit, das er mit leichtem Sieg, scheinkämpferisch mehr in Besitz nahm und erfühlte, kannte er wieder als junggeblieben, fast unverändert. Ein Pirat, der nach langer Irrfahrt, ohne Widerstand zu finden, einfuhr in den sich ihm in altersloser subtropischer Üppigkeit darbietenden Hafen, in den er schon einmal eingedrungen war verwegenen Handstreichs; Traumhafen, aufgeblasen vom afrikanischen Wind zu einer hektischtrughaften Buntheit, da aus den bewohnten Felsenhügeln Schwalbenschwärme steil niederschossen, als wäre der Erde Schwalbenschaft hier versammelt …

Keine üble Rückkehr, wenn's auch die eine große Heimkehr nicht war (denn Piraten waren ohne Heim). Immerhin Seeräuberromantik, überaus lohnenderweise praktiziert.

Dann aber geschah dem Wesen, das sich noch, noch als Alma Hasenreither identifizieren ließ, Veränderung, Verwandlung. Es war, als habe die späte, die ganze Wiedervereinigung, die unerwartete, sie derart erschüttert, daß sie ihrer bedeutenden Routine, ihrer Kunst verlustig ging. Erstaunlich jung geblieben in einer Epoche expansiver Vernichtung wie verlängerten Jungbleibens, sank sie plötzlich zurück in den Zustand einer Zwanzigjährigen, die mit einem wildsanften Liebhaber schlief. Ihre Brunstschreichen verebbten wie ihr Konterrhythmus, sie lag glühend still und atmete.

Aber die Stimme des Atems war anonym wie die Stimme des Winds.

Und die Verwandlung der Frau sprang über auf den Mann wie ein Funke und verzauberte ihn. Stimme des Atems, die allen gehören konnte, denen er so nah gewesen war, allen, der von Grunau, der Schneideritza wie vielen, vielleicht zuvielen andern – ebenso wie Einer Einzigen Anderen auch. Dazu der süßherbe Wohlduft, der ihm, nun erhitzt, entgegenschlug; nicht mehr jener aus der Küche des stygischen Totenruderers, einer vielmehr, der das geliebteste Leben, dem er begegnet war, namenlos umwittert hatte.

Der Sekunde, da er seine ungebrochene Kraft verschenkte in sie, die sich aufzulösen schien in ihn, erlag er dem automatischen Täuschungsmanöver. Keine praktizierte Romantik gab das mehr ab und keine lohnenswerte Rückkehr vollzog sich hier, sondern die Eine, die Große Spätheimkehr, und der süße alte Wahnsinnszweifel am Tatbestand der Vernichtung eines baskischen Mädchenlebens durfte triumphieren (und damit erlöschen), und er hauchte, lallte unartikuliert und unverständlich wie ein Taubstummer:

»Chica Lolita.«

15

Eine Weile nach seiner Rückkehr aus Serbien hatte Zborowsky in einer Hamburger Broschüre, darin der Versuch unternommen war, die deutschen ›Opfer des Faschismus‹ statistisch zu fassen, schwarz auf weiß gelesen, daß die Leonore von Grunau Ende 44 wegen ›Volksverrats‹ in Groß-Berlins Zuchthaus Plötzensee geköpft worden. Die Nore, die ihm das Japanpapier zugeschmuggelt hatte aus der ältesten Papiermühle der Auvergne, die Nore, die er, ein Internierter in Frankreichs Midi, manche linde Nacht in den Armen gehalten unter einem Baldachin aus Stacheldraht, geköpft. Seine Erfahrungen umfingen zuviele Zwangstode, er hatte die Broschüre zuunterst in seinem Bücherspind verschwinden lassen und die tabellenmäßig verzeichnete Exekution einer jungen Deutschen, die ihm nahgewesen war, ins Unbewußte hinabgedrängt und das bei vollem, bei ungestörtem Bewußtsein.

Die Massenexekution der Kragujevacer Gymnasiasten und ihrer Lehrer hatte er, Tatzeuge, nicht verdrängen können und darum den unerträglich leidvollen Eindruck zu kompensieren getrachtet durch eine Sofort-Aktion: seine Flucht, seine Fahnenflucht, nein seine Flucht.

Ungleich abgründiger, umdunkelter und rätselvoller war sein eignes Verhalten im ›Fall Lolita Aguirre‹. Alleingeblieben, wie leblos flach auf dem Rücken liegend in der so unprinzlichen Schlafkammer im Prinzen Farnese erkannte der Romfahrer, daß er sich in diesem Parmenser Moment zu stellen habe einer Tatbestandsaufnahme, der er sich systematisch entzogen gehabt hatte achtzehn Jahre hindurch.

Madrid, April 37. Der Leutnant Borrón, unverbesserlicher Zeitungsleser aus Wien, kauft sich an der Ecke der Puerta del Sol und Montera eine Gazette, darin er alsbald die gräßliche Meldung zu lesen glaubt von der Erschießung eines jungen baskischen Geschwisterpaars Aguirre in San Sebastian. Zu lesen *glaubt*. Bevor ihm gelingt, das Unfaßliche zu realisieren, schlägt eine Granate in die Mietskaserne ihm zuhäupten ein; getroffen von niedergeschleudertem Gegenstand, verliert der Leutnant das Bewußtsein. Ist es nicht so, als habe seine ›hypersensible Künstlernatur‹ sich in diese Verwundung, die lediglich als mittelschwere Hirnerschütterung diagnostiziert werden sollte, *geflüchtet?*

Um sie nicht anblicken zu müssen, die unerträgliche Wahrheit?

Als seine Amnesie, sein kurzfristiger Gedächtnisverlust behoben ist, dämmert ihm zwar die verhängnisvolle Lektüre. Was aber unternimmt er des weitern? Sich mit ›rasendem Bemühn‹ die bewußte Nummer des ›El Sindicalista‹ zu beschaffen – die ist inzwischen vergriffen. Womit er sich für den Moment bescheidet. Mitnichten ersucht er seinen Landsmann General Julio Deutsch, der Verbindung zum Informationsdienst unterhält, um Aufschluß. Mitnichten versucht er, Urlaub zu erwirken und sich ausfliegen zu lassen nach dem von den baskischen Republikanern derzeit noch gehaltenen Bilbao, um Nachforschungen anzustellen aus nächster Nähe. Er *beschweigt* die grause Angelegenheit, eine Hemmung, die darauf schließen lassen könnte, seinem Unterbewußtsein zumindest komme die sporadische Nachrichtensperre infolge des Tohuwabohus faschistischer Frühjahrsoffensive nicht ungelegen.

Sein rasendes Bemühn.

Es erschöpft sich darin, zu Händen des Außenministeriums in Valencia ein Dutzend Briefe zu richten an *einen* Konsul Aguirre, von dem er erfahren, jener sei Außerordentlicher Bevollmächtigter des Präsidenten der Republik in Mexiko. Schließlich wird ihm Bescheid: Aguirre, leidgeprüft, habe keine Kinder mehr und die Republik möge leben. Des Absenders Vorname fehlt, und statt Don Josés, seines einst präsumtiven Schwiegervaters vertrauter Unterschrift steht da eine unbekannte, hingefegte unter der Floskel: ›En sustitución‹ (Im Auftrag). Sind da nicht *viele* Aguirres? heißt nicht der baskische Präsident ebenso? Imponderabilien des Augenblicks, daran sich sein ›winziger wahnsinniger süßer Zweifel‹ klammert, Hoffnungsschimmer, der eine noch lebende Lolita umhüllt wie mit einem Heiligenschein.

Pathogener, krankmachender Heiligenschein.

Denn Borrón, während des sommerlichen Kampfs um Brunete befördert zum Hauptmann und Chef einer der drei Österreicherkompagnien der Elften Brigade, könnte ihn vielleicht abtun, den Zweifel, nun er Umgang hat mit dem Stabschef Hans Kahle und den Divisionskommandeuren General Walter und Milizenführer Enrique Lister (in der Nacht auf den 8. Juli wird das Österreicherbataillon aus der Elften gelöst und zur Stützung eingesetzt des keilartigen Vorstoßes Listers, eines jungen spanischen Arbeiters, den republikfreundliche Engländer seines Nachnamens halber gern als Britenstämmling deklarieren würden). Diese Kommandierenden sind vielseitig informiert, sie könnten ihm unschwer auf seine Frage die Wahrheit entdecken.

Der Hauptmann Borrón fragt nicht.

Später unterläßt es der Partisan Borić, Instrukteur, Stempelschnitzer und Stabskartenzeichner, den Obersten Mirko Pavićević – einst sein Vorgesetzter an der Manzanares-Front und außergewöhnlich hellhöriger Bursche mit starkem Gedächtnis – in der Angelegenheit zu befragen.

Erinnerst du dich, Mirko, ans Zivilistenmassaker von San Sebastian? Er fragt's nicht.

Und wieder später, nachdem er heimgekehrt ist aus den Kriegen, wie verhält der Professor Zborowsky, Akademielehrer von einem so neuen unakademischen Typus, sich da? Seiner Mutter schüchterne Frage, was wohl aus der Lolita Aguirre geworden sei, Frage, die er kaum mit einem Achselzucken beantwortet, ist ihm Beweis genug: sie weiß von nichts. Hier herum weiß so gut wie niemand etwas von den spanischen Begebenheiten jener Tage. Die Zensur des Regime Schuschnigg, des ›Österreichischen Ständestaats‹, dem der Duce und der Vatikan als doppeltes Schutzpatronat galten, hat Meldungen über die Greuel, die die Offensivjunta des allerchristlichsten Generals Franco auf dem Gewissen hatte – auf dem Gewissen, drauf komm zurück! –, nach besten Kräften unterdrückt. Absehn durfte er davon, Wiens Journale von Anno 37 zu durchstöbern; er würde in ihnen, um wieviel weniger noch in reichsdeutschen jener Tage!, nichts finden über ein nach der Einnahme San Sebastians von den Faschisten veranstaltetes Zivilistenmassaker. Bekannt mit dem ›Kulturoffizier‹ der französischen Besatzungsmacht, einem Korsen, der im Palais Lobkowitz amtiert, spielt er mit dem Gedanken, den zu bitten, ihm die Pariser Gazetten vom April 37 herbeizuschaffen. Indes versäumt er von Mal zu Mal die Gelegenheit, und mählich wird das Massaker von San Sebastian für ihn *tabu*.

An dem Punkt seiner Tatbestandsaufnahme angelangt, entsann der Romfahrer sich einer Wiener Vorlesung Freuds: TABU UND GEWISSEN – EINIGE ÜBEREINSTIMMUNGEN IM SEELENLEBEN DER WILDEN UND DER NEUROTIKER, Vorlesung, die er als Zwanzigjähriger besucht hatte auf Anraten Moritz Schlands, des väterlichen Freunds:

Was ist Gewissen? Nach dem Zeugnis der Sprache gehört es zu dem, was man am gewissesten weiß … in manchen Sprachen unterscheidet sich seine Bezeichnung kaum von der des Bewußtseins. Gewissen ist die innere Wahrnehmung von der Verurteilung bestimmter Regungen oder Akte … Jeder, der ein Gewissen hat, muß die Berechtigung der Verurteilung, den Vorwurf wegen der vollzogenen Handlung in sich verspüren. Den nämlichen Charakter zeigt aber das Verhalten der Wilden gegenüber dem Tabu … Das Tabu ist ein Gewissensgebot, seine Verletzung läßt ein entsetzliches Schuldgefühl entstehn … Zu diesem Schluß stimmt mehrerlei, was wir aus der Analyse der Neurose gelernt haben. Man kann den Ausspruch wagen, wenn wir nicht an den Zwangskranken die Herkunft des Schuldbewußtseins ergründen können, so haben wir überhaupt keine Aussicht, dieselbe zu erfahren … Die Lösung dieser Aufgabe gelingt nun beim einzelnen Individuum; FÜR DIE VÖLKER GETRAUEN WIR UNS EINE ÄHNLICHE LÖSUNG ZU ERSCHLIESSEN … *Endlich muß auffallen, daß das Schuldbewußtsein viel von der Natur der Angst hat, es kann ohne Bedenken als ›Gewissensangst‹ beschrieben werden …*

Auch eines Satzes aus einem Frühwerk Freuds, der PSYCHOPATHOLOGIE DES ALLTAGSLEBENS, entsann der Romfahrer sich:

Vielleicht ist uns heute das Vergessen rätselhafter geworden als das Erinnern.

Denk an die allgemeine Reaktion auf einen prominenten Parallelfall zu dem von San Sebastian: die Ermordung des Dichters Federico García Lorca in Granada.

Im ganzen Europa des zweiten Nachkriegs – ausgenommen Spanien, ausgenommen Spanien – werden García Lorcas Zigeunerromanzen gepriesen, seine Dramen gespielt und akklamiert. Im deutschen Sprachraum besonders wird sein Werk große Mode. Wer aber weiß, weiß zur genauen Mitte des Jahrhunderts in Wien, München oder Düsseldorf, auf welche Manier dreizehn Jahre zuvor des größten zeitgenössischen spanischen Dichters siebenunddreißigjähriges Leben in Granada zerfetzt wurde? Und wer hängt in Paris sein Wissen darum an die große Glocke, in Frankreich, das an seinem schlechten Gewissen laborieren dürfte, weil's, bevor es selber den faschistischen Eroberern verfiel, die junge spanische Schwesterrepublik verbluten ließ, ohne einen Finger zu rühren?

In den landläufigen Lexika zu lesen steht, zwischen Klammern gerückt, immerhin: ›Ermordet‹. Ermordet aber von wem? Von einem Einbrecher vielleicht oder Nebenbuhler? Es steht nicht zu lesen. Um den Zwangstod García Lorcas wurde das Tabu errichtet, das große Tabu.

Schließlich beginnt eine exklusive, unter Pseudonym arbeitende Gruppe reicher spanischer und französischer Aristokraten, die den Sukkurs des Präsidenten des französischen Schriftstellerverbands erhält, doch ein Glöckchen zu läuten. Wird hier die Niederreißung eines Tabus eingeläutet? Mitnichten. Aus einem in Francos Innenministerium ruhenden Dossier, zu dem man Zugang gefunden habe, erweise sich zwar die Unumstößlichkeit der Tatsache, daß García Lorca von der falangistischen Zivilgarde umgebracht worden sei; der Tötungsbefehl indes, so argumentiert man, sei auf Intrigen der ›Mariquitas‹ zurückzuführen, homosexueller Zigeuner, die der Dichter, selber Halbzigeuner, mit seinem wilden Spott verfolgt gehabt.

Nicht Niederreißung sondern Stützung eines Tabus. Des weitern enthüllt wird die Vermutung, daß Lorcas Leiche in einem Massengrab nahe Granada verscharrt worden sei ›zusammen mit zehntausend sonstigen Opfern des Bürgerkriegs‹. Zwei Tage schon, nachdem der Ex-Fremdenlegionärsgewaltige, in Melilla putschend, den Startschuß zur Nationalen Erhebung gab, liefen Garnison und Zivilgarde von Granada zu ihm über. Unschwer ausrechnen ließe sich, daß die *zehntausendundein* Opfer von Granada durchwegs republikanisch gesonnene Andalusier gewesen sind. Aber man rechnet's nicht aus.

Um die Millionen Zwangstode faschistischer Kriegswillkür: das große Tabu. ›Gewissen ist, was man am gewissesten weiß‹ – man *will* indes nicht wissen. Man verwechselt Erinnern mit Vergessen. Man klammert sich ans große Tabu des Verdrängens und Vergessens einer gesamten apokalyptischen Epoche, Tabu, dessen Verletzung entstehn lassen würde das Schuldgefühl, das ›entsetzliche‹. Und ›endlich muß auffallen, daß das Schuldgefühl viel von der Natur der Angst hat‹. Von ihr gestachelt, verramscht man seine Papageien und vermeint, damit sei man entsühnt. Die Geisteskrankheit Europas.

Auch Leidensbekämpfer Zborowsky ist ihr erlegen (auch die überlebenden Opfer verdrängten die Tatbestände, doch hatte er niemals wahrhaben wollen, daß er selber ein Opfer sei). Denn er hat das große Tabu errichtet um den Schreckenstod seiner Großen Liebe, einer kleinen baskischen Tänzerin, er ist dem Phantom nachgejagt, der Schimäre von einer sehr möglicherweise am – ja mitten im Leben gebliebenen Lolita.

Er hat sich ein *Imago* von einer Toten geschaffen – wie sie's nennen, die Doktoren vom Bau. (Ein solcher sein eigner Vater, zugehörig jener berühmten ›Wiener Schule‹, die schon demoliert war von mehrerlei Schismen, bevor die Nazis sie zerschmetterten.) War's Jung, der das geschrieben? –:

> *Solche Imagines sind dem Patienten noch so gegenwärtig und bedeutsam … als wenn sie noch am Leben wären … Liebe, Verehrung … haften noch an den* ABBILDERN *der Hingeschiedenen … Abbilder, die oft mit der einmaligen Wirklichkeit nicht mehr viel Ähnlichkeit haben und … wenn auch zuweilen subjektivistisch ganz entstellt … im Kranken ein zwar schemenhaftes, aber einflußreiches Dasein führen.*

Das schemenhafte, einflußreiche Dasein meines Imago Lolita.

Ich weiß ja nicht einmal mehr, wie sie *wirklich* aussah! (Hab sie nie porträtiert, nie ein Photo von ihr bewahrt.) Tuscheschwarzes Haar, mehr ins Rötliche spielend als ins Bläuliche? Elfenbeinlichter Teint mit einem Hauch isabellfarbner Tönung? Pfirsichwangen? Bernsteinaugen? Klassische Nase? Weiß ich's?

Tragödie der Irrungen:

Verstört von einer in fremder Stadt schlaflos hingebrachten, im Wortsinn ver-störenden Nacht, zu deren Ende ein phantasmagorischer Dämmerkerl auftauchte und Caliban, mach ich am nächsten Tag in der Kathedrale von Parma eine knieschwächende Wahrnehmung: ich glaube Lolita wiederzusehn. Eine Un-Wahrnehmung, die sich sofort korrigiert: nur eine populär gewordene Josefstädter Salondame, mit der man einstens ein durchaus unwesentliches Studenten-Techtelmechtel pflegte (›Klein ist die Welt‹). Begnüg ich mich dann, ein armer Mann und ein kranker, halbblinder halbtauber Bettler, kein Edler Räuber, mit einer romanischen Frauenstimme, deren Trägerin ich nicht sehe vor hängender Wäsche im Hof der Trattoria Pantalone. Stimme, die einer Parmenser Arbeiterfrau gehört, deren Timbre mich indes an Lolita erinnert – und so nehm ich sie, diese Stimme, mir mit wie ein Almosen. Und die blutjunge Pferdeschwänzin aus der Bar Argentino, ihr fröhliches Schwermutslächeln, das mich an Lolita erinnert – ich laß mir das mitgeben wie ein Almosen. Und setz mir dann in meinem Bettlerloch, keiner Räuberhöhle, mit Hilfe der Hasenreither meine Lolita synthetisch zusammen, ein armer Mann, der, was er zum Leben bitter benötigt, zusammenklaubt wo immer er's herkriegen kann, sei's aus der Mülltonne – ein Abfallwühler nicht nur, zudem ein Betrüger. Denn also hab ich mich betrogen – mich selbst und die Hasenreither und das Gedenken Lolitas in einem.

Denn Lolita ist tot.

Lolita Aguirre ist am 22. April 1937 in San Sebastian hingemetzelt worden samt Pablo, ihrem jüngeren Bruder. Und ich sehe, sehe mein Wissen nun an in der Finsternis, und es zerschellen Tabu und Imago, und es zerspringen die drei Ringe, die das Wasserzeichenherz des Richard de Bas umzwängten, und so fällt sie ab von mir, die Krankheit, die spät und jäh selbsterkannte, und es drängt zum Schluß die Tragödie der Irrungen.

Denn ich weiß.

Ich weiß, Lolita Aguirre ist am 22. April 1937 in San Sebastian von Maschinengewehrsalven zerfetzt worden, Lolita Aguirre ist am 22. April 1937 in San Sebastian von Maschinengewehrsalven zerfetzt worden, sie haben Lolita

Aguirre am 22. April 1937 in San Sebastian mit Maschinengewehrsalven zerfetzt.

Und Schmerzen, Feuerstrahlen schiessen sie,
Die Sonne trübt sich und die Sterne kommen,
Und weinen Stern und Sonn.

Er hatte flach auf dem Rücken gelegen, nackt und versteinert; nun wälzte er sich herum und preßte die Stirn in die Armbeuge, zuckend in einem wilden würgenden unbeholfenen Schluchzen. Einer aus einer Epoche, die Schmerz als Massenfabrikat hergestellt hatte und die nichts mehr wußte von des Mannes natürlichem Schmerz-Abreagieren durch Weinen, dem sich zehn Millennien zuvor die iliadischen Kämpen so freiweg überließen, zudem darin behindert durch plötzliches Anschwellen der lädierten Nasenscheidewand, Schluchzen, dessen japsende grunzende piepsende Beigeräusche er erst nach Minuten angewidert registrierte.

»Hör auf«, flüsterte er stoßhaft. »Hör auf – mit der Winselei –, Hund, du – sechsfüßiger – Agip, verflixter – zudringlicher –; Schluß!«

Er faßte sich. Nun er erfaßt hatte, was er eine so lange Spanne hindurch sich im letzten zu fassen geweigert, durft' er gefaßt sein. Das folgende von ihm Überlegte und Unternommene trug in sich jene starke Bewußtheit, die schon den Knaben gezeichnet hatte mit Hellsichtigkeit (und die wieder hatte ihn mitveranlaßt zu frühem Zeichnen).

Er erhob sich in großer Nüchternheit, so als habe er keinen gezügelten Rausch spazierengeführt durch den Abend von Parma; in schrecklicher Nüchternheit, mochte sein, doch in einer, die den Schrecken beschwor, weil sie dessen Unabänderlichkeit endlich akzeptierte. Er tastete zum Fenster, ohne gegen den Stiefelknecht zu stoßen, und öffnete den Laden ein wenig und lauschte. Er vernahm kein Ammengekrächz mehr, nur entferntes Stimmenschwirren und Pfeifen und Singen und Johlen und Radioplärren und apokryphes Wespensurren von Motorrollern, der italienischen Stadt spätabendliche Geräusche, die ihm nicht den Schlaf stehlen würden, ihm nicht, denn er war ein Veränderter (Genesung bewirkt Veränderung wie Erkrankung). Er war der Mann, der in Italien geschlafen hatte und zwar mit einer in allen Hasensatteln gerechten Dirn, einer seiner frühsten ›Ehemaligen‹, Intermezzo, das man beiderseits abtun würde als späte Laune des Nicht-einmal-Verliebten.

Bei etwas Engelsfahnenlicht, das die Enge dieses Einbettzimmers enthüllte, unterzog er sich dem Akrobatenakt, an der suppentellerhaften Waschgelegenheit Toilette zu machen, badete seine Augen, in denen er ungewohntes Brennen spürte, und kleidete sich an, denn er hatte draußen noch eins zu erledigen, jaja. Das, äh, hm, Telegramm nach Rom.

Kurz nach 11.

Er stopfte den Reisewecker in sein Necessaire zurück und kramte in jener Ambivalenz von Konzentration und Zerstreutheit, die dem Sprichwort-Professor nachgesagt wird, etwas andres heraus und senkte es in die räumige Hosentasche. Die Lugerpistole, er würde sie im Lauf der nächsten 24 Stunden nicht aus seiner Reichnähe lassen. Äh, hm, unvorsichtig, so was in einem unverschlossenen Koffer zu belassen (er hegte von Kind auf eine Aversion gegen Schlüssel, den zum Necessaire führte er nicht mit). Jaja, so was konnte entdeckt und beschlagnahmt werden; abgesehn von den Ungelegenheiten eines Strafmandats wegen unbefugten Waffentragens war's anscheinend die Pflicht der Stunde, jedweder Möglichkeit solcher Beschlagnahme vorzubeugen.

Seine arge Pflicht.

Die Amme war samt Floraventino und Kinderwagen vom Vorplatz des Albergo verschwunden. Hinter der Efeuhecke lungerten Kellner zwischen leeren Tischen. Der Romfahrer knipste kurz die Parklichter seiner Limousine an, kramte eine Tourenkarte heraus, breitete sie über die Kühlerhaube, addierte Kilometerziffern. Rollte er morgen früh vor 8 aus Parma, konnte er nach einem Zwischenhalt in Florenz, einem in Umbrien, abends um 8 am Ziel sein.

Am argen Ziel.

Er steckte die Tourenkarte in den Wagen zurück; eh' er die Parklichter löschte, zupfte er einen Brief aus der Rocktasche, den letzten, den er – kurz vor seiner Abreise aus Wien – von Kuropatkin empfangen hatte, und überlas die ebenso elaborierten wie instruktiven Schlußabsätze:

Bei Fernfahrten mit dem lieben Kraftfahrzeug kann man die Ankunftszeit nie so genau kalkulieren wie bei der lieben Eisenbahn. Z. B. kann man von einer auf den schattenlosen Landstraßen des schönen Italiens herumtrampenden Dame aufgehalten werden, die am Straßenrand ihren Daumen reckt, worauf man sie mitnimmt, was, speziell wenn sie hübsch und jung ist und nicht zu verdreckt, die kalkulierte Ankunftszeit in starkem Maß verschieben kann. Oder man wird durch einen letalen Zusammenstoß aufgehalten, weil man selbst bzw. der Gegenfahrer übermüdet bzw. betrunken am Steuer saß.

Kurzum, kommst Du, mon vieux copain, unbeschadet vor 18 Uhr an in der Ewigen Stadt – apropos, ewig scheint mir ein bißchen euphemistisch, dabei fällt mir ein, daß Dein seinerzeit eines unnatürlichen Todes hingeschiedener Mentor M. Schland irgendwas gegen die

Ewigkeit einzuwenden hatte, wenn ich nicht irre, so behauptete er, sie sei ein Aberglauben – langum, kommst Du vor 18 h. an in der Ewigen, wirst Du mich in meinem Eigenheim in der Viale Bruno Buozzi nicht vorfinden, dafür meine Aufwartefrau, die, wenn Du es unbedingt verlangst, nach biblischer Sitte eine Fußwaschung an Dir vornehmen wird oder Dir einen Apéro kredenzen, auch ist sie im Schnellbacken original-napolitanischer Pizza-mezza-mezza bewandert.

Um 18 h. gibt besagte Donna Serafina Fersengeld und ich nehme an ihrer Stelle den Posten eines Türöffners ein. Bin dann mutterseelenallein zu Hause und warte auf meine verschollene Jugendzeit in Gestalt Deiner liebwerten Person.

Das Haustor Nr. 12 steht offen bis nach Mitternacht, denn es befindet sich im Hause eine Espresso-Bar, die einen Seitenzugang hat, durch obengenanntes Haustor erreichbar. Den Zugang mögest Du links liegen lassen und einer Schmalspurschiene folgen, die sich durch den Hausgang zieht und durch einen miserabel beleuchteten Hof. Paß auf, Boro, daß Du dabei auf keine Katze trittst. Folge der Schiene – keine Ahnung, was für ein Rudiment sie darstellt, vielleicht war in dem Haus früher ein Bergwerk – bis vor ein von kubusförmiger Hängelampe traut beleuchtetes Gartenhaus – von Garten keine Spur! –, einem komfortablen Ziegenstall vergleichbar. Du erblickst die Entreetür, beschnitzt mit der Luperkischen Wölfin, welche Romulowsky und Remutkin säugte, die unzertrennlichen Zwillinge. Notabene trennten dieselben sich schließlich doch, indem der eine den anderen abstach.

Die Moral von der Geschicht:
Säugt Zwillinge mit Wolfsmilch nicht.

Sekundenlang starrte der Romfahrer auf den Knüppelvers hin, bevor er die Schlußfloskel überflog:

Neben obgenannter Tür verankert ein tibetanischer Gong; an diesen klopfe mit dem Knöchel Deiner kostbaren Schöpferhand oder irgendeinem harten Gegenstand, worauf Dir mäßig beschleunigten Pulses entgegentreten wird zum Behuf einer Umarmung nach altrussischer Ostersitte

Dein vergreister Zwilling
Kuro

P. S. Gib auf alle Fälle approximativ Ankunftstag und -stunde bekannt, per Brieftaube oder telegraphisch.

16

Er schritt über die Piazza Garibaldi, heute zum dritten Mal, die sich lichtende Piazza, und die Luger schlenkerte leicht gegen seinen rechten Oberschenkel. Vor der mit den Initialen TTI beschrifteten Glasschwingtür des Telegraphenamts stockte sein Schritt. Hinter Glas, im Rahmen des Abendschalters gewahrte er eine schwarze Frauenbluse. Eh' er sich's versah, schlenderte er weiter – in einem letzten Aufschub, den er der Telegramm-Absendung gestattete, einer Galgenfrist, wie er's bei sich nannte.

Er hielt sich inmitten der Piazza, die nun die müde Aura strahlte eines Ballsaals zu vorgerückter Stunde, inmitten, ohne hinüberzusehn zur Bar Argentino linker Hand oder nach rechts zum Freiluftcafé, darin er zweimal kampiert hatte mit der Hasenreither. Er fand sich in einer Straße; las, kaum das Gesicht aufwendend, ihren Namen: STRADA MAZZINI, und folgte ihr und stockte vor einem geschlossenen Buchladen und stand still und machte eine Entdeckung, die er, wäre er nicht verstrickt gewesen in den Ablauf einer Galgenfrist, als angenehme Überraschung empfunden haben würde. Im verdunkelten Schaufenster ein einziges Licht inmitten, Pultlämpchen, das eine mit einer Affiche ›L'ultima novità!‹ versehene Neuerscheinung beschien, ein Album im Großoktav-Format:

ZBOROWSKY

GLI SCONQUASSATORI DELLA LUNA

So hatte sein ihm in persona noch unbekannter römischer Verleger, den er, Nebenzweck seiner Romfahrt, nun zum erstenmal hatte aufsuchen wollen, den Termin fürs Erscheinen der italienischen Ausgabe der ›Mondzertrümmerer‹ – vereinbart worden war: Frühherbst 55 – ohne des Urhebers Wissen um zwei Monate vorverschoben, wohl um die Hochkonjunktur der Fremdensaison auszunutzen. Daß er, spätabends in Parma flanierend, hier unversehens eines seiner Werke zum Kauf angepriesen fand, war's kein Indiz für ein endliches Wachsen europäischer Anerkennung?

Ehe Genugtuung aufzudämmern vermochte, war sie erloschen. Das lautlose Ticktack seiner Galgenfrist trieb ihn weiter.

Die Galgenfrist – datiert sie erst vom Augenblick an, da das amtsmäßige Urteil gesprochen wird über einen Täter? nicht vielmehr vom Augenblick schon, da er sich entschließt zur Tat? (Gelegentlich der Begegnung mit Scherhack-Mehlgruber hatte zwischen Entschluß und Aktion kein Spielraum gelegen, anders auch kein Hofrat Dauerer einen Freispruch herauszuplädieren vermocht haben würde.) Zborowsky, weil er sich vermöge eines roßkurmäßig schnelltherapeutischen Verfahrens geheilt fühlte von einem Wahn, war sich voll bewußt, daß die Existenz dieser Galgenfrist keine Einbildung sei, vielmehr eine Realität, der er höchstwahrscheinlicher und höchst arger Weise würde alsbald – jedenfalls vor Mitternacht, da das Telegraphenamt auf der Piazza Garibaldi schloß – ins Auge zu blicken haben.

Wo? Er war auf der Suche nach einem luftigen stillen Plätzchen, wo er die Sache mit sich abmachen konnte.

Rauher Stimmenhall aus einer Stehbar. Um die Theke gedrängt Männer in Monteuranzügen, wirklichen, keinen modisch fingierten: Arbeiter mit Baskenbaretten (die Früh-Uniform der spanisch-republikanischen Milizen und der Interbrigaden), Biergläser in den ölgrauen Händen. Er verspürte Durst. Durst nach einem nicht berauschenden großen kühlen Trunk. Sehr lockte ihn, sich ›unters Volk zu mischen‹, unters echte, ›niedrige‹, schwerwerkende, lederhändige und einfältige, doch hatte er keine Zeit.

Weiter zog's ihn durch die Strada Mazzini, die mäßig belebte, auf der kein Corso florierte, und in seinem blicklosen Grübeln war ein Kommen und Gehn. – Goethe. »Da ist kein Verbrechen, dessen ich mich nicht fähig gefühlt hätte in meinem Träumen oder in meiner Imagination«, Ähnliches hatte Goethe bekannt. Parma. Während der Aiglon in seinem Schönbrunner Edelgefängnis, darin der Fürst Metternich ihn hielt wie einen seltenen Vogel in goldenem Käfig, als Zwanzigjähriger an der Auszehrung hinschwand, pflegte seine Mutter, die Marie Louise, in Parma mit ihrem Papagei Margherita zu spielen. So zu lesen in den Schriften des Ritters Prokesch, spätern Grafen von Osten. Der Aiglon sehnt sich zur Mutter nach Parma, nach dem linden Süden, der ihm Heilung schaffen könnte von seiner Krankheit, doch der Metternich verweigert ihm die Ausreise aus Wien. Vorsätzlicher Mord, verübt mit zeitlupenhafter Gemächlichkeit. Und Aiglons Mama spielt, um 1830, in Parma mit ihrem Papagei Margherita; was mag das für ein Spiel sein? Und falls die Kunde nicht trügt, daß Papageien weit über hundert Jahre alt werden, ist die Möglichkeit nicht vollends von der Hand zu weisen, daß der Papagei aus der Hand der Exkaiserin Frankreichs schließlich und endlich in die Hand einer Parmenser Proletarierfrau gelangt ist, Donna Colombinas. Wien; die in Parma residierende Habsburgerin hat sich dann doch noch ans Sterbelager ihres jungen Sohns verfügt. Kaum daß er ausgelitten, drängt der Hofpöbel ins Totenzimmer, reliquienlüstern erpicht, sich vom Haupt des ›Sohns des Korsen‹ eine Locke abzuschneiden. Nach wenigen Stunden ist die Leiche des Jünglings fast kahl, so daß man sich veranlaßt sieht, ihr eilends eine Militärmütze aufzustülpen. Aiglon: Tragödie einer Displaced Person – einer deplazierten Person. Ein knappes Jahrhundert später saßen in der Pariser Rôtisserie des Lilas einige sehr begabte amerikanische Schriftsteller, darunter solche, die in sehr jungen Jahren den Ersten Weltkrieg mitgemacht hatten, und fühlten sich als deplazierte Personen. ›Verlorene Generation‹ nannten sie sich, und der Stärkste, Hemingway aus Kansas City, machte sich auf und suchte in Spanien als aficionado, als Stierkampf-Enthusiast, schöpferisches Vergessen. Was ihn nicht abhielt, wenig später der jungen Republik, die den Stierkampf als ein ›Verbrechen gegen Mensch und Tier‹ verurteilte und abschaffte, Beistand zu leisten. (»Ich sammle für die spanische Republik, die angegriffen ist mehr von außen als von innen, und nehme nur Spenden über hundert Dollars entgegen«, erklärte er vor einem kalifornischen Auditorium. »Sie werden mir vielleicht erwidern, soviel zu spenden sei schwer – worauf ich Ihnen zu antworten hätte: Sterben ist noch schwerer.« Ein Wiener Filmchargenspieler, der jenerzeit in Hollywood gearbeitet, hat mir's erzählt.) Wiewohl der Ex-Fremdenlegionärsgewaltige den Stierkampf wiedereinführte, fanden sich nach dem Zweiten Krieg keine aficionados Hemingwayscher Prägung. Für die Leergeschossene Generation war sie fragwürdig geworden, die Sensation des Kleinen Abenteuers ebenso wie die Kleine Gewohnheit, etwa die des Kaffeehausbesuchs. Das Wiener Kaffeehaus war tot; allemal sein morgenländisches Gepräge, sein universelles: als Umschlageplatz für Geschäfte, als halbes Büro, halbe Wohnung, als Hort hold-schlampigen Wenigtuns, als Diskutier-, Kolportier-, Diffamierzentrale. Ausgestorben der alte Wiener Kaffeehausbesucher, der sich nach achtstündigem Hocken auf Plüsch erhoben hatte, um seinen zwischen Stößen von Zeitungen etablierten Mithockern zu eröffnen: »Entschuldigen mich ein Momenterl, die Herren, geh nur g'schwind nach Haus, kaffeetrinken, bin gleich wieder da.« Eine magre Jeunesse dorée des Zweiten Nachkriegs zog die aus den Trümmern erstehenden Espresso-Bars vor. Schäbige Vorstadtkaffeehäuser, so am Gürtel oder Praterstern, wo Stehkragenproletarier, die ihren Stehkragen abgelegt hatten, ›Pülcher‹ genannte Halbschwere Jungen und billige Prostituierte verkehrten, galten mir als letzte authentische Überreste erloschener Kaffeehaustradition. Die zu beleben war die Jasomirgottbande vergeblich bemüht. Die burlesken alten Schlachtfelder jüdisch-bürgerlicher Literatenfehden waren, nachdem Hekatomben jüdischer Bürger Wiens in die Auschwitzer Gaskammern gepfercht worden, nicht mehr restaurierbar. Wiewohl ein paar Schmocks beim Kaffeeklatsch im Carlton den Stab brachen über den ›Kommunistenknecht Thomas Mann‹ oder zuckerkranke Drehbücher verauktionierten, die meist eine neckische Begebenheit aus den Hofzirkeln des längst zerfallenen Kaiserkönigreichs umspannen (die sehr moderne Aiglon-Tragödie blieb wohlweislich ungenutzt). Schweine; Schweine galten in Wiens Hungerwinter 45/46 – da die Jasomirgottbande noch nicht etabliert, die Ex-Mitarbeiter der Wiener Redaktion des ›Völkischen Beobachters‹ noch nicht aus ihren Winkeln vorgekrochen und die ›Umerzieher zur Demokratie‹ noch nicht aus dem Ausland remigriert waren – als kostbare Rarität. Herr Klobassa, Hausmeister der Akademie-Ateliers in der Böcklinstraße, trieb bei einem Rodauner Bauern eines auf, versteckte es, um eine Beschlagnahme abzuwenden, im Kohlenkeller. Meine Schüler und ich, wir brachten täglich magre Abfälle mit, um es nach besten Kräften zu füttern. Unser Schwein, das ›schwarz‹ gehaltene und gleichnishaft alsbald verschwärzte, denn es wälzte sich im Kohlenkeller, der längst ohne Kohlen war, dessen Boden indes alter Kohlenstaub deckte. Die Schüler schleppten vorzeitig Salz herbei; manche waren, ausgehungert, geplagt von Freß-Halluzinationen; sie sahen sich sehnlichst warten, bis das Schwein gemästet sei, und sahen es geschlachtet von Herrn Klobassas Hand und sahen die Schinken eingesalzen im Rauchfang hängen und sahen sich endlich hineinbeißen in die saftigen, und das Wasser troff einem oder dem andern unvermerkt aus dem Mund auf seine Kaltnadelarbeit. Der erste Nachkriegsfebruar bitterkalt; der Heizungskessel im Keller unbedient von Herrn Klobassa, die Schüler werkten oben dick eingemummt, und ihre verschlissenen Wollhandschuhe behinderten ihr Radieren. Unser schwarzes Schwein nahm ab, statt zu, und begann zu husten. Nie vernahm ich jammervolleres Husten, ein spitz durchdringendes wie das einer brustkranken Jungfrau. Ich stellte Klobassa frei, es zum Rodauner Bauern zurückzubringen, was fast zu einer Hungerrevolte unter den Schülern führte. So blieb's und hustete. Der nächstens vorbeipatrouillierende Rayonsinspektor fragte den Hausmeister am nächsten Tag in argwöhnischem Unterton, wer denn in seinem Keller so gottserbärmlich huste wie ein schwindsüchtiges Mäderl. Da entschloß Herr Klobassa sich auf meine resignierte Zustimmung hin zu einer Notschlachtung; er würde, versicherte er, das Fleisch spezialpräparieren, wie er's nannte: in eine desinfizierende Lauge einlegen; man würde recht magre Schinken gewinnen, immerhin Schinken. Am nächsten Morgen vernahmen wir kein Husten mehr aus dem Keller. Nach ein paar Tagen, in denen der Föhn eingebrochen war und unvermutete Wärme eingetreten, aber gestand mir Herr Klobassa unter vier Augen

– als habe er die Anwesenheit der Schüler zu fürchten –, indem er sich mürrisch innerhalb seiner Hosentasche kratzte, die Spezialpräparierung sei mißglückt, in das ›elende Viech‹ seien die Würmer geraten, weshalb er es habe im Praterwald verscharren müssen. Mich mutete das – von den Schülern späterhin, da Wiens Hungerperiode abgeflaut war, vielbekicherte – Intermezzo von fern an wie ein Verbrechen, begangen an einer deplazierten Person.

Zborowsky fand sich auf einer aus bleich blinkendem Carrara-Marmor erbauten Brücke. Sie führte über einen Seitenfluß des Po, dessen Namen er nicht kannte. Wie bleich die Brüstung des Brückengeländers schimmerte – wie im Mondenschein.

War Mondschein?

Durch die Strada Mazzini war er gesenkten Kopfs geschritten, nun blickte er zum Himmel, erblickte zum erstenmal heute den zunehmenden Mond. Ein vereinzelter winziger Schönwetterzirrus hielt den wie lichtestes Kupfer Gleißenden halb umfangen, wodurch die Unförmigkeit, die ihm oft aufgefallen war am Dreiviertelmond, noch augenfälliger wurde:

Dieser Mond sah, äh, äh, hm, angeschossen aus. Jedenfalls lief er noch munter im Feld, wie ein Hase mit einem leicht von Schrot zerhackten Löffel. Das Zielfernrohr der Mondzertrümmerer schien gottlob noch nicht auf der Höhe zu sein.

War's der Augenblick für ›kosmosatirische‹ Reflexionen? Lief nicht vielmehr seine Galgenfrist ab? Zborowsky, etwa auf der Brückenmitte haltend, spähte auf und ab. Außer zwei dicken Männern in hellen Jacken, die unter einem Brückenkandelaber ein von starken Gestikulationen begleitetes

Gespräch führten, war niemand auf der Brücke. Dann ratterten zwei kolossige Transeuropa-Busse über sie hin, vorbei flogen weitzurückgelehnt erschöpfungsbleiche Gesichter, perlenkettenartig aufgereiht, von Schlafenden oder solchen, die zu schlafen sich mühten, pauschal verfallen nächtlicher Parforce-Fahrt, Menschenviehfracht auf freiwilligem Eiltransport, genannt Vergnügungsreise.

Zborowsky lehnte sich über die breite Marmorbrüstung. Kein Mondenspiegeln aus der Tiefe. War da ein Fluß gewesen, so war er ausgetrocknet. Was unter der Brücke lag: eine breite Schlucht, Schutthalde, teils bewachsen mit wucherndem Unkraut, zwischen denen zwei schmale Rinnsale hinsickerten, eines völlig seicht, schien's, das andre vielleicht metertief. Aber aus den Schattenschründen dieser sich im Mondlicht ziselierenden Wüste wimmelte schattenhaft heimliches, hektisch schwirrendes Leben.

Fledermäuse zu Hunderten.

Selten, daß sie sich über die Brückenhöhe hinauswagten. Über den versumpften Rinnsalen, Manen eines versiegten Flusses, mochten viel Nachtinsekten weiden, Futter für fliegende Nager, denn die Fledermaushatz war ein wild-lautloses Durcheinanderschwirren, massenweises.

Zborowsky wußte, daß diese seltsamen Säugetiere blind waren; daß sie, auftretend in nächtlichen Herden-Schwärmen, ihr sicheres Flugschnellen einem Radar-Signalsystem verdankten, das die Nachtnatur ihnen geschenkt hatte. Mittels Pfiffen, das hieß: deren reflektiertem Schall, loteten sie die labyrinthischen Pirschbahnen aus – Töne im Bereich der Ultraschallgrenze, allzu hohe, als daß sie dem menschlichen Ohr vernehmlich gewesen wären.

Zborowsky starrte, lauschte hinab. Er war, geheilt zu schrecklichem Nüchternsein, ganz Hellhörigkeit. Sein Gehör, das in der Sierra Guadarrama wie in der Planina Gorija berühmt gewesen war seiner Schärfe wegen, vernahm's.

Vernahm das atomhaft minimale Echo eines hektischen sphärischen Pfeifens.

Rückfall in einen ›Wirklichkeitsverlust‹? Akustische Täuschung?

Eine vereinzelte Fledermaus schwirrte höher als das andre Geschwärm, ihm meternah – unwillkürlich wich er einen halben Schritt von der Brüstung. Da schoß sie dicht an seinem Gesicht vorbei, hernieder, und im selben war ihm, als sei er Zeuge jenes nach dem österreichischen Forscher Doppler benannten Effekts (auf den einst Schland ihn hingewiesen hatte); als erhorche er eine Lautverschiebung wie von einem vorüberrasenden Schnellzug, dessen langgedehnter Warnpfiff im Sich-Entfernen an Tonhöhe verliert, ein Effekt, hier allein abgeschwächt ins Unirdische.

Keine Täuschung, mochte sein. Selbst mittels einer Roßkur von Wirklichkeitsverlusten befreit, würde ein bildender Künstler sich zuweilen, gewissermaßen freiwillig, Zwangsvorstellungen überlassen (solche hatten im Lauf der Kunstgeschichte starke Werke vorgebracht). Das hier keine Zwangsvorstellung. Ja, im Moment seiner argen Entscheidung war es Zborowsky gegeben, ihn zu vernehmen, den Jagdruf der Fledermäuse.

Blinde Säugetiere, wirr durcheinanderschwirrend über ausgetrocknetem Fluß im Schimmer des havariert dreinblickenden Monds, war's ein Gleichnis fürs spätabendliche Abendland? Wer wußte das? (Allein die Weisheit, Vorvätersünden-Erkenntnis, Selbstbescheidung der Abendländischen konnte verhüten, daß es zum Gleichnis geraten würde.) Was man wußte: daß man, ein täppischer Leidensbekämpfer im Ruhestand, nun würde hinzuziehn haben, um ein kurzes Leiden zu verursachen und ein langes Leiden hinzunehmen.

Mit der Assoziation, die einem eine flüchtigste Erscheinung, ein unidentifizierbarer Straßenkehrer, der kurz nach 4 Piacenzas Borgo Caliban passiert, vermittelt hatte, war der Stein ins Rollen gekommen. Stein, der sie ausgelöst hatte, die Lawine, eine, die freilegte statt zu verschütten: die Wahrheit. Wahrscheinlich hatten damals in Wiens Zwischenkriegszeit viele gewußt, daß Kostja Kuropatkin ihn geflissentlich verleumdete, um ihm Lolitas Liebe zu entwenden. Moritz Schland hatte es offenbar gewußt, war aber, bevor er darüber mit dem Studenten Zborowsky hatte sprechen können, ums Leben gekommen. Vielleicht hatte Zborowsky es selber gewußt in seinem Unbewußten, es jedoch nicht wahrhaben wollen. Im dunstigen Khaki-Dämmer hinschleifend unter diskretem Kretinsgelächter hatte der Kuro Lolitas Liebe zum Boro in die Mülltonne gefegt.

Welch klugen tiefen Instinkt solche als unklug und oberflächlich patentierte Frauen wie die Hasenreither zueigen hatten! Erspürt hatte sie, daß er mittlerweile ein ›Desperado, trigger-happy‹ geworden sei. Das hatte die Große Zeit gezeitigt und gewandelt aus seiner ›Künstlerempfindsamkeit‹. Zu lang bewaffnet, hatte er sich im Labyrinth des Nachkriegs und Kalten Kriegs nicht entwaffnen mögen, nun würde er die Waffe, die seinen Schenkel beschwerte mit leblos mahnendem Druck, zum letzten Mal gebrauchen. Zwingende Notwendigkeit. Und niemand würde ihn freisprechen können wegen einer ›vorsatzlosen Handlung, begangen in begreiflichem, einmaligem Affekt‹.

Aber aus dem für Menschenohren unhörbaren und ihm dennoch gewärtigen Ruf der Fledermäuse erfuhr Zborowsky die Botschaft des Jagens.

– – Das Telegramm, das er auf der Piazza Garibaldi aufgab, am Nachtschalter des luxuriösen menschenleeren Telegraphenamts, machte dem Kostja Kuropatkin seine Ankunft bekannt für den Folgeabend gegen 9. Er instruierte den Nachtportier im Principe Farnese und kontrollierte das Magazin seiner Luger mit infanteristischem Fachblick und wusch sein Nylonhemd und schlief dann traumlos tief und wurde um 7 geweckt und jagte vor 8 schon durch die Emilia, durch die Toscana dann, ohne im heißmittäglichen Florenz haltzumachen, und durchs nachmittagsheißere Umbrien, stets auf der alten Legionenroute, die heute ausgebaut war zu Italiens Autostraße No. 1, und jagte, Reisebuskolonnen, ungetümige Lastwagenzüge und zahllose Privatfahrzeuge überholend und selber selten überholt, ein Fahrsklave, stets den Blick auf der Straße, die schon im Altertum ein von Kohorten bestampfter Weg gewesen war, der nach Rom führte (aber es führten ja bekanntlich alle dorthin), Weg, auf dem nicht nur die Legionen der imperialen Romrepublik und der Caesaren alpenwärts gezogen waren im Schweiß ihrer Angesichter, umhüllt von weißem oder sienarotem Staub, den ihr Trott aufgewirbelt, nein, auf dem auch die Barbaren sich romwärts gewälzt hatten, einen dumpf-argen Vorsatz zum Zerstören in ihren Bärenherzen. Solch einen weniger dumpfen als eiskalt-bewußt argen Vorsatz, den keine Hitze zu schmelzen vermochte, nährend in seinem Herzen, das kein Wasserzeichenherz mehr war, sondern das eines verwundeten Bären, wälzte er sich rasend südwärts, ein moderner Fahrsklave, mit Bewußtheit gewandelt zum blutrünstigen Barbaren, und der Höllenhund Agip, sechsfüßiges schwarzes Vieh in neapelgelbem Feld, blieb an seiner Seite, aber er sah ihn nicht mehr, und nicht oder kaum blickte er das Hügelreich, das nichts Linzerisches mehr aufwies und ihn, falls er zum Schauen bestellt gewesen wäre, an die Hintergrund-Landschaften des Veronese gemahnt haben würde. Aber er war nicht zum Schauen bestellt, vielmehr zum Rasen-um-zu-zerstören, und er sah kaum die Campaniles und die bienenwabenhaften Hügeldörfer und die hohen Pinienwedel und die ungeöffneten schwarzen Zypressenschirme und die silbergrauen Olivenbäume, deren ausgeprägter Individualismus sein Herz nimmer freuen durfte (das war nun alles hinter ihm), und er hielt nur zweimal am Rand des uralten Wegs, vor Tankstationen, sich zu versorgen mit jenem Höllenhunde-Urin, der sein amokjagendes Gefährt blindlings vorantrieb, und zweimal vor gesichtslosen Trattorien, um ein Sandwich hinunterzuspülen mit einem Schluck Landwein, dessen Qualität er nicht probte (das war nun alles hinter ihm). Und immer wieder versicherte er sich des sachten Drucks, den sein rechter Oberschenkel verspürte, und tastete rasch hin über seine räumige Hosentasche: die Luger stak an ihrem Platz.

Kurz nach 8.

Zu dieser Abendzeit fuhr der Romfahrer ein in die Tiberstadt, und zahllose Kirchenglocken ließen mehr ein Klimperklappern hören denn ein Läuten. Angelangt nun, fand er sich an seinem argen Ziel.

Er hatte vor fünf Jahren – als Kuropatkin noch in der Strafanstalt Les Danvelys bei Rouen gehockt – die Ewige Stadt kurz besucht, gelegentlich einer kleinen Zborowsky-Ausstellung in den Räumen des österreichischen Kulturinstituts, Viale Bruno Buozzi. Also kannte er die Allee; sein Orientierungsvermögen erlaubte ihm, nach kurzem Dialog mit einem Verkehrspolizisten – wobei er jenen anblickte, ohne ihn zu sehn –, dorthin zu finden. Er durchfuhr sie wohl, doch sah er sie nicht, die Ewige Stadt.

In einer Einbahnstraße, von der Allee abzweigend unweit des Hauses No. 12, parkte er den Fiat. Im Aussteigen taumelte er leicht, zunächst halb gelähmt von der Fahranstrengung. Die überwand er rasch, nicht aber den Kopfschmerz, der zufolge der Sehanstrengung des durchrasten heißen Tags hinter seinen Augen rumorte.

Des heißen Tags, der nun zu Ende ging.

Indessen, auch dieser Kopfschmerz war ein Schemen, er spürte ihn nicht wirklich, der Schmerz kam nicht auf gegen die Allmacht seines argen Vorsatzes, der stärker war als Götter, Gott, Schicksal oder Gewissen, so stark wie Ananke, die Zwingende Notwendigkeit der alten Hellenen, die aus vergrabenen Kausalitäten auferstehende Folgerichtigkeit eines Geschehns. Zur Stunde der Cena (Abendmahlzeit) lag die Einbahnstraße wenig begangen oder befahren im raschen südlichen Dämmern – eines größern Südens als des von Piacenza oder Parma. Er band mit lahmen Griffen seine Krawatte, zog sich das Sakko an; in die rechte Hosentasche greifend, entdeckte er, daß die Luger weithinabgesackt war. Der Pistolenlauf hatte das Futter durchstoßen, nun hing die Schußwaffe wie in einem leicht zerreißbaren Halfter. Da er sie zu verlieren fürchtete, nahm und steckte er sie verstohlen in seinen roten Gürtel (›ein Desperado, trigger-happy‹, hatte sie zu ihm gesagt, die Hasenreither, das war nun hinter ihm) und knöpfte das Sakko darüber.

Da war die Espresso-Bar, die Kuro ihm beschrieben hatte. Da war sie. Der Romfahrer betrat sie, ohne jemanden zu sehn, und bestellte bei irgend jemandem, den er nicht sah, etwas Kaltes, vielleicht einen Campari-Soda, und stürzte das Kalte in einem Zug hinunter und spürte etwas im Mund, vielleicht etwas Zitronenrinde, und zahlte und ging durch die Seitentür ab, die Kuro ihm beschrieben hatte. Da war sie.

Er fand sich im schlechtbeleuchteten Torgang, dessen Pforte nicht abgeschlossen war, wie Kuro ihm's beschrieben hatte. Da war das. Da waren die ausgedienten Schmalspurschienen, die Kuro ihm beschrieben, da führten sie in einen miserabel beleuchteten Hof. Darin mochten viele Katzen hausen, aber er sah sie ebensowenig wie die Fußgänger oder Fahrzeuge, die das Tor passieren mochten. Er stand und wartete im Torgang aufs Dunkelwerden, auch um sich ein wenig zu erholen, das Zittern zu bezwingen, das die Anstrengung des Lenkens seinen Händen hinterlassen hatte, und kaute mechanisch an dem Bittern, das vielleicht Zitronenrinde war, und da die Nacht so sehr rasch, allzu rasch ihren Einzug gehalten, spuckte er's aus, so wie Klein-Floraventino den ihm verhaßten Ciuccio ausgespuckt hatte (das war nun hinter ihm), und zog die Luger aus dem Gürtel und entsicherte sie blindlings und tauchte sie in die Hosentasche zurück, ohne indes ihren Griff zu lassen.

Er folgte der Schiene und übersah Katzenschatten. Da war das traut beleuchtete Gartenhaus, der komfortable Ziegenstall, den Kuro beschrieben hatte als sein Junggesellen-Domizil. Da war's. Da die Tür mit der Luperkischen Wölfin, die Romulus und Remus säugt, da der tibetanische Gong statt einer Türklingel. Da war's. Und da war der harte Gegenstand, mit dem der Gong nach Kuros Geheiß bedient werden sollte: die Luger nämlich in seiner Rechten. Er hieb den Lauf sacht an den Gong – ein orientalisches Getön; gleich packte er die Waffe in die Hosentasche zurück, ohne ihren Griff zu lassen.

Da näherte sich ein langsames, langsames Schlurfen. Sehr ähnlich jenem, das kurz nach 4 aus dem Borgo Caliban zu ihm heraufgedrungen war. Zborowsky, selber zum Tiermenschen gewandelt, halb blutrünstiger Barbar, halb verwundeter Bär, stand starr.

Da öffnete sich die Tür mit der Luperkischen Wölfin.

Da öffnete sie sich.

Da stand Kostja Kuropatkin, sein Schulbankkumpan, im Schein der kubusförmigen Hängelampe, kaum gealtert, wie es schien, etwas gebückter nur als zur Jugendzeit, in einem weinroten Seidenschlafrock, wie er ihn schon als Student getragen, um den Hals, auch das nach alter Gewohnheit, ein weißseidnes Tuch.

»Servus, Boro«, sagte Kuro mit seiner alten öligen Stimme, als hätten sie letztenmals gestern einander gesehn. »Da bist du ja endlich.«

»Servus, Kuro«, sagte Boro fast ohne Atem. »Da bin ich ja endlich.«

»Benissimo! Gestatte, Brüderchen, daß ich dich nach altrussischer Ostersitte umarme.« Kuropatkin, in Hausschuhen wohl, schlurfte einen Schritt vor.

Doch Zborowsky trat deren drei zurück. »Sag, Brüderchen – erinnerst du dich an die Lolita Aguirre?«

Der andre stockte im Schlurfschritt; seine schönen Chow-Chow-Augen musterten den Besucher in gelinder Verblüfftheit. Plötzlich stieß er ein schrilles Negerammengelächter aus.

»Das kenne ich«, sagte Zborowsky fast ohne Atem.

»Aber erlaube, liebster Boro, was ist das für eine Frage! Natürlich kenn ich unsre Lolita.«

»Sie ist tot«, sagte Zborowsky fast ohne Atem.

»Tot?« Kuros Chow-Chow-Augen blickten plötzlich sehr aufmerksam. »Mon Dieu, quelle tristesse! – das wußt ich nicht. Seit wann?«

»Seit achtzehn Jahren. Und d-u hast sie umgebracht.«

Da war es wieder, Kuropatkins altes, outriert schrilles Lachen.

»Lache noch einmal, Bajazzo«, sagte Zborowsky fast ohne Atem. »Hättest du mir nicht ihre Liebe wegpraktiziert, wär sie, wär sie bei mir geblieben, in Wien, und alles wär anders gekommen. Aber du, du hast ihre Liebe – schließlich gibt's so etwas, nicht wahr? – wegpraktiziert, in den Rinnstein, jawohl, und dann weggefegt, in einen, hm, fahrbaren Unratkübel hinein, äh, unter dem – unterm einsamen Narrengelächter eines kretinösen Straßenkehrers; ich weiß nicht, ob du mich verstehst, aber das ist jetzt wurst.«

»Starke Bilder«, murmelte Kuropatkin, kaum die glatte Stirn runzelnd. »Du hattest immer starke Bilder. Schließlich kein Wunder – dein Beruf.«

»Es ist mein Beruf nicht mehr, Kuro ... Und ich muß dir noch sagen, es tut mir leid ... tut mir leid, daß unser Wiedersehn ein so jämmerlich kurzes ist.«

»Du g-e-h-s-t wieder?«

»Nicht ich«, sagte Zborowsky nach würgendem Atemholen, laut, fast sachlich. Zog die Luger und zielte den Bruchteil einer Sekunde lang mit schlechthin kunstvoller Zielgewißheit auf den spitzen Winkel, in dem die Schlafrockreverse das Halstuch rahmten, und drückte trigger-happy den Trigger, den Hahn. Der Knall mochte laut widerhallen im Hof, doch das war nicht von Bedeutung.

Von Bedeutung war Kuros Gesichtsausdruck in der Sekunde seines Tods. Im Licht der kubusförmigen Hängelampe erkannte der Pistolenschütze, daß sein Opfer nicht allzu überrascht schien von dem letalen Überfall; und es war gar, als kämen dem Kuro letzten Endes solch ein Wiedersehn und solche Begrüßung nicht einmal sonderlich ungelegen – –

17

Einst hatte Moritz Schland den jungen Franz Zborowsky gelehrt: »Dem berühmten ›Ignorabimus‹ (Wir werden niemals erkennen) widersprechen wir Positivisten. Für uns ist keine Grenze zwischen bekannten und unbekannten Naturgesetzen, sondern die Grenze der Erkennbarkeit i-s-t zugleich die Grenze der Gesetzmäßigkeit der Natur. Für uns ist es nicht so, als ob jenseits der Grenze noch etwas liege, das uns ›ewig verborgen‹ bleiben müsse.«

Dies außerhalb des Stundenplans der Alma Mater Vindobonae unter vier Augen abgehaltene Seminar hatte in einem bescheidenen Kaffeehaus des Alsergrunds stattgefunden. Der Akademiestudent hatte damals entgegnen zu müssen vermeint, ihm persönlich wäre zuweilen wohler vor der beschränkten Resignation, dem Sich-Abfinden damit, daß einem Vieles ewig verborgen bleibe.

Professor Dr. Schland hatte gelächelt: »Franz, Sie sind Künstler.«

»Ich möchte vielmehr einer werden, Verehrter.«

»Nein«, hatte Schland beharrt, »Sie sind Künstler von Kind auf und haben deshalb das Vorrecht, sich nicht bloß zu ideal-materialistischen Ausflügen, sogar zu solchen in den sogenannten mystischen Materialismus zu versteigen, den zum Beispiel der englische Romancier D. H. Lawrence vertrat. Vergessen Sie dabei nicht, als Kind dieser Erde und dieses Jahrhunderts miteinzutreten für eine politische ›Rotverschiebung‹, zumal was die sogenannten unterentwickelten – teils zugleich kultiviertesten – Erdenvölker betrifft. Aber als Kind des Universums«, hatte Schland mit etwas wie geheimnisvoll lächelnder Feierlichkeit hinzugefügt, »haben Sie eine andre ›Rotverschiebung‹ ins Kalkül zu ziehn. Ich verweise Sie auf den Doppler-Effekt in der Wellenlehre. Nach dem verändert sich mit zunehmender Entfernung nicht nur der Schall, ebenso das Licht. Heute ist die Astronomie zur angewandten Physik geworden. Die Astrophysiker haben jüngst feststellen können, daß sich der Abstand zwischen Lichtquellen und Beobachter, ich meine damit: zwischen Stern und Erde laufend v-e-r-g-r-ö-ß-e-r-t. Die von den modernen Sternguckern beobachtete Rotverschiebung der Spektrallinien hat zu dieser Erkenntnis geführt, nämlich zu der einer unaufhaltsamen Expansion des Weltalls.«

Des weitern hatte Schland ihm in jenem bescheidenen Alsergrundcafé anvertraut: »Das Uran ist die Uhr des Kosmos. Forschung der Geologen wie der Astrophysiker ergab, daß das Uran auf der Erde zu finden sei wie in allen Himmelskörpern, den entferntesten auch. Jedes Element, auf der Erde zu finden, läßt sich finden auf jeglichem andern Himmelskörper. Demnach sind ›wir Sterne‹ alle aus einem. Weil Vorhandensein von Uran auf drei bis vier Milliarden Jahre geschätzt werden konnte, ist anzunehmen, das Weltall sei ebenso alt.«

Schland hatte ihm erklärt: »Passen Sie nun genau auf, Franz. Die Lorentzsche Transformationsgleichung besagt, daß ein Körper, der in Lichtgeschwindigkeit bewegt wird, zu null zusammenschrumpft, also aufhört, zu existieren. Da sich nach Ansicht der Astrophysiker das sogenannte Weltall, wie gesagt, in einer stetig sich beschleunigenden Expansion befindet, die nach weiteren drei bis vier Milliarden Jahren die Lichtgeschwindigkeit erreicht haben könnte, wäre dies dann das E-n-d-e d-e-s A-l-l-s. Einstein formulierte es in genialer Burschikosität: ›Das Ding platzt!‹ Das heißt«, so hatte Schland gelächelt, »›Das Ding‹ befindet sich in einem fortwährenden Explosionsprozeß, der es schließlich vernichten wird, ja. Drei bis vier glorreiche Jahrmilliarden hinter uns, drei bis vier – zu hoffen, haha, etwas weniger glorreiche – vor uns …: heute ist zu errechnen, daß wir etwa auf der Halbzeit halten. Daß der Begriff Ewigkeit dahin ist vor dem sich fortwährend expandierenden Weltall und der allgemeine, haha – allgemein, kosmologisch verstanden – Prozeß des Platzens sich nach wie vor unentwegt fortsetzt bis zum Ende. Und das Merkwürdigste daran ist«, hatte Schland, an der zehnten Zigarette paffend, geschlossen, hineinblinzelnd in blauen Qualm, »daß unsre modernste Erkenntnis sich damit der biblischen Schöpfungsgeschichte einigermaßen angleicht. Da war ein Anfang …: als die Welt aus dem Ur-Ei schlüpfte (ein Bild, mit dem wir uns heute behelfen). Und da wird ein Ende sein – ein Jüngster Tag, wie er im alten Buche steht.«

Der Romfahrer stand auf der bleichen Brücke von Parma, und die Fledermäuse schwirrten nach wie vor in Scharen unter ihr hin, und kaum verschoben hatte der Zirrusschatten sich vor dem zunehmenden Julimond, ein Schatten, der dem ein angeschossenes Aussehn verlieh.

Zborowsky hatte indes nichts getan als hinabzusinnen in die durchschwirrte Schlucht.

Er hatte sonst nichts getan.

Er hatte Es nicht getan.

Kein Krankhaftes, kein Wahn, kein Schub von Spaltungsirresein hatte den einen Zborowsky nach Rom gejagt, während der andre Zborowsky auf der Brücke von Parma verharrte. Phantasie allein: wem sie angeboren war, der durfte sie nutzen.

›Das Ding‹, es ›explodierte‹ fortwährend. Müßig, diesen unabänderlichen Vorgang noch im geringsten zu forcieren, wär's auch nur durch einen einzigen Pistolenschuß in einem römischen Hinterhof. Drei bis vier Milliarden Jahre, das war *auch* eine Galgenfrist; man hatte sie zu nutzen.

Die Heutigen, sie hatten genug explodieren lassen im Ersten und Zweiten Krieg und im Nachkriegszug der Experimente mit Atombomben. ›Das Ding‹, es platzte ohnehin ›langsam aber sicher‹; was eine besondre Situation und den besondren Moment betraf, wär man ein Tropf, wollte man sich, wär's auch nur mit einem einzigen Lugerpistolenschuß in einem römischen Hinterhof, der Herde der explosionstollen Pyromanen beigesellen.

Er lauschte nieder und hörte den sphärischen Jagdruf der Fledermäuse nicht mehr. Er sah ihre mondsüchtige Hatz und atmete tief – tiefer denn je, wie er vermeinte – und fühlte sich sehr befreit. So sehr frei, daß ihm gelungen war, die arge Zwingende Notwendigkeit zu überlisten. So sehr frei, daß er dem Kuro den verhängnisvollen Verrat als ein längst Verjährtes vergeben konnte im Erkennen, jener habe aus Liebe so gehandelt. Ja, auch Kostja Kuropatkin mußte die Lolita Aguirre geliebt haben, als einziges Wesen, das ihm je solch ein echtes und starkes Gefühl eingeflößt hatte auf Erden; auf der Erde, die er bewohnte als deplazierte Person.

Er, Franz Zborowsky, war keine. Er war der havarierte Mann Europas, aber er wurzelte durchaus natürlicherweise im Boden seiner Kunst (jede echte wird genährt aus unsichtbaren Wurzeln, ungeachtet des verhallten Blut-und-Boden-Geschreis war das evident).

Der Romfahrer blickte um sich. Fern auf der Brücke die beiden pantomimisch gestikulierenden dicken Männer nach wie vor. Ein Stückweit den ausgetrockneten, Schutt gewordenen Fluß hinan ein nacktes kaltbleiches Neonlicht, das Jolli verkündete, das erste Hotel am Platz. Und, im Anblick des Himmels: die hellkupfrige Scheibe des prall werdenden Monds, den der Zirrus aus seiner Umarmung entließ.

Er würde den Sphärenpfiff der Fledermäuse nimmer hören, nun sie zu Ende war, die Tragödie der Irrungen. Er griff in die Hosentasche und machte eine Entdeckung: der Lauf der Luger hatte das Futter durchgewetzt, die Waffe stak wie in einem leicht zerreißbaren Halfter. Er zog sie mit raschem Griff hervor. Er brach das Magazin auf. Er pflückte die Patronen heraus, fast andächtig. Er beugte sich über die Brüstung und streckte den Arm und ließ sie eine um die andre hinabfallen ins flachere Rinnsal. Sie fielen, von den lautlosen Schatten der Nachtjäger umflattert, und es war, als ließen Miniaturflugzeuge Miniaturbomben fallen.

Er überquerte die Brücke und beugte sich weit über die Brüstung jenseits, übers tiefere Rinnsal, und ließ die Luger seiner ausgestreckten Hand entgleiten. Dasmal vernahm er ein sachtes Platschen aus der Tiefe: die Waffe war versenkt. Seinen Krieg, Zborowsky hatte ihn versenkt bis auf weiteres …

Die Rechte in der zerrissenen Hosentasche, schritt er rasch durch die Strada Mazzini zurück, vorbei an Zborowskys ›Gli sconquassatori della luna‹, zur stiller gewordenen Piazza Garibaldi.

Kurz vor 12.

Er betrat das ausgestorbene Telegraphenamt wenige Minuten vor Toresschluß. Von der schwarzen Bluse hinterm Schalter erbat er ein Telegrammformular und stellte etwas unbeholfen die Frage, ob angängig sei, unterschriftslos und auf deutsch zu telegraphieren. Die Frage wurde bejaht. Die schwarze Bluse, die anscheinend soeben ihr Feierabend-Make-up vollendet hatte, wies kein hübsches Gesicht auf, ein gedunsenes, zu dick mit frischem Ockerpuder belegtes – was zwei stattliche Wangenwarzen mitnichten kaschierte –, und mit zu stark zyklamenlila geschminkten dicken Lippen. Doch während es bemerkte: »Ma sí, Signore, perché non!«, lächelte es den Romfahrer an mit treuherzigem Aufschlag sehr dunkler, keineswegs unattraktiver Augen (mein altes Glück bei Mädchen) und stellte gar aus freien Stücken einen Kugelschreiber zur Verfügung.

Auf dem Außenbord des Schalters kritzelte Zborowsky den Text hin (Kuropatkin würde des Absenders Unterschrift nicht vermissen):

Es führt kein Weg nach Rom

Ulrich Bechers *Kurz nach 4* und die »leergeschossene Generation havarierter Europäer« im Nachkrieg

Ulrich Becher 1969 in Basel

Ulrich Becher war ... einer der »großen Erzähler unseres Jahrhunderts«; »einer der großen Erzähler Deutschlands«; »ein Moralist, den man nicht mißverstehen kann«; »ein Gewinn für unsere Literatur«; »von barocker Sprachgewalt«, »famoser Stilist«, »ein moderner Jean Paul«, in Paris hieß es: »ein großer Romancier«; »sensationell erfolgreich« – so Pressestimmen zu Lebzeiten. Ein Griff in eine ziemlich volle Kiste, denn fast überall wurde er besprochen. Ein Erfolgsautor »zwischen Arno Schmidt« – Ritterschlag? – »... und Johannes Mario Simmel«[1] – Tiefschlag? Oder harmloses Schlagwort fürs im Deutschen als trivial Verdächtige, Geringgeschätzte: unterhaltend, spannend, auflagenstark? Einer, der sich nie anbiederte und dennoch »in die vorderste Reihe der deutschen Autoren unserer Zeit *marschiert*«, wie die Basler *National-Zeitung* ausgerechnet über den erklärten Anti-Militaristen Becher schrieb – ein Selbstbild, das allerdings mit gehöriger Faszination am Militärisch-Kraftstrotzend-Haudegenhaften einherging.

Weitere Autoren, mit denen Ulrich Becher verglichen wurde, waren, in dieser bunten Mischung: Hemingway, Faulkner und Günter Grass; Joyce, Döblin und John Dos Passos, Joseph Roth, Rabelais, Nestroy, Thomas Wolfe, Albert Vigoleis Thelen und Marcel Proust. Und es feierten ihn sogar Schriftstellerkollegen wie Karl Krolow und Peter Härtling, wie Lion Feuchtwanger, Carl Zuckmayer, Hans Hellmut Kirst oder Alfred Gong, der ihm aus New York schrieb: »Bei dieser Gelegenheit muss ich Ihnen eröffnen, daß ich Sie und Arno Schmidt für die besten Prosadichter unserer Zeit halte.«[2]

Wer bloß war dieser Mann, zuletzt lange ein »fast vergessener Teufelskerl«[3], wie Eva Menasse schrieb, die vor zwei Jahren mit ihrer begeisterten Würdigung in der *Literarischen Welt* dazu beigetragen hat, daß Becher – der mit Johannes R(obert) B. übrigens ganz und gar nichts gemein hat – eben nicht länger vergessen ist.

Was 2009 die Neuausgabe des Romans *Murmeljagd* im Schöffling Verlag ausgelöst hat, war die völlig überraschende Wiederentdeckung eines bis dahin kaum noch beachteten Autors, Fußnote der Literaturgeschichten, der in keine Schublade paßte, staatsbürgerschaftlich ein Zwitter, echter Schweizer nicht[4], noch Deutscher, noch Österreicher – oder etwa doch? Wer also war der Mann, wer war Ulrich Becher?[5]

Suchbild

Geburtsort: Berlin, 2ter Januar 1910. Sterbeort: Basel, 15ter April 1990. Bewegtes Leben, so viel ist sicher. Vorfahren: »eine respektable Kette innerschweizer Ahnen, die bei Navarra und Marignano, bei Villmergen und am Sattel ihr Leben ließen, konnte aber selber nie Schweizer werden«[6]. Er debütierte 1932 bei Rowohlt mit den Erzählungen *Männer machen Fehler*, war junger moderner Graphiker und Maler, gefördert vom älteren Freund & Kumpan George Grosz (Künstler bevölkern Bechers Bücher zuhauf, auch dieses); Schwiegersohn vom vielgelesenen Roda Roda (Erfolgsautor von beispielsweise *Roda Roda und die vierzig Schurken; Der Schnaps, der Rauchtabak und die verfluchte Liebe,* weil's so schön klingt), sei, so sagte er selbst, mit seinem Erstling bei der Bücherverbrennung auf dem Berliner Opernplatz ebenfalls verfeuert worden[7], Zweifel bleiben, *rororo* warb damit; verließ Hitlers Deutschland 1933 nach Wien und Graz, wurde

Ulrich Becher 1974 in Basel

1938 nur deshalb nicht österreichischer Staatsbürger, weil es diesen Staat ab dem 13. März nicht länger gab[8]; emigrierte schnurstracks in seiner Mutter Land, die schon zuvor studierte Schweiz, deren Fremdenpolizei ihn, weil er sich »als Nazifeind exponierte«[9], auswies und, »in dauernder Gefahr«, zur riskanten Flucht durch halb Europa – via Paris und Lissabon – zwang[10], dann nach Brasilien und schließlich 1944 nach New York. Im Reisegepäck eine Sprache, die sich in der Fremde vollsog, Farbigkeiten oder Tristesse aufnahm, die sich schulte an der Lektüre ausländischer Literatur, zu neuen Formen aufschwang und immer mehr an Profil gewann. Dabei sind schon die Erstlinge, auch *Die Eroberer. Geschichten aus Europa* (Zürich, 1936) mit der von Roda Roda inspirierten, herrlich unheroischen Titelnovelle aus dem Ersten Weltkrieg, eigenwillig-lesenswert bis heute.

Mit dem Schreiben – das Ulrich Becher als »Euroamerikaner«[11] gesammelten Widrigkeiten, brasilianischer Fremde und dem für ihn nervtötenden New Yorker Lärm abtrotzte, das aber ebenso sehr durch die Atmosphäre der nächtlichen Bars befruchtet wurde – wuchs auch ein Problem: das eines deutschsprachigen Schriftstellers ohne Publikum. 1948 führte dies zum Abschied aus New York, sein Sohn Martin Roda Becher liefert das Bild dazu: »Amerika zu verlassen wird dennoch nicht einfach gewesen sein. […] Unter den Schmähreden des Amerikafans Grosz – *Ihr Muttersöhnchen geht aber um so lieber zurück, kehrt den Staaten den Rücken, weil ihr allemann hoch hierzulande eben keinen Erfolg hattet … zum Muttchen geht ihr zurück … I hate Europe* – bestieg die Familie […] den Ozeanriesen ›Queen Elizabeth‹, um über das große Meer zu setzen.«[12] Das Ziel: Wien – und nicht etwa Berlin.

Ulrich und Dana Becher in Petropolis, Brasilien, Januar 1943

Hitler und Mussolini. 1936. Tinte und Aquarell. 27 x 21 cm.

Szenenwechsel, Sprung ins Buch, *Kurz nach 4,* sieben Jahre später. Fünfzigerjahre. Agip und Autostrada, Touristenbusse und Vespas. Italienreisen sind ja eine urdeutsche Angelegenheit und der ganze Roman könnte so nett werden. Dabei gibt es die Tradition der unnetten Italienreisen: von Winckelsmanns, des Italienentdeckers, Ende in Triest, 1768, (wohl eine Art Vorwegnahme von Pasolinis Ermordung) wäre zu sprechen, von den unschönen Fahrten durchs faschistische Italien: wie in Georg Hermanns *Tränen um Modesta Zamboni* (1927), Bruno Franks *Politischer Novelle* (1928), Thomas Manns *Mario und der Zauberer* (1930) oder Hilde Spiels *Flöten und Trommeln* (1939). Italien als bedrohliches Szenario, als gestörte, verstörende Idylle, gab es also schon vor *Kurz nach 4,* und das wird bald darauf von Andersch und Koeppen (haben Sie Bechers Roman gekannt? – gut denkbar!) fortgeschrieben, verknüpft mit dem Nationalsozialismus.

Becher liebte Italien – sein *Herz des Hais* ist Liebeserklärung an die Liparischen Inseln –, aber er streut wohldosiert Mißtöne ein, wenn's zu idyllisch wird. Auch in *Kurz nach 4,* durchaus italophil, ist er nur ein Harmonievorgaukler, denn die »längst verschollenen Bombengeschwader«, der »totale Krieg« sind unter der Oberfläche der Touristenherrlichkeiten zu spüren. Und auch die Rede von »in fahrbare Ställe gepferchten Massen« (S. 7) und »Menschenviehfracht« (S. 189) weckt, nach Auschwitz, noch ganz andere Bilder. Die Handlung beginnt 1955, und das ist kein Zufall. Vielmehr eine Bosheit. Italien ist da Neben(kriegs-)schauplatz …

Ulrich Becher und Österreich – Geschichten aus dem Kalten Krieg

Der Ausfall geht absichtsvoll gegen Bechers alte Heimat. Die wahre, versteckte, befehdete, heimliche, vermutete. Österreich und Ulrich Becher, ein Kapitel für sich. Hierhin jedoch begab er sich als erstes, »auf der Suche nach dem alten Europa«[13].

Dabei hatte Becher Österreich bis dahin nur vergleichsweise kurz erlebt. Und das war keineswegs das weitere Altösterreich, wie es gerade in der Exilliteratur der älteren Generation – nicht nur bei Joseph Roth – öfter zum Gegenstand wehmutsvoller Erinnerung wurde, angesichts all der Trostlosigkeiten, von Heimatverlust und Lebensbedrohung. Bechers Österreich war Wien – und zwar das der Zwischenkriegszeit – und Graz, der Wohnort des Über-Schwiegervaters Alexander Roda Roda, der, nicht nur als ehemaliger k.u.k.-Offizier, manches von dieser untergegangenen Welt bis zu seinem Tod im August 1945 in New York verkörperte.

Ulrich Becher streift diese Sphäre nur – mit »Die Eroberer«, mit Episoden aus dem k.u.k. Ersten Weltkrieg in *Murmeljagd*, mit »k. u. k. Schemenglanz« in Zborowskys Italien. Er kannte Altösterreich bloß aus zweiter Hand und wurde dann nach 1945 zu einer Art Friedhofsbesucher der Ersten Republik, untergegangene Kaffeehauskultur und ermordete jüdische Stammgäste betrauernd.

Im Drama »Samba« (UA 1951), das in einem billigen Hotel in einem brasilianischen Provinzkaff spielt, einer Emigrantenabsteige, ist das alte Österreich tragikomisch in der Figur eines Hauptmanns i. R. verkörpert, eines wackeren Monarchisten von eingebildeter Wichtigkeit, der die Verantwortlichen für Österreichs Untergang mit gestelzten Protestnoten und Duellforderungen überzieht, die niemals ankommen, bis er sich schließlich, nunmehr im Visier der Hitlerfreundlichen brasilianischen Behörden, aufhängt.

Noch im New Yorker Exil entstand als Gemeinschaftsproduktion das bis heute bekannteste, auch verfilmte[14] Stück Bechers: *Der Bockerer* knüpft ans Wiener Volkstheater (Nestroy) und die Kleinbühnen um den Naschmarkt der dreißiger Jahre an, an Autoren wie Jura Soyfer und Ödon von Horvath, den Becher gut kannte.[15] Es ist eine »tragische Posse«, mit slapstickhaften Elementen, mit dialektaler Färbung, mit »kleinen« Leuten als Hauptpersonen, allen voran dem Fleischhauer Karl Bockerer, der wiederum in Traditionslinien – etwa des *Švejk* von Hašek – steht: treuherzig und doch gewitzt, mit moralischer Gradlinigkeit. Einer, der sich in der neuen Zeit nur schwer zurechtfindet und nicht verbiegen läßt. Diese beginnt nach dem »Anschluß« 1938 und endet 1945 mit einer großen Szene: Der vermummte, flüchtige Hitler sucht beim Fleischhauer Unterschlupf vor den Alliierten – erst später entpuppt er sich als entlaufener Irrer.

Die Zwiespältigkeit von *Der Bockerer* läßt sich am großen Erfolg ablesen. Zwar zeigen die Autoren Täter und Mitläufer: heimliche Nazis, die Dollfuß ermordet und den »Anschluß« vorbereitet hatten; Frau Bockerer, die unangenehm zur Nationalsozialistin mutiert; Feigheit und Opportunismus; Juden, die unter höhnischen Kommentaren das Pflaster schrubben, bedroht werden, emigrieren müssen; Polizei, die wegsieht bei SA-Terror; einen Widerständigen, der in Dachau ermordet wird; die Denunziationen, Wendehälse – und nicht zuletzt Schilderungen eines österreichischen SS-Offiziers über Verbrechen an Zivilisten und die Vergasung in Lastkraftwagen.

Aber das Stück bot gleichzeitig genügend Identifikationsfiguren, in denen man sich, mit dem nötigen Willen zum Selbstbetrug, wiederfinden konnte: allen voran den Bockerer. Der Opportunismus kann eher augenzwinkernd abgetan werden, weil keine Abrechnung erfolgt, und alle beim Gestern anknüpfen wollen, den Lauf der Geschichte ausblendend.[16]

Zu den unsympathischsten Figuren gehören deutsche Parteigenossen und Offiziere; die Wiener setzen sich gegen »Saupreußen« mit ihrer großen Berliner Schnauze zur Wehr und verteidigen ihre Lebensart. Das vertrug sich bestens mit der »Neu-Erfindung« Österreichs nach 1945; antideutsche Stimmung war nun identitätsstiftend.

Solche Lesarten und vorstellbare Deutungen blenden zwar viel aus, machen aber deutlich, warum *Der Bockerer* später sogar zur »Nationalliteratur« erhoben werden konnte. Helmut Qualtingers/Carl Merz' Monolog »Der Herr Karl« (1961) ließ dagegen in der gnadenlosen Entlarvung eines österreichischen Mitläufers und larmoyanten ewigen Opportunisten keine Identifikation zu.

Mit dem *Bockerer* stieß Becher dennoch in ein Wespennest, denn die Rezeption stand unter dem Stern des Kalten Kriegs, in dem Wien – mit vier alliierten Besatzungszonen – wie Berlin eine der Frontstädte war. Und eins der Schlachtfelder war die Theaterlandschaft. Die Uraufführung im Oktober 1948 erfolgte am »Neuen Theater in der Scala«, in der sowjetischen Zone. Hier wollte ein junges Ensemble für ein Schauspiel begeistern, das sozial und politisch wirksam sein sollte.[17] *Der Bockerer* war damit in eine Nähe zum Kommunismus gerückt, was man aus dem Stück kaum ableiten kann. Die achtzig Aufführungen, mit Fritz Imhoff in der Titelrolle, machten es dennoch zum seinerzeit in Österreich

Ulrich Becher mit Helmut Qualtinger (rechts) und Hannes Hoffmann in dessen Lokal »Gutruf« in Wien I, Milchgasse 1

erfolgreichsten Drama neben Carl Zuckmayers *Des Teufels General.*[18]

Ebenso schädlich wie der befehdete Spielort war ein Eklat, der Ulrich Becher die Feindschaft einer der einflußreichsten Figuren des Literaturbetriebs eintrug: »Mich hat ja, nachdem ich mit Peter Preses zusammen das Stück *Der Bockerer* geschrieben hatte, einer verklagt: Ein Schulfreund von Peter Preses, ein jüdischer Autor, der aus Prag geflüchtet war, in die Schweiz kam und x-mal bei meiner Mutter am Zürichberg eingeladen war. Er hat selber zwei-drei Anekdoten, die unter den Emigranten in Zürich über einen Wiener Fleischhauer erzählt wurden, in einem legitimistischen, habsburgtreuen Käseblättchen in Paris publiziert. Wir sind […] von ihm verklagt worden, er habe diese Figur in die Literatur eingeführt und könne nicht dulden, dass zwei Stalinisten das zu einem stalinistischen Stück [gemacht hätten] – Der Torberg ist es, der uns verklagt hat, Friedrich Torberg! [...] Dass sich einer so benimmt [...], das ist grausam.«[19] Soweit Bechers Sicht; das Gericht gab ihm in diesem Plagiatsprozeß weitgehend recht.

Da waren zwei Weggefährten aneinandergeraten, wie öfter bei Becher, der noch im Februar 1938 an seine Eltern geschrieben hatte: »Ich kenne hier einen netten jungen Autoren, Friedrich Torberg«[20]. Dessen Gegnerschaft war im Kalten Krieg allerdings schwerwiegend. Mit Inbrunst ging Torberg gegen ihm als Kommunisten verdächtige Kollegen vor, wobei er von alten US-Kontakten profitierte und – ab 1954 als Herausgeber der Zeitschrift *FORUM,* die verdeckt von der CIA finanziert wurde – Nutznießer amerikanischer Protektion war. Angesprochen auf den Stalinismus-Vorwurf erinnert sich Becher: »Das war ganz schlimm. – 47, da ist der McCarthismus losgegangen. Und als die den Brecht vorgeladen haben, hab ich gesagt, wenn die mich vorladen vor das *Committee for Unamerican Activities,* laß ich mir einen roten Frack machen und stelle mich in dem vor denen auf! Es kann mir kein Mensch beweisen, dass ich jemals ein Kommunist gewesen bin. Ich bin nie in einer Partei gewesen in meinem Leben. [...] Und so habe ich ja auch geschrieben [...]: ›Der Kalte Krieg begann in der Emigration. Und zwar in Ost und West.‹ [...] – Wer da kolossal für mich einsprang, war George Grosz natürlich, der hat mir den Anwalt Hemingways zur Vefügung gestellt. Der Prozess war 47, bevor ich nach Europa zurückfuhr. Torberg hat später dafür gesorgt, dass nie etwas von mir in Israel herausgekommen ist. Der hat immer, wo er konnte, gegen mich gehetzt.«

In einem ungewöhnlich scharfen Brief Bechers heißt es bereits 1946 über den »Intimfeind«: »... das Emigrantenpack gesinnungsarm verrottet hier wie dort (neulich schrieb mir [das] Ex-Wiener Kaffeehausjüngelchen Friedrich Torberg, ich gehörte ›rechtens‹ in Schutzhaft, da ich Russland für [ein] fortschrittliches Land hielte ...«.[21]

Neben Torberg hat sich Becher in Wien einen weiteren Feind gemacht: Hans Weigel. Der galt zwar als Förderer junger Autoren und Autorinnen, die er 1951 bis 1954 in den indirekt von der CIA finanzierten Almanachen *Stimmen der Gegenwart* vorstellte, kannte aber im Kampf gegen eine befürchtete Stalinisierung Österreichs – nicht nur der kommunistische »Putsch« in Prag, 1948, war ein warnendes Beispiel – kein Pardon. Was auch immer da vorgefallen war, Bechers Satire »Vindobonus der Gefürchtete« von 1971, über den »Theater- und Literaturkritiker, in dem ein winziger Dichter steckte«, scheint, wohl auf Weigel *(Kargl)* gemünzt, eine späte Rache.[22]

Zu den von diesen mächtigen Kritikern und Wortführern – »Verpatzte Karl-Kräuse-in-der-Westentasche« (S. 133) – Verfolgten gehörten auch Robert Neumann, Hilde Spiel sowie Bert Brecht, gegen den Torberg und Weigel einen Theaterboykott durchsetzten.

Diese Hintergründe erklären die Radikalität von Ulrich Bechers *Kurz nach 4* insbesondere hinsichtlich des Kalten Kriegs in Österreich. In der noch jungen literaturwissenschaftlichen Erforschung dieser Epoche wurde dieser Schlüsselroman bislang übersehen – vielleicht weil der Autor weder eindeutig österreichischer Schriftsteller war[23] noch sich auf den Schauplatz Österreich beschränkt.

Rückblenden beleuchten zunächst die schwierige Erste Republik. Becher hat ihren Niedergang (wie zuvor den der Weimarer Republik) miterlebt: »Ohne diese bizarre Wiener

Schule, absolviert während der kümmerlichen Herrschaft der Austrofaschisten, hätte ich 45/46 nicht … den Bockerer … ebensowenig den Roman Kurz nach 4 schreiben können.«[24] Dabei hatte er sich zwischenzeitlich der Illusion hingegeben, das Dollfuß-Regime würde Deutschlands Expansionsgelüste stoppen, indem es dem Dritten Reich ähnlich genug wäre. Dabei nahm sein Unbehagen zu: »Da ich Österreich verabscheue«[25], »eine verrottet-halbblöde Gesellschaft wie die Österreicher«[26], »dieses ärmliche, grämliche, affenhaft soldatenspielende, führerverehrende Land«[27] heißt es in Briefen aus diesen Jahren.

In *Kurz nach 4* belasten politische Differenzen die Jugendfreundschaft: Hier der scheinbar unpolitische Zyniker Kostja, der mit dem Ständestaat und dem Heimwehrführer Ernst Rüdiger von Starhemberg nicht allzu ernst kokettiert, Hitlers Siegeszug jedoch vorhersieht; dort Boro, der sich – aus sozialistischer, gutbürgerlicher Familie, »Revoluzzer«, mit illegalen Kontakten zur aufmüpfigen Floridsdorfer Arbeiterschaft – zum wirklichen Kämpfer wandelt. Sein erster Schritt aber ist eher eine Verzweiflungstat, er taugt nur bedingt zum antifaschistischen Helden: Boro will sich vor der verlorenen Geliebten im Spanischen Bürgerkrieg beweisen.

Die meisten von Bechers Figuren sind nach Vorbildern gestaltet, wie dem prominenten kommunistischen Spanienkämpfer Hans Beimler, dem Tiefenbrugger in *Murmeljagd*. Vor Gleichsetzungen sollte man sich dabei hüten, woran der Autor erinnert: »Ich bin nicht allüberall identisch mit Zborowsky«[28].

Das gilt ebenso für die Figur des Professors Schwand, wenngleich Hilde Spiel in *Rückkehr nach Wien* enthüllt, wer hier Pate stand:

»Dann betrat […] Professor Schlick den Raum. Frisch von seinem Morgenritt durch den Prater […] schritt er aufs Podium, gehüllt in eine Aura der Güte, Weisheit und Würde, die geradenwegs aus dem England des achtzehnten Jahrhunderts zu kommen schien. Seine wahlverwandten Geister […] Russell und Whitehead waren mit den gleichen Überlegungen befaßt. Ein Denker von durchsichtiger Klarheit, ein Gentleman und der bescheidenste Mensch, den ich jemals kennenlernte, wurde er von allen verehrt, deren metaphysische Spinnweben er wegblasen half, um sie dann in geduldiger logischer Analyse den Weg fruchtbaren Philosophierens zu lehren.

[…] Im Sommer 1936 wurde Moritz Schlick auf der Freitreppe der Wiener Universität von einem überspannten Studenten völkisch-mystischer Gesinnung erschossen – einem Individuum, das bereits um vieles typischer für Österreich war als der große und edle Mensch, der durch ihn starb.«[29]

Aus Hildes Spiels Brief vom 27. Mai 1957 an den Autor geht hervor, wie eindeutig auch dessen Nachkriegsschilderungen auf bestimmte Personen verweisen, die Parallelen, zum Beispiel auch hinsichtlich »der Schmocks, die beim Kaffeeklatsch […] den Stab brachen über den ›Kommunistenknecht Thomas Mann‹« (S. 186), sind frappierend:

»Ich habe eben Ihr Buch KURZ NACH VIER gelesen, das mir Rowohlt zuschickte, und dann ein englischer Verlag, der es zur Übersetzung erwägt und ein Lektorenurteil von mir haben wollte. Ich habe es eben an ihn geschickt und den Roman ungemein empfohlen, was freilich noch nicht heisst, dass er ihn auch bringen wird. Auch für das PEN-Bulletin über ausländische Bücher, das viele Verleger hier lesen, habe ich eben einen enthusiastischen Bericht geschrieben.

Nun brauche ich Ihnen gar nicht mehr lange zu sagen, welchen Eindruck mir Ihr Buch machte. Vor allem habe ich alle Stellen genossen, in denen die abscheuliche Torberg-Phalanx verhöhnt wird. Mein Mann und ich haben mit dieser Rotte Ähnliches erlebt. Meine dramatische Auseinandersetzung mit Torberg im Nachtcafé Hawelka im Jahr 1951, in der ich Lanzen für Thomas Mann und [Berthold] Viertel brach, und nach der ich alsbald von ihm bei den amerikanischen Behörden wegen Kommunistenfreundlichkeit denunziert wurde, könnte haargenau in Ihrem Buch stehen. Ich habe eben einen Roman geschrieben, in dem Torberg ebenfalls und ausführlich vor Gericht gestellt wird. Vielleicht gelingt es doch eines Tages, ihn unschädlich zu machen.

Am gerührtesten aber war ich über Ihre Gefolgschaft zu Schlick, der mein Lehrer war, und bei dem ich einige Monate ehe er erschossen wurde, promovierte. Ich wüsste gern, wie

Strandszene im September 1928 in Holland oder Belgien: Ulrich Becher (2. v. l.) und in der Mitte, im Schneidersitz, sein Jugendfreund Anatol Eliatscheff

intim Sie mit ihm waren, schon aus postumer Eifersucht. Ich sprach ihn selten privat, aber er war und ist bis zum heutigen Tag der grösste geistige Einfluss meines Lebens.

Denken Sie nun nicht, ich hätte an Ihrem Roman nur das gemocht, was sich im Persönlichen mit eigenen Erlebnissen schneidet. Ich fand ihn einfach blitzend vor Einfällen, ein Buch, aus dem die durchschnittlichen Romanciers vier bis fünf herausgeschnitten hätten – und das, obgleich mir der gedrängte expressionistische Stil sonst gar nicht liegt und ich erst einmal einen Anlauf nehmen musste, um mich hineinzustürzen.«[30]

Ist Schwand mit Wien verbunden, so ist die Kostja-Figur anderer Herkunft, wie Martin Roda Becher erläutert:

»Tolja war ein Jugendfreund meiner Eltern gewesen … Eigentlich hieß er Anatol Poliakof [recte: Eliatscheff][31] *und war der Sohn russischer Juden, die nach Berlin emigriert waren. Gegensätzlichere Typen als Tolja und mein Vater sind schwer vorstellbar. War Uli in jungen Jahren ein Frauenheld und harter Trinker, so mied Tolja alkoholische Getränke und war Frauen gegenüber äußerst scheu. […] In den dreißiger Jahren hatten sich die Wege der Freunde getrennt. Tolja war nach Paris gezogen, dort ins Filmgeschäft eingestiegen, ein Filmfritze, wie ihn Uli etwas abschätzig nannte; während der Zeit der Okkupation machte er mit den deutschen Besatzern Geschäfte, was ihn nach dem Krieg vor ein französisches Gericht brachte. Nur knapp entkam er einem Todesurteil und saß mehrere Jahre im Gefängnis. […] In der Nazizeit als Jude mit der deutschen Wehrmacht zusammenzuarbeiten, das erforderte, abgesehen von Opportunismus, auch einiges an Geistesgegenwart und Unverfrorenheit. […] Nach eini-*

gen Jahren im Gefängnis war Tolja wieder Filmproduzent geworden und mit einer berühmten Journalistin liiert.«[32]

Kostjas »Zwilling« Boro entgeht durch seine freiwillige Teilnahme am Spanischen Bürgerkrieg einer Verfolgung nach dem »Anschluß«. Den März 1938 erlebte Ulrich Becher selbst so: »Das Land ist erledigt. Heilrufe, Hakenkreuze, Massenwahnsinn überall ...«[33] Seine Figur Zborowsky fällt 1940 in die Hände österreichischer Nationalsozialisten. Wie viele Spanienkämpfer wird er im berüchtigten Lager Gurs in Frankeich interniert und von dort ins KZ Mauthausen bei Linz deportiert. Damit und mit der Figur des Mehlgruber geht es stellvertretend um österreichische Täterschaft. Hier wie in anderen Werken (den Februarkämpfern aus *Murmeljagd*) ist Bechers Österreich-Zeichnung aber nie einseitig negativ; in *Kurz nach 4* gibt es neben dem aufrechten Zborowsky auch den Anwalt Dr. Dauerer[34], Nazigegner und KZ-Überlebenden, den remigrierten Verleger Toni Altenberg[35], eine wohlwollend auf die Schippe genommene Linkspresse, progressive Studenten.

Das alles aber wird überschattet von Verbrechen, die Becher, damals eine Ausnahme, abermals klar zur Sprache bringt:

Und da du an dem frühdunkel-naßkalten Novembernachmittag vom Praterstern der Innern Stadt zustrebtest, als dich dein einsamer Weg führte durch die erstorbene Leopoldstadt, wo Wiens jüdisches Kleinbürgertum und Proletariat beheimatet gewesen samt zahllosen Anekdoten und Witzen und wo nun kein Name mehr, kein Firmenschild davon zeugte, denn die Faschisten hatten einen ganzen Stadtteil in die Auschwitzer Gaskammern verschleppt ...

Die Leopoldstadt, im Volksmund »Mazzes-Insel«, Wiens II. Bezirk, war das Wohngebiet der Einwanderer, vor allem der Ostjuden gewesen, mit dem Prater im Osten, der Nordbahn und Donau im Norden, der Brigittenau im Westen, dem Donaukanal im Süden, an dem, auf der anderen Seite, das Gestapo-Hauptquartier stand.

Es folgt die beispiellose Abrechnung mit den Protagonisten der österreichischen Nachkriegsgesellschaft, die auch nicht aus falsch verstandener Rücksichtnahme Halt macht vor ehemaligen Opfern:

»Unter den Fittichen der amerikanischen Besatzungsmacht zurück kehrte eine Handvoll jüngerer mediokerer, vorwiegend jüdisch-bürgerlicher Wiener Intellektueller, die vorm Zweiten Krieg in die Staaten emigriert waren und dort nicht reüssiert hatten, verkrachte Literaten, in New York modehalber zum Katholizismus konvertiert, Theater- und Filmleute, die den Broadway und Hollywood mitnichten erobert, Journalisten, die als Redakteure kleiner Emigrantenblätter dahinvegetiert hatten, sie alle nun, den toten Präsidenten Roosevelt verlästernd, gar des Jahrhunderts größten jüdischen Geist, Einstein, diffamierend wegen seiner ›neutralistischen Haltung im kalten Kriege‹ (eins aus der Reihe törichter Zeitschlagwörter: wann und wo in der bisherigen Geschichte wäre sogenannter Frieden andres gewesen als ›Kalter Krieg‹?) – sie alle, wenn auch bloß eine Handvoll, nun, ausgehungert nach billiger Macht und ramschbarem Erfolg, remigrierend ausgerichtet nach dem Exerzierreglement und Katechismus des ›Komitees für Unamerikanische Machenschaften‹, darin das Hauptwort führte jener Senator Joseph McCarthy, der sich unter Ausnützung der allgemeinen Atomschizophrenie (Atomspaltungsirresein) als Großinquisitor alles ›Roten‹ zu etablie-

ren gedachte. Auftretend teils in nagelneuen Uniformen, an denen nie ein Stäubchen des Kriegs geklebt hatte, als ›Umerzieher‹, ›Theater- und Presseoffiziere‹, üppige Armeekonserven konsumierend, indes die Wiener mit kaltem Kartoffelbrei belegte Brote verzehrten, fraternisierte die Handvoll – für dich zunächst schwerfaßliche Tatsache – mit den Nutznießern des Gestern, den Unzufriednen von Heute, den ›ehemaligen Nationalsozialisten‹. Beiderseits absolviert ward eine große Ablaßerteilung und Gesundbeterei: Ex-Emigranten und Ex-Nazis machten einander hoffähig auf der Hatz nach Wiederergatterung verlustig gegangener Pfründe. Jäger und Schassierte von Gestern hockten in schauerlicher Spießgesellenschaft an einem Stammtisch, den sie in einem Kaffeehaus der Jasomirgottgasse als billiges Blutgericht drapiert hatten, vom Schandmäulergeifer befleckten, an dem ›Leichen fabriziert‹ wurden, und wen der Bannstrahl der Korona traf, der hatte mit eins gegen seine Ächtung zu kämpfen.«

Zborowskys Empörung richtet sich vor allem gegen die, »die dem Massenmord rechtzeitig entwischt waren und nun, verkleidet als Hyperamerikaner, an einem Lästertisch hockten mit ihrer Brüder Henkern, schwelgend in Atomkreuzzugsstimmungen.« Das ließe sich auf eine Reihe von Remigranten, Torberg vorneweg, und Nachkriegsallianzen anwenden, die sich bis in die Ära Bruno Kreiskys fortsetzten.

Ulrich Bechers Roman spielt 1955 – ausgerechnet in dem Jahr, in dem Österreich, »neuerstandner Kleinstaat« (S. 66), mit dem Staatsvertrag seinen langersehnten Schlußstrich unter die Vergangenheit ziehen wollte. (S. 115) Dieser leitete zu einer scheinbaren Normalität ohne Besatzer (»Österreich ist frei!«) über und erleichterte es, die Heimat Hitlers und das Land der vielen Mittäter einseitig zum ersten Opfer

Deutschlands zu verklären, da die alliierte Mitsprache und außenpolitische Rücksichtnahmen nun wegfielen – die breite, kritische Diskussion über die Verstrickung in den Nationalsozialismus erfolgte erst ab 1986, mit der Waldheim-Affäre. Die Partei Verein der Unabhängigen (VdU) war ab 1949 im Parlament Stimme für die sogenannte »Versöhnung« und damit eine Wegbereiterin einer 1955 mit der Übertragung der Gerichtsbarkeit von NS-Verbrechen auf Geschworenengerichte vorbereiteten und 1957 durchgesetzten weitgehenden Amnestie.

Es empörte Becher, wie glimpflich die Täter davon und zu neuen Ehren kamen: Zborowskys Akt der Selbstjustiz an Mehlgruber (Scherhack) vertrug sich mit seiner Kritik an den Nürnberger Prozessen und der Nachsicht gegenüber Nutznießern und Hintermännern des Nationalsozialismus, die erst gar nicht zur Rechenschaft gezogen wurden.[36] Neben Hitler, einem »Österreicher, der sich die deutsche Staatsangehörigkeit erschlichen hatte« (S. 39), nennt er mit Ernst Kaltenbrunner, zuletzt Chef des Reichssicherheitshauptamtes, einen weiteren hochrangigen österreichischen NS-Funktionär, den er mit dem Massaker im serbischen Kragujevac in Verbindung bringt, wenn auch die Datierung nicht übereinstimmt. Dort beziehungsweise in Šumarice waren am 21. Oktober 1941 (und nicht eines »Zweiundvierziger Frühlingsabends«; S. 46) 2778 Menschen, darunter die Gymnasiasten, als Vergeltungsaktion durch die deutsche Wehrmacht ermordet worden – angesichts des nicht nur in den fünfziger Jahren gepflegten Bilds der vermeintlich »anständig« und »sauber« gebliebenen Wehrmacht war Bechers Darstellung ein Affront.

Der Feldwebel. Ohne Jahr. Auf abfärbende Fläche durchgepauste und überarbeitete Bleistiftzeichnung, 53 x 41 cm

Mit seinem Unbehagen über das neue Österreich, das »net dran rühren« will, sich »nicht gern daran erinnert«, wie es im »Herrn Karl« heißt, stand Ulrich Becher nicht allein. Günter Stocker weist in einem Aufsatz »Der Kalte Krieg in der österreichischen Literatur« auf einen Roman hin, der die politische Brisanz und den literarischen Anspruch Bechers teilt. Er führt als »die Ausnahme« in der damaligen Literatur Reinhard Federmanns Hauptwerk *Das Himmelreich der Lügner* (1959) vor, wie sich »schon am zeitlichen Bogen, den er spannt«, ablesen lasse:

»Entgegen der offiziellen Österreich-Ideologie werden die historischen Bruchstellen nicht mit 1938 und 1945 festgelegt, sondern er setzt die relevanten Epochengrenzen mit der Ausschaltung des österreichischen Parlaments im März 1933 und dem Ungarnaufstand 1956 an. Damit stellt er sich gegen eine Geschichtsauffassung, die die Zeit zwichen Anschluss und Befreiung als einmaligen Ausnahmezustand begreift und aus den historischen Zusammenhängen reißt. Stattdessen lenkt er seinen Blick auf die Kontinuitäten und Übergänge vom Austrofaschismus über Nationalsozialismus, Stalinismus und Besatzungszeit bis zum Kalten Krieg. Die Wurzeln für den politischen Zustand Österreichs in der Zweiten Republik werden in den dreißiger Jahren ausgemacht.«[37]

Becher erweitert *Kurz nach 4* dem gegenüber auf eine weitere europäische Dimension, mit Verweisen auf die USA; Federmanns Roman ist Versuch einer komplexeren Analyse, wie sie Becher mit seinem österreichisch-schweizerischen Geschichtsbild in *Murmeljagd* 1969 vorlegt.[38]

Kurz nach 4 hatte ein politisch brisantes Nachspiel, das ebenfalls auf den Ungarnaufstand und die Schauprozesse bezogen ist. Nicht bereit, billig in den lauten Chor der Empörten einzustimmen, äußerte sich Ulrich Becher dennoch zum Unrecht hinterm Eisernen Vorhang. Anlaß dafür waren Bestrebungen des Aufbau Verlags, die geplante DDR-Ausgabe politisch zu entschärfen, was der Autor zurückwies: »Wenn nun an dem 1956er Feuer die Faschisten zweifelsohne ihre Brühe gekocht haben, ist doch klar, daß die Partei zuvor – z. B. mit dem Rajkprozeß – schlimme Fehler begangen, was ja auch von ihr öffentlich bekannt und eingesehn wurde. Von dieser Einsicht bis zu dem Passus vom ›roten Kirchenmann‹ im Roman führt ein grader Weg.«[39]

Woran aber nahm die Zensur Anstoß? Im Dialog mit der Hasenreither erläutert Zborowsky, warum er kein Kommunist ist: »Ich bin kein r-o-t-e-r Kirchenmann. Die Alleinseligmachende Kirche der allein rechtgläubigen Partei, ›die niemals irrt‹, solche Unfehlbarkeitsdogmen sind nicht verbindlich für einen sogenannten Freien Künstler [...] Als Kommunist müßt ich die Macht wollen aus aller Kraft, aber als alter Mitteleuropäer [...] ist mir gestattet, am Sinn der Macht zu zweifeln.« (S. 133f.) Ferner verteidigt er das Recht, zu zweifeln, gegenüber »der heiligen Inquisition« und dem Risiko, »exkommuniziert« zu werden.

Daß er sich, weiter im kirchlich-religiösen Bild, von »Apostaten, abgefallene(n) Kommunisten« – man denke an Arthur Koestler, Ignazio Silone, Gustav Regler oder Willi Schlamm – sowie den »strammsten Feinden des Sozialismus« distanziert, kann die Sprengkraft dieser Aussagen nicht mindern. Bechers *Kurz nach 4* verstieß damit – wie auch mit Bemerkungen zum Spanischen Bürgerkrieg[40] und zur sowjetischen Kulturpolitik (Kritik am »Kosmopolitismus«- und »Formalismus-Vorwurf; S. 66), seinem Gottes- und Kirchenbild[41] sowie der Darstellung Titos – grob gegen die Parteilinie.

Becher unterschätzte die Tragweite solcher Aussagen im Zeitkontext: Ernst Fischers kommunistisches Propagandastück »Der große Verrat«, auf Tito gemünzt, war 1950 an der Scala gespielt worden[42]; das Dogma »Die Partei hat immer recht!« wurde auch nach Stalins Tod 1953 zunächst aufrechterhalten. Der XX. Parteitag der KPdSU hatte im Februar 1956 mit Chruschtschows Distanzierung von Stalin zwar einen Reformkurs signalisiert; das »Tauwetter« wich nach den Unruhen in Polen und dem Ungarnaufstand jedoch rasch einer neuen Eiszeit.

Bechers Hoffnung, die beanstandeten Romanpassagen veröffentlichen zu können, waren unter den geänderten Bedingungen auch in der DDR kaum realistisch. Ende 1956 waren der Aufbau-Cheflektor Wolfgang Harich und Verleger Walter Janka verhaftet und 1957 in aufsehenerregenden Schauprozessen verurteilt worden. 1958 waren es »neue Kulturdirektiven«, die sowohl einen allzu freimütigen brieflichen Austausch mit dem neuen Cheflektor Günter Caspar als auch das Erscheinen des Romans in der DDR bis zum Jahr 1969 verhinderten. Der wurde dagegen in Frankreich und Italien, vor allem aber in Osteuropa – in Polen, Rußland, der Ukrainischen SR, der Slowakei und Jugoslawien (da paßte Titos Rolle) – mit über 180 000 verkauften Exemplaren blöckeübergreifend zu einem großen Erfolg – dort unbeanstandet?

Bechers und Federmanns politische Schlüsselromane stehen nicht alleine in der kritischen Beschäftigung mit Österreich bis Ende der fünfziger Jahre, auch wenn die Literaturgeschichten erst allmählich im Begriff sind, diese absichtsvoll verdrängte politische Literatur zur Kenntnis zu nehmen. Robert Neumanns *Die Kinder von Wien* empörte 1948, indem es die Verrohung und Verelendung von Kindern (»Überfülle von Widerwärtigem«[43]) in den Ruinen Wiens zeigte; die Spannungen zwischen Amerikanern und Sowjets wachsen;

ein US-Offizier verrät Sympathien für Hitlers antibolschewistische Ideologie und rassistische Tendenzen. Parallelen zu *Kurz nach 4* bestehen wiederum in Federmanns *Chronik einer Nacht* (1950)[44] über die Heimkehr eines Emigranten, der (in der Royal Air Force) gegen die Deutschen und Österreicher gekämpft hat. Der Roman ist Spiegel der unmittelbaren Nachkriegszeit mit alliierten Besatzern, die sich allerdings noch nicht gegeneinander formieren, mit Tätern und Opfern. Auch hier geht es um Liebende, die vor Kriegsausbruch auseinandergerissen wurden, und – wie auch in Neumanns *Blind Man's Buff* (1949) – um die Traumata, die deutlich machen, daß das Kriegsende noch keinen (inneren) Frieden bedeutet. Das sind unbequeme, unwillkommene Themen, die erst einige Jahre später im Werk von Ingeborg Bachmann, Gerhard Fritsch und anderen stärker in den Blickpunkt rücken.

Aber nicht nur der Umgang mit der NS-Zeit brachte Autoren auf. Mit dem Staatsvertrag stellte sich die Frage, wohin »Ein Österreich / das nach wiederbewaffnung schreit« sich wendet: *»Es ist eine bodenlose frechheit / eine unverschämtheit sondergleichen / zehn jahre hindurch / antimilitärische propaganda zu betreiben / […] um dann / im ersten luftzug einer sogenannt / endgültigen freiheit / die kaum schulentwachsene jugend / an die dreckflinten zu pressen! […] denkt daran / welche ehre es für Österreich / bedeuten würde / bliebe es wie bisher / der einzige staat der welt / der diese unsägliche trottelei / den anderen dümmeren überlässt!!«*[45]

Das berühmte »Manifest« der »Wiener Gruppe« vom 17. Mai 1955, verfaßt von H. C. Artmann, zeigt, wie der Staatsvertrag zu Einsprüchen herausforderte.

Das Klima im Kalten Krieg in Österreich und die nicht zimperlich ausgefochtenen Intimfeindschaften trugen dazu bei, daß Ulrich Becher, wenn auch eher halbherzig, sein Heil in der Schweiz suchte. Aus der vermeintlichen Zwischenstation Basel – in *Nachtigall will zum Vater fliegen* und *Das Herz des Hais* wunderbar portraitiert – wurde ab 1954 der Dauerwohnort bis zu seinem Tod, 1990.

Traum und Traumata – »Vergangenheitsbewältigung«

Paul Hühnerfeld nennt 1957 in einem Artikel in der *Zeit* als Bechers zentrale Themen, »was denn dieses alte Europa zuletzt gewesen sei und was in ihm den Kern zum Untergang getragen habe«. Diese Beobachtung ist um eine Fragestellung zu erweitern: Welche Untaten sind in Europa geschehen, und wie sehr trägt dieses Erbe den Keim kommenden Untergangs in sich?

Denn Becher nennt Verbrechen beim Namen[46], spürt mit *Kurz nach 4* Verlusten und Verdrängungen nach, um einen wirklichen Frieden sichern zu helfen. Damit ist der Roman Auseinandersetzung mit der »Vergangenheitsbewältigung«, bei Becher eine europäische Angelegenheit. Seine differenzierte Darstellung aller Kriegsparteien auf dem Balkan oder im Spanischen Bürgerkrieg[47] weist auf Konfliktpotentiale hin, die auch nach 1945 ungelöst weiter bestehen. Am Beispiel der Ermordung des Dichters García Lorca führt Becher vor, wie aus gesellschaftlich-politischen Gründen Geschichtsklitterung beziehungsweise Tabuisierung in Gang gesetzt wird. Ausgehend von diesem Fall wird, unter Bezug auf Freud und C. G. Jung, Nachkriegseuropa insgesamt untersucht:

»Um die Millionen Zwangstode faschistischer Kriegswillkür: das große Tabu. ›Gewissen ist, was man am gewissesten

weiß‹ – man will indes nicht wissen. Man verwechselt Erinnern mit Vergessen. Man klammert sich ans große Tabu des Verdrängens und Vergessens einer gesamten apokalyptischen Epoche, Tabu, dessen Verletzung entstehn lassen würde das Schuldgefühl, ›entsetzliche‹. Und ›endlich muß auffallen, daß das Schuldgefühl viel von der Natur der Angst hat.‹ Von ihr gestachelt, verramscht man seine Papageien und vermeint, damit sei man entsühnt. Die Geisteskrankheit Europas.« (S. 174)

Zborowskys Fall ist ein weiterer exemplarischer Versuch zu zeigen, wie das Gestern die Gegenwart überschattet. Was als nostalgische Reise auf der Suche nach einem Gestern angelegt ist, legt erst die Traumata frei. Dabei werden scheinbare Nebensächlichkeiten zum Auslöser: das Vespageknatter, der Lärm eines Straßenfegers bei Zborowskys Erwachen um *Kurz nach 4*.

Derartige Verdrängungsprozesse – bereits im *Bockerer* zu beobachten – sind also nicht auf die Täter beschränkt, die ihre Schuld ausblenden wollen. Ähnliches gilt, wie schon Pionierarbeiten einer heute breiten Forschung zeigen, für die Opfer und ihre Nachkommen.[48] Zborowsky analysiert seine posttraumatischen Störungen und Verdrängungen im Umgang mit drei Gewalttaten: der Hinrichtung von Leonore von Grunau, der Ermordung seiner Lolita und ihres Bruders und seiner Augenzeugenschaft des Massakers von Kragujevac. Mit den unterschiedlichen Schauplätzen dieser Verbrechen rückt abermals die europäische Dimension in den Blick.

Das Zulassen der »Unabänderlichkeit« des Schreckens (S. 177) und echter Trauer erst löst den tiefen Schmerz im Weinen, die körperliche Bedrückung, die Schlafstörungen, die Flucht in den Alkohol. Es führt kein Weg zurück, nicht zu Lolita und auch nicht zu Kostja. Auch sein gestörtes Verhältnis zu diesem legt Verdrängungen frei: Erst aus einer wirklichen Beschäftigung damit findet er zu einer gerechteren Beurteilung des Freundes und durchbricht in einem existentialistischen Akt der Selbstbefreiung die Gesetzmäßigkeiten des Kriegs: das Prinzip von Rache und Vergeltung. Dem Impuls, diejenigen auszulöschen, die mit ihm die Vergangenheit teilen und damit wachhalten – Mehlgruber und Kuropatkin –, gibt er nicht nach. Boros Einsichten, geschult an Schwand, könnten der »leergeschossenen Generation« einen Weg weisen, ebenfalls »aus der Herde der explosionstollen Pyromanen« auszubrechen. Zborowsky ist dabei, symbolisch ausgedrückt wohl auch in den Namensanverwandlungen (Zborowsky-Ziborrocci–Boro–Borrón–Borić), eine zwiegespaltene europäische Figur, die Übertragbarkeiten erlaubt: »Er war der havarierte Mann Europas«, »deplazierte Person« (also D. P.; S. 201) Das Bild der internationalen Reisegesellschaften mit ihrer hektischen Betriebsamkeit – es bringt nicht nur ehemalige Feinde zusammen, sondern eint sie zunächst auch im krampfhaften Versuch, Vergangenheit hinter sich zu lassen. Denn: *Wir sind nicht für die Wahrheit geschaffen. Was uns angeht, ist die optische Täuschung.* Das Motto von Abbé Galiani zu diesem Roman verrät, wie schwer die Reise zu sich selbst ist. Als ein Tourist »scheitert« Zborowsky, gewinnt jedoch seine Gegenwart zurück.

Atomkreuzzugsstimmungen – Ein Stein des Anstoßes

Eine unbewältigte Vergangenheit war für Becher Keimzelle der neuen Konflikte. Besonderes Gewicht hatte für ihn die Bedrohung durch die Atombombe. Denn diese neue Gefahr stand für ihn in einem Zusammenhang mit dem nicht über-

Oben: Ulrich Becher mit Dana und Martin Roda-Becher, 1952
Unten: Dana Roda-Becher, Otto Kobalek, Ulrich Becher im »Gutruf«, 1967 oder 1969

wundenen und nicht zerstörten Bösen, das Hitler verkörpert hatte.[49]

»Ich lebe in der Apokalypse und kann darum fürs erste nichts anderes als Apokalyptisches schreiben«, schrieb Becher nach Hiroshima an seine Eltern.[50] Damit stand er nicht allein; seit ihrem Abwurf ist die Atombombe Thema von Literatur.[51] Im Erscheinungsjahr von *Kurz nach 4*, 1957, umreißt der deutsche Ökonom und Politiker Fritz Sternberg die Lage drastisch: »Wir stehen mitten in der größten militärischen Revolution aller Zeiten; sie hat zwar bereits in der Endphase des zweiten Weltkriegs begonnen; aber erst mit der Wasserstoffbombe, mit interkontinentalen Bombern und Raketen, mit der atomaren Durchdringung aller Waffengattungen beginnt sie sich in ihrer vollen Tragweite in den 50er und 60er Jahren durchzusetzen.«[52] Im selben Jahr, am 12. April 1957, positionierten sich die Göttinger Atomwissenschaftler im »Kampf gegen die Bombe«. International formierte sich die Campaign for Nuclear Disarmament (CND) mit Literaturnobelpreisträger Bertrand Russell als Vorsitzendem.

In *Kurz nach 4* ist die atomare Bedrohung von Beginn an Thema. Der Unmut des Erzählers richtet sich dann gegen die »Atomkreuzzugsstimmungen« und die Anfeindungen gegen Einstein. Der Nobelpreisträger hatte auf Drängen der ungarischen Physikerkollegen Léo Szilard und Eugene Wigner am 2. August 1939 seinen prominenten Namen unter ein von Szilard entworfenes Schreiben an Roosevelt gesetzt, damit das US-Atombombenprogramm *Manhattan Project* mit losgetreten, die Folgen dann später bedauert. Einsteins öffentliche Stellungnahmen zur Verteidigung der Freiheit des Intellektuellen angesichts der politischen Tribunale in den USA und zur Verantwortung des Wissenschaftlers in einem weltweit diskutierten offenen Brief vom 12. Juni 1953 und sein überparteiliches Manifest gegen das Wettrüsten vom Juli 1955 mit Russell und Mitstreitern trugen ihm (auch) heftige Kritik ein, auf die sich Becher bezieht.

Seine Novelle »Die Frau und der Tod« aus *Nachtigall will zum Vater fliegen* (1950) spielt überwiegend am 7. August 1945 in Manhattan und spiegelt die teilweise begeisterten Reaktionen auf den Atombombenabwurf vom Vortag auf Hiroshima, wie sie Becher dort selbst erlebte; seine Figur, den 27jährigen Fliegerveteranen Happy Slocum, verstören sie zutiefst.

1957 kamen Bechers drei *Spiele der Zeit* heraus: »Samba«, »Feuerwasser« und »Die Kleinen und die Großen«.[53] Letzteres, wohl unaufführbar, spielt unter dem Diktator Adolar in einem fiktiven totalitären iberischen Staat, der mit dem Bau der »Zinnoberbombe« seinen Herrschaftsanspruch durchsetzen will. Die »Zauberposse« spiegelt auch die Konfrontation zwischen den Blöcken – den »Westgroßen« und »Ostgroßen« – wider. Adolar jedoch hat eigene Weltherrschafts- und -zerstörungsphantasien und möchte eine rassistische Weltordnung durchsetzen, die schließlich durch die Untergrundbewegung und den Selbstmord des Tyrannen vereitelt werden kann.

In *Das Herz des Hais* malt Becher, unter Bezug auf Russell, die Langzeitfolgen von Atomversuchen und Atomwaffeneinsätzen als Exkurs eines englischen Nonkonformisten aus. Im selben Jahr zählt er zu den Mitunterzeichnern eines Aufrufs »Gegen die atomare Bewaffnung«, der unterschiedlichste bundesdeutsche Autoren und zwei Österreicherinnen – Ingeborg Bachmann und Ilse Aichinger – zum gemeinsamen Protest vereinte.[54]

Nicht nur damit fiel Becher politisch auf. Im Januar 1956 nahm er mit nur drei weiteren Autoren aus dem Westen – Leonhard Frank, Hans Henny Jahnn und Günter Weisenborn – am Vierten Schriftstellerkongreß des Deutschen Schriftstellerverbands in der DDR teil. Vermutlich wollte sich Becher einfach trotzig über das Blockdenken hinwegsetzen, wie er insgesamt versuchte, für sich eine Position jenseits von Festschreibungen als »Kommunist« oder als »Rechter« zu behaupten. Mit dieser DDR-Reise begab er sich jedoch in die Nähe zu einer staatlichen Kulturorganisation, die sich sowohl nach dem 17. Juni 1953 als auch später, nach dem Ungarnaufstand, auf die Seite der Unterdrücker stellte. Seine Vorbehaltlosigkeit ebnete schon zuvor einem beachtlichen Echo auch in der DDR den Weg: es gab Ausgaben verschiedener Bücher und Aufführungen seiner Stücke. Becher wurde dort als »bürgerlich-antifaschistischer« Autor, als Gestalter eines »fortlebenden und erstarkenden Faschismus in Westdeutschland« und Kritiker der »kapitalistischen Gesellschaft«[55] positiv wahrgenommen und damit abermals, diesmal im Osten, in der Optik des Kalten Kriegs betrachtet; dort kokettierte er damit, »meistbeschimpfter Bühnenautor der Bundesrepublik«[56] zu sein.

Auf die bewegten Jahre 1956/57 folgte das Verstummen. War Ulrich Becher ein »leergeschossener« Autor, aufgerieben in politischen Auseinandersetzungen, der seine Lebensthemen erschöpft hatte? Mit dem Roman *Murmeljagd*, der – nach einem Vierteljahrhundert der Arbeit daran – 1969 herauskam, widerlegte er das eindrucksvoll, mit bewährten Motiven und einer erzählerischen Kühnheit, wie sie sich schon in *Kurz nach 4* ankündigt.

Ulrich Becher in einem Film von Dieter Bachmann, 1970

Abspann

Martin Roda Becher erzählt in seinem Buch *Dauergäste* sowohl einige Romane seines Vaters als auch biographische Konstellationen als Filme mit Starbesetzungen, die nie zustandegekommen sind. Damit knüpft er an dessen Marotte an, sich die Verfilmung seiner Romane auszumalen und über die Besetzungen zu phantasieren. Bechers Werke erinnern nicht ganz zufällig[57] an Kinoszenen: von *Casablanca* über den Neorealismus bis zu Carol Reeds *The Third Mann* (1949) nach Graham Greene. Dieser *Film noir* spielt ebenfalls im zwielichtigen, gespenstischen Nachkriegswien, mit dem Riesenrad als Kulisse; Rollo Martins, begibt sich wie Zborowsky auf die Suche nach einem schillernden Jugendfreund – Harry Lime –, der sich als zynischer, skrupelloser Schieber entpuppt, »richtet« ihn allerdings.[58]

Becher bedient sich in *Kurz nach 4* der Überblendungen und der scharfen Schnitte des Films; besonders die erste Hälfte entfacht, mit dem ständigen Wechsel der Schauplätze, dem Hin und Her zwischen den Zeit- und Handlungsebenen, ein atemloses Tempo, eine Spannung, *suspense,* die einem bösen Ende zugetrieben wird: beispielsweise in der schon längst befürchteten Auflösung der parallel erzählten Geschichte um das Massaker in Serbien. Den partiellen Gedächtnisverlusten, der Dekonstruktion von Wirklichkeit entspricht diese Erzählform.

Neben den Techniken des Films kann bei Becher aber auch die bildkünstlerische »Übersetzung« von Malerei und Skizzen in Literatur wahrgenommen werden; eine Übertragung der Zeichenwelt des für Becher lebenslang prägenden George Grosz in Sprachbilder.[59] Außerdem werden collagenhaft (pseudo-)authentische Versatzstücke aus anderen Genres in den Roman eingebaut: Zeitungsschlagzeilen, Briefe, Kunstkritik, politische Stellungnahmen (Churchill), physikalisch-philosophische Erörterungen.

Das Techtelmechtel mit der Hasenreither ist nicht nur eine satirische Zeichnung des (Wiener) Theatermilieus – am Theater in der Josefstadt fand 1951 die Uraufführung von »Samba« statt –, sondern auch ein Bühnendialog, wie Becher ihn bereits in »Nachtigall will zum Vater fliegen« unvermittelt eingesetzt hatte; dort findet der innere Konflikt der Hauptfigur im Zwiegespräch seines zwiegespaltenen Ichs statt; beide Seelen aus der einen Brust ringen miteinander – ein Motiv, das in *Kurz nach 4* wiederaufgenommen wird.

Mit ironischen Erzählerkommentaren reflektiert Becher hier (oder in der *Murmeljagd* oder in *Nachtigall*) immer wieder das Schreiben selbst. Wie durchkomponiert und beziehungsreich sein eigenes Werk ist, erweist sich oft erst nach mehreren Lektüren, nach Parallellektüren, denn der Autor treibt sein virtuoses Spiel mit Vorlagen wie Shakespeares »Der Sturm« – der mit Prosperos Verzicht auf eine Rache für Verrat und Verluste ähnlich besonnen endet und auch ein Exildrama ist[60] –, wohl auch der »Komödie der Irrungen«. Da sind Phrasen, die in der ständigen Wiederholung ad absurdum geführt, werden, an Shakespeare *(But Brutus is an honorable man)* geschult (so: »Es war ein großer Lacherfolg«), Vorwegnahmen, Vorausdeutungen, Parallelgeschichten (wie die um Napoleon Franz Bonaparte, die *Displaced Person,* den Aiglon, literarische Figur bei Edmond Rostand[61]). Nicht nur mit Blick auf den Spanischen Bürgerkrieg schwingt Hemingway mit. Reverenz erweist Becher (wie in »Der schwarze Hut«, wie in »Die Frau und der Tod«) James Joyce, außerdem dem Abbé Ferdinando Galiani, Dante, George Bernanos, Ludwig Renn, Malraux.

Seine Sprache ist ein eigentümliches Ungetüm: eine Literatursprache, artistisch, überbordend, manieriert, von eigenwilligsten Wendungen an der Grenze zur Neuschöpfung, von der Wortstellung, dem Spiel mit Ellipsen, Zitaten, Sprachfetzen, eine Lust, sobald man sich auf ihren scheinbar angestaubten Ton eingelassen hat. Was Eva Menasse über *Murmeljagd* schreibt, scheint auch hier gültig: »Seine Sprache, assoziativ, sprunghaft, brachial, komisch, durchsetzt von Fremdsprachen, Dialekten, Redensarten und Liedtexten und dazu extrem dialogisch (der Theaterautor!) ist nur auf den ersten paar Seiten gewöhnungsbedürftig, dann trägt sie den, der sich ihr überlässt, organisch weiter, plappernd, krächzend, zärtlich flüsternd, ein vielstimmiges Höllengelächter«[62].

Das sind nur einige der Pfade in die handwerklich-künstlerische Machart dieses Romans, in dem Becher, oft ein Meister der Abschweifung, zielgerichteter und knapper als sonst erzählt. So ist *Kurz nach 4* – auch thematisch[63] – eine Art schlanke Vorwegnahme des Mammutwerks *Murmeljagd.* Das Romandebut ist gegenüber den *New Yorker Novellen* (1950) eine Weiterentwicklung, experimenteller auch als Romane wie *Das Herz des Hais* (1958), *Das Profil* (1973) oder *William's Ex Casino* (1973); der verwegenen, wild fabulierenden Form der *Murmeljagd,* wiederum Spiel um Traum und Trauma, Einbildung und Wahrheit, in vielem ebenbürtig.

Zu entdecken ist ein Roman »mit allen Elementen eines Bestsellers: Intrige, Abenteuer und Sex«[64], ein Wienroman, ein Geschichtsbuch, ein politischer Roman, ein Künstlerroman, ein Road Movie, eine Liebesgeschichte und ein Autor, der, warum auch immer länger im Abseits, alle Beachtung verdient.

Christoph Haacker
Wien, Kiental/Berner Oberland, im August 2011

Anmerkungen

1 Vgl. Manfred Rieger: »Eine Nacht in Piacenza«, *Kölner Stadtanzeiger,* 28. 2. 1976: »Becher schreibt flott, amüsant und geistreich. Wenn für Nachkriegsleser in Deutschland noch eine Synthese zwischen Arno Schmidt und Johannes Mario Simmel möglich wäre, Ulrich Becher könnte sie bieten.« Zitiert nach Zeller, S. 251. Siehe Anm. 5.

2 Alfred Gong, 307 West 74 Street, New York 23, am 14. 5. 1962 an U. B. Bern. Schweizerisches Literaturarchiv (SLA), Bern, Nachlaß Ulrich Becher.

3 Eva Menasse: »So lacht die Hölle. Ulrich Bechers gewaltiger Roman ›Murmeljagd‹ wird endlich wieder entdeckt«, *Die literarische Welt,* 17. 10. 2009.

4 Vgl. zu dieser Mehrfachherkunft u. a. Sabine Haupt: »Ulrich Becher – ein Schweizer Exilautor? Zur Exilerfahrung und ihrer Literarisierung. Mit Seitenblicken auf den Roman ›Murmeljagd‹«. In: *Quarto,* Zeitschrift des Schweizerischen Literaturarchivs, 28/2009. S. 52–61.

5 Die grundlegende Monographie ist Nancy Anne (McClure) Zellers *Ulrich Becher. A Computer-Assisted Case Study of the Reception of an Exile* (Bern et al: Peter Lang, 1983), die bis heute wichtige Impulse liefert.

6 So Ruedi von Passavant als Vorabinfo »Ulrich Becher – Displaced Person« zu einem Interview zum 70. Geburtstag des Autors, In: *Drehpunkt,* Basel, 1980, S. 12–25.

7 In einem Brief an den Vater, in dem er auf die Bücherverbrennung in Berlin eingeht, bei der das Werk seines späteren Schwiegervaters Roda Roda verschont geblieben sei, schreibt er nichts davon, selbst betroffen gewesen zu sein. U. B. an Richard Becher, Zuoz, undatiert, [Mai/Juni 1933] SLA, Nachlaß Becher.

Nach außen hin behauptete Becher es, so im Brief vom 11. März 1949 an Erich Wendt, Leiter des Aufbau Verlags: »Denn seit meine Rowohlt-Novellen ›Männer machen Fehler‹ als kulturbolschewistisches Erzeugnis auf den Scheiterhaufen flogen ...«. Vgl. *Allein mit Lebensmittelkarten ist es nicht auszuhalten. Autoren- und*

Verlegerbriefe 1945–1949. Hrsg. von Elmar Faber und Carsten Wurm. Berlin: Aufbau, 1991. S. 22. An anderer Stelle sagt Becher, Kommilitonen hätten sein Debutwerk in Berlin verbrannt. Vgl. *SIFF. Selektive Identifizierung von Freund und Feind.* Zürich / Köln: Benziger, 1978. S. 85. Falls es so war, bauschte er es zu einer gezielten Aktion gegen ihn auf. Das Erscheinen seiner Werke in Exilverlagen wie Oprecht und Kittl war ausreichender Grund, ab 1938, wenn auch nur mit *Die Eroberer,* auf NS-Verbotslisten aufzutauchen.

8 In einem Brief vom 14. 6. 1939 (SLA, Nachlaß Becher) fordert U. B. vom Gemeindeamt Bad Gleichenberg die Rückzahlung von 1000 Schilling – »Da mein Einbürgerungsantrag infolge des Anschlusses unmöglich geworden ist bzw. sich erledigt hat«. Aus dem Brief geht ferner hervor, daß sich der Verwandte Julius Roda, ein Onkel, zuvor um diese Formalitäten gekümmert hatte. Bereits im (vorm?) März 1937 war der Antrag offenbar auf Drängen der Familie Roda eingereicht worden, wie sich aus einem Brief an die Eltern aus Klosters vom 17.3.1937 ergibt. (SLA, Nachlass Becher) Eine Briefauswahl erscheint demnächst: Ulrich Becher: *»Ich lebe in der Apokalypse«. Briefe an die Eltern.* Hrsg. von Martin Roda Becher, Dieter Häner und Marina Sommer. Wien: Verlag der Theodor Kramer Gesellschaft, 2011. Die österreichische Staatsbürgerschaft erlangte Becher erst 1948.

9 Carl Zuckmayer an Hermann Kesten, Barnard, Vermont, 3. Okt. 40. In: *Deutsche Literatur im Exil. Briefe europäischer Autoren 1933–1949.* Hrsg. von H. Kesten. Frankfurt a. M.: Fischer Taschenbuch, 1973. S. 121f. Zuckmayer setzte sich hier für einen Bürgen und ein Visum in die USA für Becher ein, als absehbar war, daß entweder die Schweiz bedroht wäre (»Wenn die Nazis hereinkommen, ist er [Becher] erledigt.« Ebd.) oder Becher dort mit Problemen rechnen müßte, die dann ja auch eintraten.

10 Was Becher ihr 1942 mit einem bitteren Beitrag »In der Alpenkatakombe« über Praxis und Opfer der Schweizer Fremdenpolitik dankte. Nachdruck in: *SIFF,* a. a. O., S. 29–35.

11 Zeller, a. a. O. S. 61

12 Vgl. Martin Roda Becher: *Dauergäste. Meine Familiengeschichte.* Zürich: Nagel & Kimche, 2000. S. 28.

13 Vgl.: Paul Hühnerfeld: »Auf der Suche nach dem alten Europa. Die Wege und Irrwege des Schriftstellers Ulrich Becher«, in: *Die Zeit,* 23. 5. 1957.

14 Alfred Stary: »*Der Bockerer:* Von der kritischen Posse zur ›Nationalliteratur‹. In: *Quarto,* 28/2009. S. 76–80.

15 Vgl. Ulrich Becher: »Stammgast im Liliputanercafé« (1961). In: Ders.: *SIFF – Selektive Identifizierung von Freund und Feind,* a. a. O., S. 7–21.

16 Hans Bockerer wird zwar SA-Oberscharführer (»Mein Vater ist der Führer!«), aber schließlich doch wieder zum guten Sohn, weil er erste Skrupel bekommt, rührselig mit Österreich verbunden ist und obendrein mit seinem Tod bei Stalingrad für Fehler bezahlt, also zum Opfer wird; da ist der Jude Rosenblatt, der zwar ein bißchen »sekkiert« – getriezt – worden ist, dem aber sogar die Emigration eine Art Karriere ermöglicht hat. In schmucker Uniform, als US-Stabssergeant, kehrt er heim. So schlimm war das alles doch nicht, konnte man meinen, wenn man nur wollte; dabei ist selbst der Bockerer problematisch, der einen Nazi, Dr. Galleitner, gegenüber der Gestapo als »notorische Wühlmaus« schwer belastet.

17 Der Schauspieler Otto Tausig, der bei der Uraufführung mitwirkte, hat in *Kasperl, Kummerl, Jud. Eine Lebensgeschichte* (Wien: Mandelbaum, 2005) die Geschichte dieses Hauses erzählt.

18 Vgl. Hans-Geert Falkenberg: »Ulrich Bechers Leben und Werk«, *Die Rampe. Blätter des Deutschen Schauspielhauses Hamburg,* Nr. 12, (1953/54), S. 107.

19 U. B. im Interview zum 70. Geburtstag des Autors, In: *Drehpunkt,* Basel, 1980, S. 12–25.

20 U. B. an Elise und Richard Becher, 12. 2. 1938. SLA, Nachlaß Becher.

21 Ulrich Becher an Axl von Leskoschek und dessen Frau; 26. 2. 46. Zitiert nach Abschrift im Besitz von Martin Roda Becher, Basel. (SLA, Nachlaß Becher) Im selben Brief äußert sich U. B. abfällig über Werfel, Willi Schlamm, Dorothy Thompson und vor allem Zuckmayer.

22 Ulrich Becher: *SIFF – Selektive Identifizierung von Freund und Feind,* a. a. O., S. 100–105. In »Der Pfeifer von Wien« tritt als Nebenfigur Wachtsoldat *Weigl* auf, Untergebener des Geheimen Polizeirats Aloysius Dunst.

23 Als ein solcher wird er nur zum Teil wahrgenommen So im *Lexikon der österreichischen Exilliteratur,* hrsg. von Konstantin Kaiser und Siglinde Bolbecher, Wien: Deuticke, 2000, S. 69ff.; In DDR-Lexika ist er ein Schweizer, so in *Romanführer A–Z. 20. Jahrhundert. Der österreichische und schweizerische Roman / Romane der BRD,* hrsg. von Wolfgang Spiewok, (Ost-)Berlin: Volk und Wissen, ^{3}1983, S. 37–39.

24 In: Ulrich Becher: »Aus der Spielmacher-Schule geplaudert«, In: *Spiele der Zeit.* Bd. 2. Berlin /Weimar: Aufbau, 1968. S. 316. Zitiert nach Zeller, a. a. O., S. 44.

25 U. B. an Elise Becher, Arosa, 25. 2. 1937. SLA, Nachlaß Becher.

26 U. B. an Elise und Richard Becher, Klosters, 17. 3. 1937. SLA, Nachlaß Becher.

27 Vgl. U. B. an Elise und Richard Becher, Böckstein bei Badgastein, 21. 7. 1934. SLA, Nachlaß Becher.

28 U. B. an Herrn Günter Caspar, Lektor des Aufbau Verlags, Basel, 25. März 58. Abdruck in: *»und leiser Jubel zöge ein«. Autoren- und Verlegerbriefe 1950–1959.* Hrsg. von Elmar Faber und Carsten Wurm. Berlin: Aufbau, 1992. S. 28. Manche Züge Zborowskys könnten auch von Bechers engen Freunden George Grosz und Fritz Wotruba, dem Bildhauer, inspiriert sein, dessen Atelier sich ebenfalls in der Böcklinstraße befand.

29 Vgl. Hilde Spiel: *Rückkehr nach Wien. Ein Tagebuch.* Wien: Milena, 2009. S. 104f. Spiel kommt 1986 in der FAZ darauf zurück: vgl. »Zentrum im Wiener Kreis. Gedenkblatt für Moritz Schlick«, In: Dies: *Die Dämonie der Gemütlichkeit. Glossen zur Zeit und andere Prosa.* Reinbek: Rowohlt Taschenbuchverlag, 1993. S. 273–276. In der Erstausgabe von *Kurz nach 4* wurde bei den Korrekturen übersehen, daß einmal Schlick statt Schwand gesetzt wurde. – Der Tatort ist heute durch eine Inschrift im Boden markiert.

30 Vgl. Hilde Spiel an U. B., London, 27. 5. 1957. Deutsche Nationalbibliothek, Deutsches Exilarchiv 1933-1945, Frankfurt am Main, Teilnachlass Ulrich Becher, EB 85/147, I. A. 332. Nicht Ulrich, sondern Dana Becher kannte Schwand; sie lieferte ihrem Mann auch Hinweise zu Physik und Philosophie.

31 Recte Tolja (Anatole) Elliacheff, verheiratet mit Françoise Giroud. M. Roda Becher wies mich auf diese absichtliche Verfremdung in seinem Buch hin.

32 Vgl. Martin Roda Becher. *Dauergäste,* S. 147f. Die neue Briefausedition (s. u. Anm. 8) bringt ein weiteres Vorbild ins Spiel: Ein Mitschüler Bechers in der Freien Schulgemeinde Wickersdorf war bis 1926 Aaron Danischewski, Sohn eines Gummifabrikanten; er arbeitete bis 1938 in Berlin und London für ein Filmunternehmen und emigrierte 1939 nach Großbritannien.

33 Zitiert nach M. Roda Becher: »›Ich lebe in der Apokalypse‹ – Ulrich Bechers Briefe an die Eltern«. In: *Zwischenwelt,* Wien, 27. Jg., Nr. 3, November 2010. S. 34–39, Zitat auf S. 37. Brief im SLA, Nachlaß Becher.

34 Aufsehenerregend war nach dem Krieg als Staranwalt R. von Starhembergs und der Familie Habsburg Dr. Ludwig Draxler (1896–1972), 1935/36 Finanzminister, ab 1938 im KZ Dachau.

35 Vorbild war Alois Engländer, eng mit der Buchhandlung und dem Verlag Wilhelm Frick verbunden. Seit 1935 Inhaber, war Engländer 1938 aus dem Unternehmen gedrängt worden und ins Exil, zunächst nach Prag, geflüchtet, 1948 remigriert; später gehörte er zu den Gründern der österreichischen Grünen. 1950 kam bei Frick Bechers *Brasilianischer Romanzero* heraus. Vgl. Ursula Schwarz: »Das Wiener Verlagswesen der Nachkriegszeit: Eine Untersuchung der Rolle der öffentlichen Verwalter bei der Entnazifizierung und bei der Rückstellung arisierter Verlage und Buchhandlungen«. Magisterarbeit, Universität Wien, 2003.

36 Becher kritisierte in einem Artikel die Nürnberger Prozesse, in denen er sich statt der Allierten ehemalige KZ-Insassen als Ankläger und Richter gewünscht hätte. Becher: »Ein Nachwort zum Nürnberger Prozess«, *Das andere Deutschland,* 8, Nr. 131 (1. 12. 1946) und 132 (15. 12. 1946). Vgl. Zeller, a. a. O., S. 67.

37 G. Stocker: »Der Kalte Krieg in der österreichischen Literatur. Ein Überblick.« In: in Michael Hansel/Michael Rohrwasser (Hrsg.): *Kalter Krieg in Österreich. Literatur – Kunst – Kultur.* Wien: Zsolnay, 2010. S. 59–80. Zitat auf S. 75.

38 In *Murmeljagd* wendet er sich ausführlich der Zeit des Ständestaats und dem Februaraufstand 1934 zu, eine große Erzählung, die in Nachkriegsepen wie George Saikos *Der Mann im Schilf* (1955) eine Entsprechung hat.

39 Briefe von U. B. an Günter Caspar, Lektor im Aufbau Verlag, Oktober 1957 bis Juli 1958. In: *»und leiser Jubel zöge ein«. Autoren- und Verlegerbriefe 1950–1959.* Hrsg. von Elmar Faber und Carsten Wurm. Berlin: Aufbau, 1992. S. 26–34. Briefzitat aus Brief von U. B. vom 3. Okt. 57 (SLA, Nachlaß Becher); vgl. ebd. S. 27f. Bechers Sprachgestus und Hinweise auf ungarischen Nationalismus usw. sind vermutlich den besonderen Umständen geschuldet, er mußte sich taktisch äußern; an anderer Stelle stellt er heraus, wie er im Westen für einen Kommunisten gehalten werde, ohne das explizit zu bestätigen. Seine Haltung zum Kommunismus wurde in dieser Zeit noch kritischer, in einer Neufassung des Dramas »Der Herr kommt aus Bahia« (1958) unter dem Titel »Makumba« (1968) verwandelt er einen zuvor positiven Funktionär zum Apparatschik, der GULAG (»Sibirien«) findet Erwähnung. Vgl. Zeller, a. a. O., S. 121ff.

40 Der Spanien-Exkurs liest sich nicht als antifaschistische oder kommunistische Heldengeschichte. Die Hinweise auf das gegenseitige Ans-Messer-Liefern der Franco-Gegner (vgl. S. 56) ist umso bemerkenswerter, als die kritische Erforschung des Spanischen Bürgerkriegs damals noch nicht sehr etabliert war.

41 Man denke an den katholischen Priester, der Lolita Aguerre und ihren Bruder vor der Ermordung retten möchte. Die Szene erinnert an Hemingways *Wem die Stunde schlägt,* wo ein Priester bei den Lynchmorden an »faschistischen« Zivilisten geistlichen Beistand leistet und selbst zum Märtyrer wird; Becher beschäftigte sich mit Christentum und Kirche, so mit Jesus im *Niemand. Neuzeitliches Mysterienspiel* (Mährisch-Ostrau: Kittl, 1934) oder Illustrationen, so zu Luk., 24, V.

42 Vgl. Evelyn Deutsch-Schreiner: » ›Moskauer Charakter‹ im Theater. Sozialistischer Realismus als Waffe im Kalten Krieg«, in: Hansel/Rohrwasser: Kalter Krieg, a. a. O., S. 174f.

43 Rezension in: *Neues Österreich,* 6. 5. 1948. Zitiert nach Ulrich Weinzierl: »Lust und Laster der Pointe«, Nachwort zu Neumann: *Die Kinder von Wien.* Franfurt a. M.: Eichborn, 2008. S. 197f.

44 Der Roman erschien ab Dezember 1950 in Fortsetzungen in der (sozialdemokratischen) *Arbeiter-Zeitung;* die erste Buchausgabe erst 1988. Neuausgabe Picus Verlag, Wien, 2005.

45 Zitiert nach Peter Weibel (Hrsg.): *die wiener gruppe / the vienna group. Ein moment der moderne 1954–1960 / die visuellen arbeiten und die aktionen / a moment of modernity 1954–1960 / the visual works and the actions.* Wien/New York: Springer, 1997. S. 61.

46 Werden in *Kurz nach 4* manche Greueltaten nicht eingehend beschrieben, so schildert Becher in *Murmeljagd* und besonders in *Der schwarze Hut* (1950) sadistische Verbrechen im KZ (Dachau). Die Erzählung *Katharinapolka* (in: *Männer machen Fehler,* erweiterte Neuausgabe, Reinbek, 1970) thematisiert ein traumatisches Fronterlebnis eines US-Offiziers beim Vormarsch in Deutschland.

47 Becher hatte Ludwig Renns *Der Spanische Krieg* und Hemingway gelesen und gezielt Auskünfte eingeholt, so über die 11. Brigade in einem Brief vom 9. 12. 1949 von Fritz Heller (Streller?) an ihn (SLA, Nachlaß Becher). Er selbst hatte offenbar erwogen, sich den Internationalen Brigaden anzuschließen: »Als [Hans] Beimler [am 8./9. Mai 1933] aus dem KZ Dachau getürmt war, hat mich Hermann Fiedler eingeladen, nach Zürich ins Bahnhofbuffet […] und dort habe ich mich die ganze Nacht durch mit Beimler unterhalten, über das KZ. Ich selber wollte ja in den Spanischen Bürgerkrieg gehen. Und dann sagte mir Hermann Fiedler: ›Du wirst später gebraucht. Du gehst nicht!‹ Ich wollte unbedingt gehen!« Vgl. Interview zum 70. Geburtstag des Autors, In: *Drehpunkt,* Basel, 1980, S. 12–25. – Bemerkenswert ist, daß Zborowsky eine Neuauflage des Bürgerkriegs für möglich hält. (S. 84)

48 Zu den Pionieren gehört der Schriftsteller Hans Keilson, der den Krieg im Untergrund in Holland erlebte, und später die »sequentielle Traumatisierung« von jüdischen Waisen untersuchte; eine

Untersuchung lieferte beispielsweise auch Anna Maria Jokl mit ihrer Studie *Zwei Fälle zum Thema ›Bewältigung der Vergangenheit‹* (Frankfurt a. M., 1997), die exemplarisch Traumata von zwei Patienten der späten fünfziger Jahre beschreibt: aus einer Opfer- und einer Täterfamilie. In seinem Essay »Kaddisch für meinen Vater« im gleichnamigen Buch (Arco Verlag, 2002) bekennt Fritz Beer ähnliche Verdrängungen in der Auseinandersetzung mit seinem im KZ ermordeten Vater.

49 Vgl. Zeller, a. a. O., S. 67. Sie bezieht sich auf Becher: »Ein Nachwort zum Nürnberger Prozess«, *Das andere* Deutschland, 8, Nr. 131 (1. 12. 1946) und 132 (15. 12. 1946).

50 Zitiert nach M. Roda Becher: »›Ich lebe in der Apokalypse‹ – Ulrich Bechers Briefe an die Eltern«, a. a. O., Zitat auf S. 39. Brief im SLA, Nachlaß Becher.

51 Von Historikern hinreichend durchleuchtet, zeigt besonders Heiner Kipphardts Drama *In der Sache J. Robert Oppenheimer* (1964), wie der damalige Diskurs mit Gedankenspielen über Präventivschläge und die Debatte um die von Edvard Teller angestrebte Wasserstoffbombe ablief.

52 Fritz Sternberg: *Die militärische und die industrielle Revolution.* Berlin / Frankfurt: Franz Wahlen, 1957. S. 7.

Stocker (a. a. O.) verweist darauf, wie die Apokalypse nach einem Bombenabwurf mit Marlen Haushofers *Die Wand* – wenngleich erst 1963 – Eingang in die österreichische Literatur findet.

53 Ulrich Becher: *Spiele der Zeit.* Reinbek: Rowohlt, 1957.

54 Vgl. Ralf Schnell: *Geschichte der deutschsprachigen Literatur seit 1945.* Stuttgart u. Weimar: Metzler, 1993, S. 241f. Hans Weigel kritisierte Ingeborg Bachmann in einem persönlichen Brief für ihre Beteiligung an der Aktion.

55 Vgl. *Deutsches Schriftstellerlexikon. Von den Anfängen bis zur Gegenwart.* Hauptredaktion Kurt Böttcher, Leipzig: Bibliographisches Institut, [5]1964. S. 36f.

56 Vgl. »*und leiser Jubel zöge ein*«, siehe Anm. 39. S. 32.

57 Konkrete Filmzitate lassen sich mehrfach finden. Eine Regieanweisung zum Drama »Samba« sieht z. B. vor, daß sich die Marseillaise gegen die Klänge des »Badenweiler Marschs« behaupten muß. Das knüpft an die berühmte Szene in »Casablanca« an, in der die von deutschen Offizieren gegrölte »Wacht am Rhein« von der von *Victor László* angestimmten Marseillaise übertönt wird.

58 Es gibt weitere Parallelen, über die Verrats-Thematik und die Szenerie (Prater: Riesenrad, Karussell) hinaus: die Schauspielerin am satirisch gezeichneten Theater in der Josefstadt (im Film ist Anna Schmidt allerdings eine zentrale Figur und große Rolle; die Hasenreither in *Kurz nach 4* nur Beiwerk); Details wie der sprechende Papagei *(Viva el* Duce) könnten auch vom Dritten Mann inspiriert sein: Martins stürzt, verfolgt, in ein dunkles Zimmer, hört verstörendes, beängstigendes Stöhnen, das sich dann als ein Kakadu erweist.

59 Vgl. Zeller a. a. O., S. 129; 133–138.

60 Bei Mehlgruber noch vollzieht Zborowsky seine Abrechnung, wenn auch nicht in letzter Konsequenz.

61 Die Nachdichtung von Klabund – *Der junge Aar* – erschien 1925; dieser war in Berlin Klient des Anwalts Dr. Richard Becher. Vgl. Zeller, a. a. O., S. 27.

62 Eva Menasse in *Die literarische Welt,* 17. 10. 2009.

63 So mit der politischen Beschäftigung mit der Ersten Republik in Österreich, den Themen KZ und Spanischer Bürgerkrieg, dem Schauplatz Prater, mit der sexuellen Protzerei, geheimnisvollen exotischen Señoritas, der Hinwendung zur Kunst.

64 Vgl. Zeller, a. a. O. S. 138.

Ulrich Becher als bildender Künstler – ausgewählte Arbeiten:

Ohne Titel. 1940. Kolorierte Monotypie. 19 x 9 cm.

Oben: *Maria mit Kindlein.* 1929. Öl auf Leinwand. 73 x 54 cm.
Rechts: *Ohne Titel.* Ca. 1927. Öl auf grundiertem Karton. 27 x 15 cm.

Oben: *Das Nachtgebet.* Ohne Jahr. Monotypie. 21 x 35 cm
Unten: *Berliner Spätstrich.* Ohne Jahr. Kolorierte Monotypie. 23 x 36 cm.

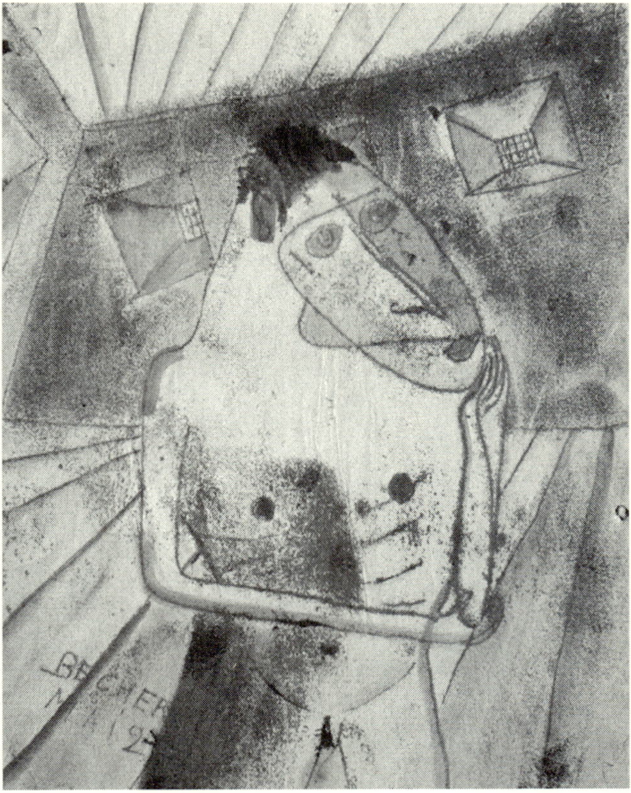

Ohne Titel. 1927. Kolorierte Monotypie. 19,5 x 16 cm.

Oben: *Der Selbstmörder.* Ohne Jahr. Kolorierte Monotypie. 24 x 21 cm.
Rechts: Illustration zur Moritat *Das Märchen vom Räuber, der Schutzmann wurde.* Rio de Janeiro: Notbücherei deutscher Antifaschisten, Nr. 1, 1942. Handkolorierter Schnitt. 22,5 x 12 cm.

HOSIANNA

Bildnachweise

S. 4, 204, 206: Ulrich Becher in Basel. © Kurt Wyss, 1969.
Das Frontispiz zeigt Ulrich Becher vor seinem Portrait des Vaters, ca. 1926/1927.
S. 209: © Esther Pfirter, 1970.
S. 211, 212, 217, 222, 236: Privatarchiv Martin Roda Becher.
S. 217, 236 unten:
Fotos vermutlich1966 oder 1969 © Franz Hubmann.
S. 240: © Dieter Bachmann, 1970

Die Werke auf den Seiten 228 und 253–257 sind im Besitz des Schweizerischen Literaturarchivs, Schweizerische Nationalbibliothek/NB, Bern.

Der Arco Verlag dankt für die Genehmigungen zum Abdruck. Wir haben uns bemüht, sämtliche Urheber ausfindig zu machen und zu kontaktieren. Sollten dennoch Ansprüche unberücksichtigt geblieben sein, bitten wir freundlich darum, mit uns in Verbindung zu treten.

Editorische Notiz

Diese Ausgabe folgt grundsätzlich der Erstausgabe, die 1957 im Rowohlt Verlag, Hamburg, erschienen ist. Orthographische Eigenwilligkeiten wurden beibehalten, Fehler dagegen stillschweigend berichtigt. Korrigiert wurden fehlerhafte Sätze italienischer Muttersprachler; Fehler in Zborowskys Italienisch wurden (anders als in der aktuellen Übersetzung ins Italienische) belassen, da er die Sprache erklärtermaßen nicht gut kann.

Eine »überarbeitete« Neuausgabe, die allerdings so gut wie textidentisch ist, erschien 1975 im Benziger Verlag, Zürich/Köln. Eine ursprüngliche Widmung, die dort nicht mehr auftaucht, wurde hier ebenfalls nicht übernommen.

Danksagung

Verlag und Verleger danken dem Schweizerischen Literaturarchiv, Bern, und der Deutschen Nationalbibliothek / Deutsches Exilarchiv 1933–1945, Frankfurt a. M., für die Aufgeschlossenheit, Hilfe und freundliche Erlaubnis zur Verwendung von Archivalien aus den Nachlässen von Ulrich Becher. Wir danken der Agentur Liepman in Zürich für die gute Zusammenarbeit.

Besonderer Dank auch an Dieter Häner, Marina Sommer, Martin Roda Becher, Ulrich Weber, Michael Rohrwasser, Ulrich Schulenburg, Eva Koralnik und Maya Kaeggi, Sylvia Asmus, Otto Tausig, Konstantin Kaiser, Alexander Potyka und Dorothea Löcker, Bastian Schneider, Alexander Emanuely, Dorothea Damrath – und an Nancy Anne Zeller für ihre Pionierforschung zu Ulrich Becher.

Bibliographische Information Der Deutschen Bibliothek:
Die Deutsche Bibliothek verzeichnet diese Publikation in der Deutschen Nationalbibliographie; detaillierte bibliographische Daten sind im Internet über ‹ http://dnb.ddb.de › abrufbar.

Umschlag: Praxis für visuelle Kommunikation, Wuppertal
Satz: mcgraeff, Luzern
Druck und Bindung: Finidr, s.r.o.
Printed in the Czech Republik
ISBN 978-3-938375-45-7

Arco Verlag GmbH, Krautstraße 64, D-42289 Wuppertal,
Tel.: 0049 (0)202 62 33 82 / Fax: 0049 (0)202 263 40 00
Arco Verlag (Wien), Löwengasse 44/12, A-1030 Wien,
Tel.: 0043 (0)1 715 46 06 / Fax: 0043 (0)1 253 033 300 06
www.arco-verlag.com | service@arco-verlag.com